風已止息。

男人停下腳步，把帽子往後推去，敞開披風深呼吸一口氣。

在沙塵中走了大半天，他非常渴望新鮮空氣。

暴露在外的頭髮和鬍子幾乎一片銀白。

近看之下，可以看見將近六成的頭髮還殘留著些微顏色。

邊境地帶的生活嚴苛，人老得快。

男人的體格壯碩，骨架結實，但也毫不遮掩他已身處人生遲暮之時。

他名為巴爾特·羅恩。

今年五十八歲。

但他再度邁出的步伐仍然剛強堅定。

扛著行李的馬匹也邁開腳步，跟在他背後。

這匹馬也已垂垂老矣。

這場旅行漫無目的，

只求於旅程中走到人生盡頭。

邊境的老騎士

THE OLD KNIGHT
OF A FRONTIER DISTRICT

1

作者
支援BIS
插畫
笹井一個

Kadokawa Fantastic Novels

CONTENTS

第一部 啟程

第一章 剛茲的小姑娘——燉克魯魯洛斯內臟——11
第二章 劍鬼——炙燒威吉克——29
第三章 藥師婆婆——沙利克涅根湯——46
第四章 王使與盜賊——火烤騎士魚——62
第五章 襲擊——肉丸子佐佩里斯醬——77
第六章 向陽庭園——琶斯·琶琶斯香草茶——95
第七章 雙重漩渦——攤販美食塔杜魯——109
第八章 印章的下落——剛起鍋的水煮齊草——126
第九章 謊言與真相——諾斯穆的紅葡萄酒——137
第十章 信件——伊梅拉肉乾——162

第二部 古代劍

第一章 史塔玻羅斯之死——希巴的臀肉——173
第二章 柴刀劍——窯烤卡爾納茲——184
第三章 立志成為騎士的少年——艾格魯索西亞什錦火鍋——200
第四章 壁劍的騎士——黑蝦盔甲燒——218
第五章 報仇——三色葡萄乾——239
第六章 雙月饗宴——生吃活月魚——253
第七章 捷閔的勇者——諾爾魚燉布丁——266
第八章 皮革防具工匠波爾普——炊布蘭拌蛋汁——281
第九章 恩賽亞大人之城——煙燻燒酒——305
第十章 約定之劍——燜烤豬肉——322

後記 334

第一部・啟程

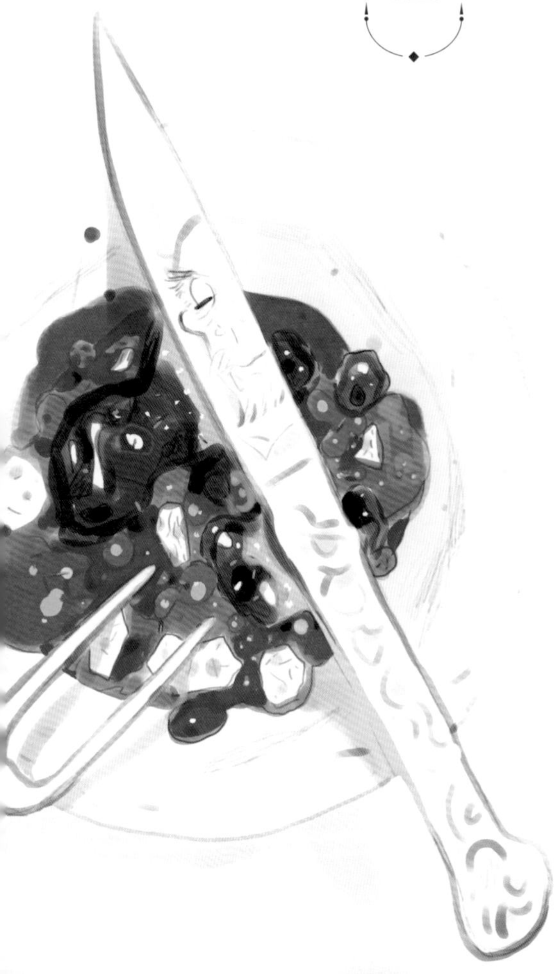

邊境的老騎士

第一章——剛茲的小姑娘

—燉克魯魯洛斯內臟—

1

巴爾特推開雙開門走進店裡。櫃台裡有位看似老闆的男子正在剁碎食材，巴爾特向他展示兩隻克魯魯洛斯，開始進行交涉。

在山禽野鳥中，克魯魯洛斯難得不帶腥味，極其美味。這種山禽原本就數量稀少，個性又膽小，所以相當難捕獲。據說在都會中，其美麗的羽毛是相當珍貴的服飾材料。

兩隻圓滾滾的肥美克魯魯洛斯，身上沒什麼傷痕，也有充分放了血。經過短暫的交涉，巴爾特以兩天的住宿、餐食、酒水、足以清洗身體的大量熱水、馬的飼料及飲水，還有肉乾和乾麵包做為交換，將兩隻克魯魯洛斯交給了老闆。

這裡是被稱為剛茲的共享食堂兼旅店。剛茲是礦山及農場等地的持有人所設立，有些地方則是由城鎮的有力人士出資建造。勞動者可以每天在這裡享用固定次數的餐食，而旅人付出合理的費用就可以在此留宿。

「老爺子，上去房間之前，請先拍去身上的塵土。」

被老闆這麼一說，巴爾特走出店外。

有位十三四歲的女孩隨後追了出來，開始拍打他的衣服。由於這一個月在山上和荒野旅行，衣服上沾了大量的沙塵，鞋子也沾滿泥土，骯髒不堪。在少女的幫忙下，終於將身上的髒汙去除到能進房間的程度。

客房在二樓。巴爾特把馬交給少女後爬上樓梯，走進房間就將行李放在地板上，並脫下披風及皮甲。他在床上坐下，脫下靴子，然後開始緩緩按摩，舒緩腳部。隨著血液活絡起來，疼痛和疲勞也緩緩地蔓延開來。

2

大陸東部邊境一隅，寇安德勒家與諾拉家一直在爭奪大領主的寶座，不過最近寇安德勒家贏過諾拉家，開始自稱為濟古恩察大領主。

巴爾特・羅恩侍奉的德魯西亞家也不得不認可其地位。

寇安德勒家召開了領主會議，強硬地做出決定，要將薩里沙銀礦山未來十年的收益用於復興戰爭後的荒蕪之地。

　真是太胡來了。

　自古以來，薩里沙銀礦山與里坡吉雅銅礦山的權益就握於德魯西亞家之手。原因在於德魯西亞家統治的領地位於「大障壁（吉安・杜沙・羅）」的缺口處，一直以來肩負著阻擋魔獸侵入之責。希望他們繼續負起這個責任，卻奪走德魯西亞家的財源，著實太不合情理。更何況在戰爭中荒蕪的是寇安德勒家的領地，敢開口說是為了復興，真是笑掉眾人大牙。然而，面對寇安德勒家的橫行蠻幹，現在也只能默然接受。

　巴爾特侍奉的是德魯西亞家的第四代家主，他深深敬愛著家主的高風亮節。歷代家主對於巴爾特的武勇與忠誠也給予豐厚的回報，多次想分配領土給他，但他都連番拒絕。因為他已無親無故，也不曾娶妻。

　聽到領主會議的結論之後，巴爾特寫下申請退休的信件，其中寫明了他將歸還宅邸及財產之意，並將信件送交給領主。他不等領主回覆，在發放慰勞金給僕人們，為他們的將來做好打算之後就踏上了旅途。巴魯特留下的財富應該能讓德魯西亞家稍事喘息。

3

「熱水好嘍～」

少女前來喚道。於是巴爾特帶著所需物品，繞到剛茲的後院。水井旁邊設有一個以碎石鋪成的沐浴處，裡頭有個裝著滿滿熱水的大木桶。看來竟然能在浴桶中洗澡呢！真是令人不勝感激。

他脫下衣服，用提桶從大木桶中打了一些熱水出來，一口氣從頭上淋了下去。熱水順著頭髮、鬍子及身體流下的感覺舒暢極了。他又打了一桶水，一邊刷著身體一邊沖洗。之後他將整個身子沉入熱水中。由於他體格壯碩，大量熱水溢了出來。

「哇哇！老爺爺，你身體很壯呢～」

少女瞪圓了眼。

腳部、腰部、背骨及肩膀發出劈哩啪啦的聲音，同時整個人放鬆了下來。雖然刻苦耐勞可說是騎士最基本的資質，但是在這把年紀徒步露營一個月的旅程，其帶來的影響會反應在身體上。那些被壓抑、忽視、遺忘的痛楚在體內甦醒過來。不過，這些就是活著的證據。巴爾特在浴桶中享受著消除疲憊的幸福，同時因為蜂擁而來的痛楚皺起眉頭。

「太刺激了嗎？」

巴爾特的身上有很多傷痕，少女擔心熱水對他的傷口來說太刺激了。巴爾特露出溫和的微笑回答：

「這些都是舊傷，現在已經不會痛了。是這熱水太舒服，身體嚇了一跳呢！」

由於旁邊放著以曬乾的波魯波斯果實製成的除垢刷，巴爾特在浴桶中刷洗了全身。熱水漸漸變得汙濁。他心裡對少女感到抱歉，等一下打掃起來一定很辛苦。而少女在碎石地上努力地刷洗著他的靴子。

「您的馬叫什麼名字啊？」

「牠叫史塔玻羅斯。」

「那是什麼意思呢？」

「這名字是朋友幫牠取的，我沒問過是什麼意思。」

「我剛剛拿了飼料和水給史塔玻羅斯嘍！我看牠的角很短，不要緊吧？」

「不要緊。」

不止是馬，所有家畜的額頭上都長著小小的角。角會隨著老化而逐漸縮小，等角縮小到看不見時，有可能會變凶暴。

當浴桶底部沉積了不少泥土和汙垢時，少女先拉開栓子，大概放掉半桶水之後，又倒入新的熱水將浴桶補滿。她捲起袖子，嘴上發出「嘿咻、嘿咻」的聲音，來來回回地從剛茲後門搬運裝有熱水的桶子，這副模樣看著就令人心境平和。

「哎呀，這熱水真不錯呢！哈哈哈哈！」

4

一樓聚集著許多來客，十分吵雜。巴爾特帶著劍走下樓梯，坐上空位不久後，老闆就拿了燉肉、麵包、酒壺及碗來。酒裝了滿滿一壺，他在驚訝老闆的慷慨大方之餘，將酒倒進碗裡，仰頭飲下。蒸餾酒熱辣辣地燒過喉嚨，滑落腹中。胃底冒出一股暖烘烘的熱流，五臟六腑開始蠕動起來。燉肉中放了肉及剛摘下的蔬菜，飄散出令人食指大動的香味。他用木勺舀了一口送進口中，細細地咀嚼。

——真好吃。

這是克魯魯洛斯的肉，燉煮得十分軟嫩，在口中越嚼越是透出一股甜味。蔬菜雖然也很入味，但依然保有恰到好處的嚼勁，真是極品。

坐在巴爾特對面的男子對老闆喊了一句：「給我也來份這個。」

老闆告訴他這道是需額外收費的特製料理，並告知價位。

男子喊道：「喂！太貴了吧！」。巴爾特不理會，再次將燉肉送入口中，這次他趁味道還殘留在嘴裡時喝下一口酒。燉肉的鮮甜增添了酒的風味。他感到難以言喻的幸福感，同時「呼～」地長吁了一口氣。男子見到他這副模樣，咕嚕地嚥下口水。

「可惡！快把那燉肉給我端上來！」

大家也受到誘惑，餐廳各處的桌子都傳出要點燉肉的要求。少女忙碌地四處奔走，送上燉肉並收取費用。用不了多久，主人就告知燉肉賣光了。

在巴爾特吃完燉肉及麵包時，老闆端來一個小盤子，裡頭盛著烤得酥酥脆脆的克魯魯洛斯皮。在對面男子的凝視之下，巴爾特吃了一塊皮。略施薄鹽的調味奇佳，撒在上面的柑橘系水果十分解膩，餘味也很棒，與蒸餾酒是絕配。對面男子問了價錢，老闆則回給他一個比燉肉更昂貴的價格。聽說是因為大量使用了上等木炭所致。烤皮比燉肉在更短的時間內銷售一空，酒也很暢銷。

最後老闆端了一碗裝在小碗內的燉煮料理來。一問之下，才知道這是燉克魯魯洛斯內臟。巴爾特本來心想這種東西能吃嗎？但是他已經見識過老闆的烹飪技巧，而且裝在碗內的料理看起來很美味，於是他吃了一塊。

——這真是美味！

完全不帶腥味及澀味，徹底吸收了清淡的湯汁，輕輕咀嚼後，留下些微的嚼勁，卻能輕易咬斷。肉汁的味道也不搶戲，緊接著在口中逐漸擴散。他忍不住又吃了一塊。

——唔唔唔！

這味道跟剛吃下的肉片不同。首先，口感上有所不同。剛才的肉片在口中能輕易地咬斷，而這塊肉片則是充滿彈性，咬下去之後會回彈到牙齒上。再咬一口後，肉片又柔軟地回彈。這口感十分有趣。接著，在口中擴散的肉汁質感不同。剛才的肉汁滑順地擴散開來，但是咀嚼這塊肉片時滲出的肉汁則是香醇濃郁，差距很細微，但這些許的差距非常鮮明。巴爾特用力咬斷肉片，一口氣吞了下去。然後再舀了一片送入口中。

——唔！

這次的肉片從舌尖傳來的觸感滑嫩。而且還有皺褶，滲進皺褶之間的湯汁與肉汁融為一體，在口中跳動。該怎麼形容它才好呢？是會滲進五臟六腑每一處的味道。巴爾特感覺體內正以和消化燉肉、麵包、酥烤脆皮不同的部位，品嘗著這道料理。

此時巴爾特將酒碗端至唇邊。

——啊啊！

這酒怎麼會如此美味！原來是燉內臟帶出了酒的香醇。

「因為老爺子您先幫我們充分放了血，我才覺得能夠做成這道美食。我換了好幾次水，不管怎麼樣都得先把澀味去掉。當然啦～內臟的部分一定塞了不少東西在裡面，不過憑我的本事將它清得乾乾淨淨了。然後，這個城鎮特產的岩鹽是調味的關鍵。哎呀，因為這道料理依據食材不同，會帶有腥味。能煮出這麼棒的燉煮料理是幾年來才這麼一次，畢竟五臟六腑的味道會依部位而異啊。在這個小小容器中，可是裝滿了各種不同的美味。」

——原來如此，這可得寫信跟愛朵菈小姐報告才行。我從來不知道克魯魯洛斯的內臟這麼美味。

愛朵菈是現任帕庫拉領主格里耶拉．德魯西亞的嬸嬸，也是巴爾特宣誓要保護的貴婦。

對面男子點了燉內臟，老闆回他一個比酥烤脆皮更昂貴的價錢，理由是這道料理是難得一見的珍饈，而且是頂尖之作。男子毫不在意地要他把東西端上來，吃了一口後大喊：「太好吃啦！」接著餐廳內的點菜聲開始此起彼落。少女精神奕奕地四處跑，一瞬間就銷售一空。

今晚老闆算是小賺了一筆。當巴爾特心想差不多要結束用餐時，熱鬧的店裡突然靜了下來。

巴爾特順著眾人的視線看去，有三位男子正好推開門走進來。從外貌及態度來看，十分適合稱其為暴徒。站在最前方的是個頭高大，肥胖臃腫的男子。他的左耳已經損傷，左邊臉頰上有一道巨大傷痕。他以下流的眼神掃視店裡一圈，將右手握著的戰斧咚地撞上地面，扯開嗓子吆喝：

「哎呀哎呀，大家的心情似乎都很不錯，我也很開心喔！當然了，明天不會有人在享樂之後，工作就遲到吧？喔~對了，既然大家這麼有精神，明天的休息時間應該可以減半吧！」

店裡的客人魚貫從位子上站起來，離店而去。戰斧男子對正要回家的其中一位客人努了努下巴，其中一位暴徒就把客人帶到店裡一角，對他說著什麼。似乎正在說要不要借錢？今晚要把你妹妹如何如何等等不正經的話。

戰斧男子來到巴爾特身旁，瞪視著巴爾特的臉，以及那把直立著的劍。接著他看向巴爾特的手邊。

刀子與叉子。

一般來說，幾乎所有客人都是用手抓，或是用手製木鏟或竹籤用餐。而巴爾特帶來的餐具相當別緻。刀叉都是以金屬製成。特別是刀子上刻有繁複美麗的花紋，散發出高貴的銀色光芒。

巴爾特毫不在意男子散發出來的殺氣，平靜地將最後一塊燉內臟送入口中，一口氣飲盡剩下的蒸餾酒後，長吁一口氣。男子感覺大勢已去，收起殺氣並帶著同夥離開店裡。

老闆拿著新的酒壺與碗來，在巴爾特的碗裡倒了滿滿一碗酒。不知道是為了答謝他帶來的財運，還是為了剛才讓他經歷不愉快而致歉。老闆一屁股坐在椅子上，也往自己的碗中倒了酒，一仰而盡。

他開始斷斷續續地述說起來。這座城鎮以出產岩鹽維生，自從前任鎮長去世之後，有一位名叫布蘭德的男子來到這裡，掌管鎮上。布蘭德本身是個精明能幹的人，也很有度量，但他那五位負責監督現場的兒子卻以暴力的方式支配作業員們，利用債款綁住鎮上的人們，做出一些蠻橫的行為。

老大瑪奇亞斯擅使戰斧；老二艾爾德擅使長劍；老三傑洛里姆斯擅使飛刀；老四羅勃擅使細劍；老五肯因則可以靈巧地使用弓箭。每一位都技術高超，欲望深沉，若無其事地將弱者踐踏在腳下。

老闆灰心喪志，認為這樣的城鎮不會有未來，所以決定將養女託付給住在帕魯薩姆王國密斯拉城的堂兄弟。密斯拉設有學校。老闆散盡家財支付了學費，拿到了入學許可書。聽說少女是他去世的妹妹之女。而少女將搭乘明天中午發車的公共馬車，前往河岸城市臨茲。車伕是他的舊識。之後少女會搭乘臨茲領主的交易船渡過奧巴河，再請交易馬車隊帶她到密斯拉去。臨茲領地有老闆相熟的官員，他已經千拜託萬拜託官員要好好幫忙。據說等這間剛茲的合約結束後，老闆也想到密斯拉開間餐廳。

「多虧有老爺子的克魯魯洛斯，這下子能讓她帶點零用錢上路了。」

巴爾特從老闆的表情感受到他將送可愛姪女離開的寂寞，在老闆的碗裡倒了酒。

巴爾特回房之後，點燃燈芯照亮房間，接著拔劍出鞘，檢查劍刃。劍刃上有幾處蒙上了些許灰塵，他用布仔細地拭去髒汙。不管有多累，他習慣在一天結束時一定要做這件事。

保養完劍後，他用右手拿起劍揮了揮。當他大幅度往右上揮去時，手肘和肩膀感到痛楚。似乎是舊傷復發了。由高處往下揮動的攻擊姿勢不甚順手。

接下來，他試著將劍由左下往右上揮去。做這個動作時，只要他不過度伸展右手肘，幾乎不會有疼痛感。若有必要用劍時，這個動作比較妥當。緊要關頭時他能無視痛楚，但是沒必要刻意虐待身體。

巴爾特收劍入鞘，將它立在地板上。明天他打算睡到中午，照料馬匹和檢查行李並悠閒度過，如果缺了什麼先去買齊。因為明天也會住上一宿，待疲勞恢復後，第三天一大早啟程。

隔天一早，巴爾特醒了一次。這是他多年來的習慣。之後回頭睡個回籠覺，當他再次醒來想起身時，聽見了一些聲音。一樓鬧哄哄的。巴魯特走下床，微微打開房門後，樓下的交談聲傳來。

「店長，你別這麼說嘛！居然沒跟我們說一聲，就要把店裡的紅牌女店員送到大都會，這也太過分了吧？我老爸可是這間店的經營者耶，總是得跟我們打聲招呼吧？」

老闆語氣微慍地表示馬車的發車時間快到了，但是對方擺明不想聽他說。巴爾特動作迅速地開始整裝，眼中閃著強烈的光芒。這是他多年來的習慣，緊要關頭時會在短時間內進入戰鬥姿態，而他已經感覺不到疲憊和痛楚了。

「就半年吧，把你女兒送到我老爸那裡效勞。這樣的話，我可以對你拖欠的債務睜一隻眼閉一隻眼，還會付你女兒薪水。不只這樣，我們會教她很多事，各式各樣的喔。嗯？怎麼樣？這條件不錯吧？」

他的同夥在一旁附和，發出猥瑣的笑聲。巴爾特聽著樓下的對話，穿起長靴，套上皮甲後將劍掛在腰間，再披上披風，最後戴上手套及帽子。

「放開我！住手！別碰我！」

巴爾特迅速但從容地整頓好裝備後，大聲地打開門。

樓下的眾人抬頭望向巴爾特。在這緊繃的氣氛中，巴爾特踩響靴子，緩緩走下樓梯。站在櫃台附近，手拿戰斧的男子應該是布蘭德兄弟中的老大瑪奇亞斯。一屁股坐在最裡邊桌子上的，應該是老三傑洛里姆斯，聽說他很擅長飛刀。而在入口處抓住少女的人肯定就是老五肯因，他以左手持弓，背上揹著劍筒。

巴爾特踩得樓梯吱嘎作響，同時緩緩走下一樓。他如果就這麼走下樓，將形成被敵人三方夾擊的局勢。然而他並未放慢腳步，走下一樓。

他往左側的老三看去。老三的右手放在左側懷裡，可以稍微看見刀套裡插著幾把飛刀。以投擲用來說算大尺寸的小刀。在右側櫃台附近，老大將戰斧拉到手邊；站在正面入口的老五則放開少女，從箭筒中抽出箭。重獲自由的少女奔向站在櫃台前的老闆身邊，緊緊抱住他。

此時，巴爾特的內心玩興大起。

——既然橫豎都要動手。

既然橫豎都要動手，乾脆狠下心來大鬧一場，鎮住場面，讓這群地痞流氓失去鬥志吧。雖然若是失敗，可能會招致危及性命的傷害，但是他這條命死不足惜。這原本就是一場尋找葬身之地的旅行，若能在幫助無辜市民時死去，不是正如他所願嗎？若身負重傷，也只要在生命走到盡頭前斬殺這三人即可。不過，上上之策毫無疑問是儘可能以不留後患的方式，驅逐這群傢伙。

他面向左方，眼神銳利地瞪著老三。老三嚥了口口水。巴爾特移開目光，往入口方向前進了三步，老五一臉吃驚地搭箭上弓。巴爾特也將視線從老五身上移開，重新面向老大並停下腳步。

現在老大、巴爾特及老三排在一直線上。老三應該在尋找巴爾特的破綻，而巴爾特發出啪沙聲響，掀起披風，將披風的左袖掛上左肩，因此掛在左側腰間的劍顯露在外。每個人都認為他掀起披風是為了利於拔劍，結果卻毫無防備地暴露出左側腹。接著，巴爾特解開了披風左側的繩扣。這下子從他的正後方也可以看見左側腹。此刻，除了巴爾特的左側腹之外，全身都被帽子、披風及皮甲遮著。老三的視線應該停留在暴露在外的左側腹才對。老大似乎耐不住沉重的靜默，開口說：

「你這老東西想幹什麼？」

嘴上依然是令人厭惡的語調，但聲音略帶沙啞。巴爾特保持沉默，往前跨出一步。他感覺到後方的老三有了動靜。應該正舉起飛刀，準備發動攻擊吧。

「你該不會想跟我們打吧？就憑你一個人。」

巴爾特又向前跨了一步。不能操之過急，敵人會告訴自己動手的時機。

「很有趣嘛，既然如此……」

老大輕輕向老三使了個眼神。就是現在！

「拔劍！」

當老大大喊並飛身至身旁時，巴爾特已經開始行動了。他將下半身旋身向右，穿著靴子的右腳用力地往地板一踏，發出「咚」的一聲。他的腳尖朝著老三的方向，而老三已經開始投擲動作。在飛刀離手的瞬間，他對巴爾特回過頭來的動作露出訝異的神色。巴爾特則充分利用腰部旋轉的力量，在右手拔劍出鞘的同時，看清了飛刀的軌跡。由於刀子飛來的路線正如他預料，所以之後只要抓準斬擊的時機即可。

鏗！

鐵器互相碰撞後發出了尖銳的聲響，緊接著被打落的飛刀深深刺進地板。巴爾特以流暢的動作又轉了半圈，收劍回鞘。隨風揚起的披風颯颯地包裹住巴爾特的身體。

時間凍結了。

老大的雙手依然舉著戰斧，看著巴爾特。他的雙眼逐漸瞪大，嘴張得老大。暴徒的腦子似乎正在緩慢地理解剛剛發生的事。從眼角可以看見老五搭在弓上的箭，啪嗒一聲地掉落在地。不久後，老大的臉上出現近似於恐懼的表情。恐怕在背後的老三也是同樣的表情吧。

這也難怪。巴爾特展現的絕技，可是回頭劈落從後方飛來的飛刀。而且，在暴徒們眼中看來應該是揚手擲出飛刀後，巴爾特察覺到這個動作而回頭。若是故事情節就罷了，現實生活中居然有人能辦到這種事，即使親眼所見應該還是難以置信。

巴爾特從容地地背對手持武器的老三。在擋下飛刀後，縱使老大和老三手上拿著武器，他依然立刻收劍回鞘。這只代表了無論從四面八方受到突襲，他都有信心能沉著應付。

這位老人雖然一身如此打扮，但其實是位有名的騎士(可爾德葛西)吧？或許是因為某些理由而隱姓埋名，單獨旅行吧？光靠這三人，實在難以與這位騎士抗衡。更別提若要應付他的家臣，或許會遭到滅門的下場。

地痞流氓們或許正想著這些事。

另一方面說回巴爾特，雖然他裝得一副泰然自若，但心裡是冷汗直流。因為飛來的刀子比預期中既大又重。從聲音來判斷，飛刀的材質也是一等一。相較之下，巴爾特慣用的兵器只不過是一把輕巧偏短的劍，只適合在長途旅行中用來防身。他將稱得上寶劍的武器都留在府邸中了。若是以這把劍與剛剛那把飛刀正面對決，或許已經斷了。真是好險。

巴爾特以平靜的眼神凝視了老大一會兒後，他面向老闆，以臉部動作示意入口處。老闆驚醒似的點點頭，帶著少女往入口走去。當老闆想拿取放在入口附近的行李時，老五有了些動靜，但是在巴爾特用眼神制止了老五。而老闆與少女離開了剛茲。

巴爾特跨出一步，三位暴徒緊張地顫了一下。之後巴爾特緩緩朝入口邁步而去，老五向後退並讓出路來。

他推開雙開門走到外頭，正午的陽光十分耀眼。老闆與少女正奔向停在中央廣場的公共馬車。瞇起眼睛仔細一看，偶爾回頭看向老闆的少女臉上閃著喜悅的光芒。似乎有幾位居民待在剛茲外頭觀察狀況。他們圍著少女移動，同時對她說：「太好了，真是太好了。」祝福著她。不久後，乘客都已經上車，馬車出發時，送行的人們揮著手，高聲呼喊不捨地離別。老闆也扯開嗓子呼喊著少女的名字。這樣還不夠，老闆還跑起來，追在奔馳的馬車後面。他喊著「要好好過日子！注意喝水！」的聲音已近似於哭聲。

——好好送她這一程吧，你把那女孩養育得很好。

巴爾特在心中如此低喃，用左手取下帽子後高高舉起，目送公共馬車消失在沙塵的另一端。

第二章——劍鬼

—炙燒威吉克—

1

釣竿劇烈地晃動了一下，似乎有魚兒上鉤了。經過短暫的奮鬥後，釣起了一條相當巨大的漁獲，心情很好的巴爾特耳裡聽到了熟悉的聲音。

「好久不見了，巴爾特大人。」

他一回頭，看見下了馬，單膝跪在河邊草地上的騎士——西戴蒙德．艾克斯潘古拉。在西戴蒙德的背後，還有兩位熟面孔與他做著相同的動作。不過，在他們後方有個意外的男人依然坐在馬上，一臉不悅地低頭看著巴爾特。

約提修．潘恩。

他是道爾巴領主——卡爾多斯．寇安德勒的外甥，可說是他心腹的騎士。

「潘恩大人，下馬吧。」

明明在非戰時期，卻坐在馬上對已經下馬的騎士說話是無禮之事。西戴蒙德的這句話不過是陳述了理所當然的事實。然而，約提修卻露出極為不悅的表情。

「艾克斯潘古拉大人，那個男人捨棄了他侍奉的主人，已經不是騎士了。對待不是騎士之人，哪需用上騎士之禮。」

「潘恩大人，巴爾特·羅恩大人並未失去其主。巴爾特大人的騎士誓約是以人民為主而立，他並未拋棄這份誓約。」

「哼，這麼說也是呢。他是『人民的騎士（可爾德葛西·古耶拉）』吧？」

約提修一邊這麼說著一邊下了馬，明顯地表現出他認為荒謬至極的態度。不過，即使是約提修也不敢在西戴蒙德面前造次。在這片土地上，艾克斯潘古拉這個名字可不能等閒視之。

巴爾特開口請單膝跪下的三位騎士起身。但是西戴蒙德依然跪著，筆直地盯著眼前這位曾是自己師父的男人說：

「巴爾特大人，請您回去吧。格里耶拉大人對您的離開也感到相當心痛。」

「巴爾特·羅恩閣下，我家主子也認為您思慮不周。我們會為您準備領地，寇安德勒家與德魯西亞家需借重閣下的才幹。」

巴爾特聽著約提修的這番話，心裡想著「真有臉說這種話啊！」

雖然不知道他們會配給巴爾特哪一處領地，但或許是一塊不在寇安德勒家，也不在德魯西亞家管轄之下，屬於其他大領主的守護契約地。最糟的情況下，肯定會是大領主的直轄領地。若是擅自宣稱占有這種城鎮，將會引發戰爭。

巴爾特的名聲太過響亮。他鎮守的城堡從未遭人攻陷，不論身處於多麼不利的狀況也從未嘗過敗績，是位不敗的騎士。世間皆傳聞，家臣人數不多的德魯西亞家能防禦魔獸、野獸，不遭到其他家侵略，防範偷盜賊匪囂張拔扈，巴爾特可說是居功甚偉。

如今，他的威名卻是阻礙。

寇安德勒家現任家主——卡爾多斯是位欲望深沉的男人。在他得到了期盼已久的大領主之名後，此刻肯定正想著要攻佔其他領地，獲得更多城鎮的稅賦權。但是因為長年爭戰，領地內民生凋敝。最後幾個月能動員如此龐大的軍隊參戰，其潛力很令人驚訝，但是金庫肯定已然見底了。現在僅剩維持和平一途。

但是，若能得到巴爾特這顆棋子，情況就不同了。他們會以領主會議之決議的名目，為德魯西亞家和巴爾特準備一場嚴竣的戰役，打算在徹底利用他們之後坐收漁翁之利。而這個戰略能成立的關鍵就是現年五十八歲的巴爾特。或許是長年苛刻勞動的反作用，他最近突然開始逐現老態，恐怕來日也不多了。將德魯西亞家留在絕望的戰場死去，這可是大不忠。

若是沒有巴爾特，這個戰略就不成立。如果在巴爾特不在的狀態下，耗盡德魯西亞家的價值，會招來魔獸入侵。這麼一來，寇安德勒家及其他領主都將會因為與魔獸激戰而敗落，導致難保其大領主之位。

所以巴爾特決定要離開德魯西亞家。只要巴爾特離開，德魯西亞家就能獲得喘息的時間。值得慶幸的是，年輕騎士們都已逐漸茁壯。忍此一時，養精蓄銳，為將來做好紮實的準備。為此，時間比什麼都還重要。

巴爾特的徒弟西戴蒙德也很明白這件事。只不過，若是完全不挽留要離去的巴爾特，會危及德魯西亞家的名聲。傳言往往會顛倒前後關係與因果，可能會傳出為了少養一位年邁功臣而放逐了他，諸如此類的傳言。所以，德魯西亞的家臣出馬尋找巴爾特，並慰留他是勢在必行的事。以擁有一定階級身分的西蒙戴德為首，總共派出了三位騎士，這對這位鄉士出身的老騎士甚至是太過厚道了。

在那之後過了一陣子，西戴蒙德費盡了口舌慰留巴爾特。而巴爾特只回了一句自己已經無法戰鬥了，所以想安靜地離開人世。你來我往了一會兒，西戴蒙德心不甘情不願地放棄說服他，拿出了一袋金幣。

「這是格里耶拉大人的心意，他說若您不願回頭，希望您至少能有趟安穩的旅途。」

要是拒收會怎麼樣？或許會有人胡亂猜測他果然對領主心有不滿。巴爾特如此判斷後，伸手準備接下金幣。

就在此時，約提修・潘恩的眼裡閃過異樣的光芒。他的視線並非看著巴爾特，也非西戴蒙德，而是裝著金幣的袋子。這筆錢對獨自旅行的老人來說是貴重的盤纏，但是這金額倒不足以令一位貴族生氣。

德魯西亞家的騎士們與巴爾特道別後，回到馬上調頭離去，而約提修也跟著離開了。

2

最後，巴爾特決定就地在河邊度過一晚。他開始撿拾用來架爐灶的石頭，老馬史塔玻羅斯則在一邊吃草。

就在巴爾特收集完石頭時，他聽見兩匹馬靠近的聲音。其中一人是約提修・潘恩，他這次毫不遮掩殺氣。另一位男人則是生面孔，與其說是騎士，看起來更像傭兵。兩人下馬後，約提修開口對他說：

「嗨，『人民的騎士』閣下，我忘了一些事，所以又跑來了。先跟你介紹一下，這位是班・伍利略閣下。」

班・伍利略！

他是人稱「赤鴉（羅羅・斯比亞）」的流浪騎士，原本似乎是在中原的某個國家當騎士。但由於他只要看到強大的對手，就會忍不住想一決高下的個性，因此在國內待不下去。也聽說他會接受委託，找人決鬥並殺害對方，以此維生。人將死之際，會有一隻肉眼看不見的紅色烏鴉飛來，停在枕邊。在枕邊看見紅色烏鴉時，表示死期已到。由於有這樣的傳說，人們就依樣畫葫蘆，稱這男人為赤鴉。

這男人身上有許多奇怪的傳聞，其中最誇張的說他不是人類，是和亞人的混血兒。亞人與人類之間無法孕育後代。雖然偶有特例，但大多無法順利誕生於世，更不可能長大成人。真奇妙的傳聞。

「你就是巴爾特．羅恩嗎？我一直想跟你見上一面。」

他的聲音陰暗低沉，巴爾特從未見過眼神如此銳利的男人。不過，從他身上既感覺不到有壓迫感的強悍，也感受不到被瘋狂操控的癲狂。他的氣息反倒十分寧靜平和。

巴爾特咂舌幾聲，並脫下披風。從聽見馬蹄聲的那一刻起，他就已經將劍掛上腰間。約提修與班．伍利略將馬繫在離巴爾特約二十步的灌木叢，走近而來。現在雙方的距離大約十步。

「然後呢，羅恩大人，關於我來找你的那件事……」

約提修使了個眼色，班．伍利略又前進了四步。

「首先，去死吧！」

以約提修的這句話為信號，班．伍利略拔劍，而巴爾特也同時拔出劍來。

巴爾特看著對方的劍心想。這把劍的光澤與眾不同，是把不錯的利劍。要是正面碰上的話，巴爾特的劍恐怕會一擊即斷。

——真是把好劍！

說到底，巴爾特擅長的戰鬥方式是利用全身盔甲、盾及沉重的長劍。他經年累月地磨練出穿上這些裝備的戰鬥方法。對巴爾特來說，不應該逃避敵方的攻擊，而是應該抵擋到最後。然而，現在身上的裝備無法完全接下對方的攻擊，而且對方是知名的劍鬼，好歹也算是一位騎士。這簡直一場毫無勝算的戰役。

「我要向你提出決鬥。」

班．伍利略說道。他的中規中矩十分滑稽，巴爾特微微勾起了笑。

——既然都要動手，就狠狠大鬧一場吧。不過，左手沒有盾真是寂寞呢。

他這麼想著，嘴上「嘖嘖嘖」地咂舌幾聲後回答：

「我接受。」

班．伍利略一口氣拉近六步的距離，劍逼近而來。他由左下往右上揮出一劍。巴爾特將左半身往後退半個身體的距離，微微仰起上半身避開這一擊。劍尖就在左眼正前方通過。

班．伍利略由下往上揮出的劍速絲毫沒有減緩，俐落旋轉後從左下往巴爾特的右側腋窩劈去。巴爾特的右半身往前踏出半步，同時瞬間將劍向前刺出，毫不費力地將班．伍利略的劍往外側彈開。

班．伍利略將劍往左邊收回，向前跳一步，試圖對巴爾特的胸膛揮出一記刺擊。但巴爾特已經將劍收回正中央，他擔心頭部會受到反擊，因此把斬擊的目標換成巴爾特的劍。金屬碰撞聲響起，兩把劍正面交鋒。慶幸的是巴爾特的劍沒有斷。而且巴爾特的肌力凌駕於班．伍利略，所以巴爾特的劍也沒被彈飛出去。

須臾之間，巴爾特完成了三次防禦，他認為赤鴉應該很驚訝。應該說，巴爾特自己也很吃驚。剛才的三記斬擊都不容易避開。

第一擊，從對方發動攻擊的方式可以預測到劍的軌跡，所以他只是抓準時機，試著抽回身體而已，並不是看到劍後閃避。

能擊落反轉的劍技，是因為這是他熟知的招式。四十九年前，巴爾特受到流浪騎士啟蒙劍術時，那位流浪騎士曾多次施展這招。在避開第一擊時，他發現這股攻勢會反轉方向，由下方來記回馬槍，於是出手往粗估的位置舉劍一揮，偶然擊中了。

第三擊更是巧合中的巧合，應該說是班．伍利略想太多了。這也是以前的老師曾經教過他，在無法判別對方的劍時，要先把劍舉至中央，牽制對方的攻擊。因為無所適從而把劍移至中央的這個動作，卻遭到班．伍利略過度解讀。

話雖如此，突然被喚起四十九年前的回憶，而且還能反射性地付諸實行，這讓巴爾特感到十分有趣。

與此同時，他了解到一件事——班．伍利略是受過正統劍法訓練的劍士，而且其本領高超到稱之為高手也不為過。他和自己這種在戰場上鍛鍊起來的門外漢，劍術的質量有根本性的不同。

不止如此，雖然他技巧也十分出色，但更值得驚嘆的是他的速度。班．伍利略的劍速極為驚人。在學習劍術這方面，天分有極大的關係。然而在速度方面——也就是劍速，這絕對不是單憑才能就能達到的。唯有經年累月的艱辛苦練才能創造出奇蹟般的劍速。

這位戰鬥狂的流浪騎士是位難得一見的努力之人。他應該愛劍成痴，只對在搏命決鬥中磨練出來的劍技感興趣吧。如果不是捨棄了劍之外的一切，不可能得到這般技巧與劍速。

他贏不過這個人。不論他怎麼掙扎，都無法打贏他。

——既然橫豎都是一死。

既然橫豎都是一死，至少也得扳回一成。如果能被如此厲害的劍士殺害，是再好不過了。巴爾特下定了決心。

班．伍利略用雙手將交鋒的劍由左推至右。巴爾特用一隻右手應付著，心裡猜測著：對了，這是那招吧？先用力推對方再猛然抽手，趁敵人失去平衡時出劍揮砍。他會瞄準哪裡？是頭還是腳呢？

巴爾特預測他的目標是腳，而他猜中了。雖然他猜中了，卻躲不開這一擊。以巴爾特的腿上功夫怎麼樣都無法與他優異的速度抗衡。

不過避不開也有避不開的好處。巴爾特不管三七二十一，將劍從藍眼筆直地往對方的頭頂刺去。若是瞄準身體的中央部位，即使刺不中，也有很高的機率可以傷及其他部位。劍鬼壓低身體，對準巴爾特的右膝下方砍來。巴爾特用右手揮下劍。在此時，劍鬼也展現了精彩的反應能力，迅速地將完全前傾的姿態轉為面向後方。

巴爾特的劍撲了個空，劍鬼的斬擊也只得止於倉促之間。由於加上體重的攻擊撲空，而且右小腿側連同靴子被砍傷，巴爾特摔了一跤。

如果就這麼摔下去會被殺掉。因此他蜷起身子倒向地面，用左手抓起掉在地上的枯木，俐落地往前翻滾後，左手借勢使力將枯木往敵方應該所在的位置扔去。足足要用雙手環抱的粗枯木「嗡」地一聲往劍鬼飛去。巴爾特雖然老了，但過人的臂力依然健在。

劍鬼往右側一閃，避過了枯木。枯木就這樣往約提修的方向飛過去。或許是因為他完全進入旁觀者心態，這根天外飛來的枯木讓他慌了手腳，一屁股跌坐在地。他狼狽的模樣就像畫裡畫的一樣。約提修愣了一會兒，滿面通紅地站起身，嘴上喊著：「你這個死老頭！」並想撲上巴爾特。

而劍鬼伸出左手制止他。

「還輪不到你上場。」

「赤鴉！你滾開！讓我來砍死他！」

巴爾特心想就是現在了。若是現在，小花招或許起得了作用。他剛才已經對史塔玻羅斯打了暗號，要牠在收集來的石頭對面待命。巴爾特站起身子大喊：

「攻擊！」

往敵人猛衝過去。劍鬼不愧是劍鬼，也在注意著周遭的動靜，但約提修的眼裡只有巴爾特。

史塔玻羅斯用後腿踢向收集來的石頭。巴爾特剛才發出的咂舌聲是這個行動的暗號。這是他年輕時為了惡作劇，而讓史塔玻羅斯學會的招式。由於石頭是收集來搭爐灶用的，所以都很大顆。被踢飛的數顆石頭飛向空中，襲向兩位敵人。

即使在這種情況下，劍鬼也漂亮地避開了石頭。不過，為了避開石頭，劍鬼放開了約提修，而石頭命中了約提修的背部。或許是因為石頭的衝擊加上劍鬼放手的力道，約提修失去平衡，往巴爾特的方向倒去。

——情況允許的話，真想讓班．伍利略吃上兩招，但是沒辦法了。

巴爾特這麼想著，往約提修的喉嚨側面一劃，約提修就這樣伏倒在地，血泊從臉部下方逐漸擴散。

巴爾特戒備著劍鬼的攻擊，但劍鬼一動也不動，冷冷地低頭看著約提修。從劍鬼身上已經感受不到一絲殺氣。巴爾特感到不可思議，開口問道：

「你是為了雇主死亡而感到遺憾嗎？」

「這傢伙死了沒什麼好遺憾的，而且他不是我的雇主。只不過這傢伙死了，我不知道殺了你之後該怎麼辦，也就是說我沒有殺你的理由了。這場決鬥就先暫時擱置吧。」

班．伍利略說著令人似懂非懂的話，等到血不再流出後，他將約提修放上馬並綁好，手裡拉著韁繩，跨上自己的馬就揚長而去。

3

巴爾特在血泊上灑上沙子，然後移動至稍遠處準備野營。他一邊生火，一邊思考著這群傢伙到底想幹什麼。

他們想殺掉巴爾特是無庸置疑，但是，是為了什麼？是心懷怨恨嗎？這他倒也不是不明白，但是專程聘請流浪劍士當刺客，這件事說怪也很奇怪。要僱用像班．伍利略這種男人要花很多錢。卡爾多斯的親信中不乏愛惹事生非的男人，若派十人來襲擊，要殺了一位老人很簡單。而且也有厲害的人才，甚至能超越現在的巴爾特。有什麼原因讓他無法信任自己的親信嗎？

此外，班．伍利略說，殺了巴爾特後似乎有什麼事要辦。是想拿巴爾特的屍體做什麼嗎？還是覬覦他的行李呢？

思索及此，巴爾特回想起約提修對裝著金幣的袋子表現出異常的關心。他拿出裝著金幣的袋子，翻看裡頭，但裡面除了金幣之外沒有其他東西。袋子本身也是毫無特別之處的普通袋子。巴爾特不知道還能朝什麼方向去思考，而且眼前有個更重要的問題——得將那兩人來之前釣到的魚烤一烤才行。

他釣到的魚是威吉克，肥美至極，油脂分布也是一等一。他把魚串起，將在前個鎮上得到的美味岩鹽磨碎後灑在魚上，將魚架在火旁。不能將魚擺在離篝火太近的地方，要讓牠慢慢烤熟。

他從行李中拿出碗盤及杯子，全都是金屬製的。這些器皿是以上等金屬打造，非常耐用，但因為長年使用下來，上面有許多細微的傷痕及凹痕。金屬餐具在邊境地帶是貴重物品，每一樣都是德魯西亞家的恩賜之物。

接著他拿出裝了酒的酒壺。西戴蒙德在離別之際，留下了三壺酒，說這是他送的餞別之禮。

——真是聰明的傢伙。

這肯定是高級酒，而且應該是符合巴爾特喜好的烈酒。他拔去栓子，小心翼翼地不讓酒灑落半滴，將酒倒入金屬杯中。

咕嘟，咕嘟。

好悅耳的聲音。聲音好聽就是好酒的證據。今晚最重要的課題就是要如何品嘗這壺酒。也煮點湯吧，再稍微吃點肉乾好了。

他淺啜了一口酒。

——好喝！

口渴只要喝水就得以紓解，但只有酒才能療癒心中的渴望。抱有必死覺悟的戰役對現今的巴爾特來說很艱辛，酒水的滋味滲入他消耗殆盡的心。這是一壺馥郁濃郁的酒。巴爾特小口小口地啜飲著酒，看著威吉克漸漸烤熟。

炊煙剛開始升起時，燃燒的氣味中也蘊含著水氣，帶有腥味。然後這股氣味逐漸消散。不久後，油脂滋滋作響地冒了出來。火烤油脂的味道和烤魚的味道混在一起，接著烤魚本身的味道也轉變為充滿美味的香味。冒出的油脂流淌而下，滴落至篝火中燃起火焰。火焰燃起的煙霧包圍著威吉克，賦予風味；在魚的內部，火烤的油脂應該也已經滲透至全身了。「魚」正在逐漸蛻變為「烤魚」。巴爾特勤快地調節篝火，一邊細細品嘗酒水，一邊仔細地烤著威吉克。

過了不久，威吉克的表面、背面，以及從頭到尾都烤得香氣四溢。巴爾特從懷裡掏出叉子，刮去烤得焦黑的部分。接著用叉子把威吉克背脊部分的肉全挖下來，放在盤子上。果然還是要從這裡開始吃。不管是哪種魚，背部上緣的部位肯定都很美味。巴爾特將叉子送進嘴裡，一口吃下。

——喔喔！

棲息在淡水水域中的魚有時會有土味，但是威吉克的滋味非常爽口，無可挑剔。油脂完整滲入魚肉中，原本淡而無味的威吉克肉帶著強烈的美妙滋味，在口腔中迸發開來。細細咀嚼之下，油脂滲出的同時，白肉魚本身清爽但深奧的滋味也逐漸溢出，在口中混合。在充分品味咀嚼的滋味後吞下魚肉，喝下一口酒。

——接下來。

下一口要吃哪裡呢？當然了——是腹部。在多數情況下，魚的腹部不怎麼好吃。有時甚至會因為吸收腐敗內臟的腥味，帶有刺鼻的苦味。不過這隻威吉克十分大條，而且是剛釣起來的，肯定能讓他大快朵頤一番。就是這裡，這個部位。在內臟正下方，略帶著黃綠色的地方。他在烤魚時很小心翼翼，絕對不讓這個部位烤焦。巴爾特滿心期待地將腹肉分到盤子上，送入口中。

——喔喔……喔喔！

柔嫩得像要化開似的。在柔嫩之中，帶著難以言喻的溫和甘甜。將魚肉含在口中品嘗那份甘甜時，感覺就像溶於整個口腔中。他剛才應該將很大一塊魚肉含入口中，卻滑順地流下喉嚨，消失在喉底。在那之後只殘留下幸福感，彷彿吃了只應天上有的美食。

接下來他吃下內臟。魚的內臟都很苦，但威吉克的內臟完全不苦，反而很甜，因為十分新鮮。鮮甜中也有舒服的微苦滋味，與魚肉不同的這份口感讓人玩心大起。

他忽地靈光一閃，在盤子裡把布滿油脂的部位和內臟混在一起，試著吃了一口。

——好美味！

烤過的油脂包裹著新鮮內臟，真是妙不可言的珍饈。品嘗香氣十足的鮮甜滋味可說是釣魚人的特權，而且沒有食物更適合增添酒的滋味了。此時此刻，還管他什麼寇安德勒家還是班·伍利略，那一切都拋諸腦後了。

——算了，煩人的事就任它隨風而逝吧。肚子餓時，有美酒、美食，還能吃到這些好東西，哪有比這更幸福的？

被砍傷的右腳隱隱作痛，但是傷口並不深。腰痛已經是家常便飯，事到如今也無技可施，他也早過了害怕死期到來的年紀。該做的事都完成了。接下來就為了活著而活著，並死去而已。

——也得把這威吉克的滋味寫進寄給愛朵菈小姐的信裡才行呢。

眺望著滿天繁星，橫渡河面的風拂過炙熱的臉龐，巴爾特愉快地享用了晚餐。

第三章 藥師婆婆

─沙利克涅根湯─

1

巴爾特醒過來。現在是夜晚，篝火正熊熊燃燒著。他感覺到身旁有老馬史塔玻羅斯的體溫。

「你的馬真是聰明，把你從河裡拉上岸的好像也是牠。我發現你的時候，牠也像現在一樣，緊緊依偎在你身旁，幫你取暖呢。如果你爬得起來，就起來吃點東西吧。我拿你行李中的肉乾和乾麵包煮了點東西，衣服也早就乾了喔，你最好先把衣服穿上。」

嘴裡這麼說著，站起身走來的是位老婆婆。在老婆婆的幫助下，巴爾特勉強讓搖搖欲墜的身體依自己的意思行動，穿上了內衣、上衣及長褲，然後開始用餐。

圓鍋中裝著煮好的湯。老婆婆把肉乾丟進水裡煮，再加入乾麵包煮成了這鍋湯。不對，不止這些，還放了某種蔬菜。巴爾特啜了一口。

——好喝。

只用肉乾是煮不出這種味道的。

「我加了藥草代替佐料，味道挺特別的吧？」

巴爾特的身體似乎比想像中還飢餓，這碗湯大大地刺激了他的食欲。他強忍住想一口氣狼吞虎嚥的衝動，緩緩地將湯送入口中。他發現湯裡加了某種白色物體，好像是樹根之類的東西。他原本預想這東西應該很硬，沒想到一口咬下就輕鬆咬斷了。他把食物含在嘴裡，口感十分柔軟。用舌頭壓了壓，這東西就這樣輕鬆化了開來。他試著將食物吞下去。它滑順地通過喉嚨，落入了胃袋之中。這滋味真不可思議。

「這是什麼東西？」

「咦？喔～你說那個啊。你自己看看，不就在你眼前嗎？」

他看向老婆婆提示的方向，但眼前淨是茂盛的雜草。巴爾特再次順著老婆婆的視線看去，雜草叢中零星地開著幾朵白色的沙利克涅花。

——原來是沙利克涅的根啊。

巴爾特嚇了一跳。沙利克涅會在入秋時節開花，但因為花瓣形狀看起來像瘦骨嶙峋的人手，故也被稱為「人手草」。在邊境地帶的路旁隨風搖曳的沙利克涅花，就像倒在路旁的人在臨死前掙扎，從草叢伸出來的手，所以也有人說這是獻給死者的花。居然有人會吃這種東西，真令人驚訝。

「它被人稱做『人手草』，覺得它很不吉利就是了。但是沙利克涅的根很好入口，營養成分也很豐富喔，而且能幫助身體排毒。剝去外皮後完全沒有土味，也很容易煮熟，所以這是最適合拿來煮湯的蔬菜啊。」

這麼說來，剛才不覺得有土味。巴爾特再次將沙利克涅的根送入口中，輕輕使力就化開了。他把根在口中試著品嘗味道。沙利克涅的根軟塌易碎，在口中散開。黏糊之餘帶著清甜，也可說是高雅的味道。巴爾特充分咀嚼後吞了下去。它滑順地落入臟腑之中，不過在入喉後漸漸融入體內，彷彿消失了一般。

而且現在的巴爾特身體虛弱，只喝下少量的湯水也會對胃部造成負擔。但是沙利克涅的根沒有造成任何負擔，反而像是修補了五臟六腑的痛楚，為他舒緩了不適。

——喔喔，身體感到很高興呢。

他只吃了寥寥數口，但胃底升起一股暖流。至今為止，他從來不知道這種隨處可見的草居然這麼好吃。巴爾特享受了一會兒這嶄新的味道。

——美味也有很多種。也得把這件事寫進寄給愛朵菈小姐的信裡呢。

「你會掉進河裡，是因為身體不適而失足吧？我想知道當時，你身上出現了哪一些症狀。」

巴爾特將自己記得的事告訴老婆婆。在他翻山越嶺的途中，身體漸漸變得疲倦，過沒多久，腳趾和手指前端變得非常冰冷，之後還出現了心悸及呼吸困難的症狀。他走下溪流想喝點水時，腦袋有股沸騰的感覺，就這樣失去了意識。

「嗯～果然不出我所料。因為那個藥似乎起了作用，我就覺得應該是這樣。你在路上有沒有看見一種草，上面結著約拳頭大小，紫色帶刺的果實？」

巴爾特回答，有經過一個長了很多這種草的地方。他從未見過這種植物，所以留下了印象。老婆婆聽完他的回答，沉思了一會兒後說：

「不好意思，明天一早如果你恢復精神了，可以帶我去那個地方嗎？」

巴爾特很感謝老婆婆。多數人看到有人倒在路邊，都是拿走值錢的東西或堪用的物品，隨口祈禱兩句就走了。這裡又是邊境地帶中遠離人煙之處，哪能期待什麼。不過，這位老婆婆願意照顧身在鬼門關前的巴爾特。巴爾特雖然年事已高，但體格依舊健壯，想必光是要搬動他，脫下他的衣服也很辛苦。而且，看來她還讓巴爾特服下藥這類的珍貴物品。所以只要是老婆婆的要求，他都希望盡力達成。

2

隔日一早，巴爾特的身體狀況仍沒有恢復到能長途跋涉的狀況。用過餐後，他喝下老婆婆做的藥。據說裡面加了多種草藥下去熬煮，所以有恢復體力的功效。

「承蒙您照顧了，請問您貴姓大名？」

「我的名字嗎？這個嘛，最近大家都叫我什麼魔女的。」

「稱您為魔女真是太過分了，您不可能向別人自稱是魔女吧？」

老婆婆說，她以前住在深山裡的小村子，離這裡很遙遠。小時候，母親帶著她經過此地時，出手救了病患。因此在村民的央求之下，就在此地住了下來。她的母親是一位優秀的藥師，而她也在母親的教導下成為藥師，母親過世後也留在那座村莊裡。藥師在邊境地帶是非常珍貴的存在。幾十年來，她不斷治療人們的傷病疼痛，雖然日子一成不變，但她過著還算幸福的人生，直至年華老去。

而一場流行病帶來了轉機。村人接連染病，從抵抗力弱的人開始一個個死去。她自己平時會服用提升抵抗力的藥草，所以沒有得病。但有一位她視為親孫女般疼愛的少女發病了。

其實她手中還有一人份的藥物，那是母親遺留下來的。但是，母親留下一段話，叮嚀她這份藥除了她自己以外，絕不可讓其他人服用。她違背了母親的遺言，讓少女服下藥。而少女因此撿回了一條小命。

所有村民都對這種藥趨之若鶩。她解釋說已經沒有藥了，卻沒有人聽進去。不久後，流行病平息時，村人們對她只留下了憎恨。就連那位得救的少女也憎恨她，因為少女的父母沒有得到藥物而雙雙身亡。

有人開始說：「那個藥師婆婆為什麼沒有生病？」另一人回答：「這麼說來，不曾見過那婆婆生病呢。」接著又有人說：「認真說起來，那婆婆已經活了多久啦？」最後有人回答：「聽說我爺爺出生時，她就已經是個老婆婆了。」

她是魔女（托拉耶魯）。

她與惡魔（貝亞多魯）訂下契約，施行邪術，成了似人非人的可怕女妖。在惡魔的庇護下延年益壽，做出許多不為人知的勾當。難怪她能調合出藥效良好的藥物。不對，那些真的是藥嗎？受到惡魔庇護需要付出代價。這個魔女至今把多少村民賣給惡魔了？原來如此，這場流行病肯定打從一開始就是那個魔女搞的鬼。村人圍住她的小屋，將她綁在柱子上，從外頭放了火。

「那麼妳是如何得救的？」

「天曉得。我現在站在這裡，就代表我得救了吧。或許是因為在村民中，有人想起了母親和我的恩惠，出手相救吧。」

要是這位老婆婆真的身陷火海卻沒有死去，那她就是貨真價實的魔女。但是巴爾特只相信自己親眼所見的事物。與魔獸（基傑露）爭鬥至今，他也知道世界上好像存在著人稱妖魔（基耶魯卡諾斯）的奇妙生物，但是他不相信所謂的惡魔或魔女的存在。

他也見過很多自稱仙人（夏托利）或預言者（托利亞·可拉切）的人。其中不乏頗具真知灼見的人，但是沒有人擁有超乎常人的能力。他們稱之為法術（沙諾）或是奇蹟（德巴由）的現象，不過是眾人不知道的某種學問，或是掩人耳目的戲法罷了。他曾聽過無數次惡魔或魔女出現的傳言，不過經實際調查發現，都只是肇因於人心的黑暗面而已。

這位對村民有恩卻遭到咒罵，還差點被燒死的老婆婆，看起來莫名地不像心中帶著黑暗的人。

「你得到的病呢，是吸到格里阿朵拉果實裂開時，飄出的粉末而引起的。那其實不是粉末，而是寄生於格里阿朵拉的微小蟲卵。這種蟲卵只會在人體中孵化，只要在孵化前服藥，蟲卵就會死去，病症得以痊癒。不過如果蟲卵孵化後，就回天乏術了。

把這株苟利歐沙的果實搗碎後喝下，就可以殺死蟲卵。你和我都剛喝下不久，藥效應該還能保我們三天內不受此病侵擾。其實格里阿朵拉及苟利歐沙都不太常見，但不可思議的是，格里阿朵拉叢生時，苟利歐沙必定也很茂盛啊。我進入這座山時，看到此處的苟利歐沙如此茂盛，著實嚇了一跳。我必須找到格里阿朵拉簇生之處，放火將其燒盡才行。這是身為藥師的職責。」

這位老婆婆直到今日仍是一位藥師。就像告別主上，捨棄榮華富貴，孤身踏上尋死之旅的自己仍然是一位騎士一樣。

3

由於巴爾特能勉強活動，所以騎著史塔玻羅斯就出發了。包括行李，讓牠承載自己與裝備的重量實在很可憐，但是他覺得出發時間不能再延遲下去了。

「這真是驚人呢！生長得如此茂盛，卻幾乎沒有已經破裂的果實。看來趕上了一個絕佳的時機啊。」

在山上斜坡的一隅，長了滿滿一片格里阿朵拉，範圍寬廣得能搭建五十間小屋。如人類手指一般粗的綠色莖條蜿蜒延伸，高度約至人的肩膀，向上延伸的莖條前端長著表面有微小突起的果實。小顆的果實呈現綠色，隨著體積逐漸增大，莖條前端會垂下，果實則變為看起來具有毒性的紫色。等到發育成熟，果實會破裂，散播蟲卵。

「蟲卵一旦進入人體，宿主會像死去一般沉睡。蟲卵在宿主體內孵化後，會啃食宿主的屍體成長，產下蟲卵。這種蟲喜歡待在人類體內最深處的部位，但是等牠們將內部蠶食殆盡後，蟲卵也會氾濫至屍體表面。冒出屍體表面的蟲卵將乘風起飛，寄生在下一個宿主身上。一旦事情演變至此，就無人能阻止了。從一個宿主身上散播出去的卵會滅掉一個村莊，不久後會毀滅一個國家。」

「有國家因此滅亡嗎？」

「或許有吧。」

老婆婆嘻嘻嘻地笑了。

兩人決定溯溪而下，露宿野外。巴爾特捕了魚，老婆婆則採了山菜。巴爾特將裝滿水的鍋子放上臨時爐灶後，老婆婆在鍋子下放了僅僅少許的枯枝與枯葉，之後說：「點火吧！」雖然巴爾特覺得還需要多收集一些柴火，不過他聽從老婆婆的話，在爐灶口點火燃燒枯葉，熟練地將枯枝疊放起來，做成火種。老婆婆張開雙手面向火種，口中喃喃有詞，像在哼著曲子。此時，火種上的火接連延燒到附近的枯枝。

這副光景在巴爾特眼裡看來很不自然。以為木頭還沒到能燃燒的狀態卻燒了起來，簡直就像火焰有自己的意識，正在緩步輕移一般。轉眼之間熊熊烈火燃起，開始為鍋子加熱，不過這情景也很不自然。相較於柴火的量，火勢太猛太烈了。而且應該早已燒盡的枯枝好像怎麼燒也燒不完。

「施法一定需要媒介。憑空創造物品是種奇蹟，可沒有幾個人辦得到。然而，只要有一些些、一些些媒介，就能讓它愈發壯大，或是看似壯大。我們要通曉火焰燃燒之力及生火的原理，進行祈求。向葉子、枯枝、火焰、風，以及蘊含在這些東西裡的一切進行祈求，還有鍋子、水及其包含的一切。」

不用多久，熱水燒開了。巴爾特覺得這速度太快了。

老婆婆取出肉乾，切塊並丟入鍋中。接著放進山藥、山菜、少量的岩鹽及佐料。少量的枯枝連即將燃盡的跡象都沒有。

「所以說啊，當你不得不與妖術（諾捷爾嘉）或魔術（諾葉魯）為敵時，要看清原理，堅定心志。這麼一來，就沒什麼大不了的了。」

巴爾特聽著老婆婆說話，一邊將魚串上樹枝烤。關於老婆婆展現的神奇伎倆，他心裡也想一探究竟，但是他莫名覺得現在應該只把她的話牢記在心。

或許巴爾特現在所見的事物，足以完全顛覆他在漫長人生中累積的常識。不過，他完全沒有感受到妖異氣息或威脅。這一切只是依據正確的知識及步驟，讓既有的事物展現其應有的姿態，只是自己對這些東西一無所知罷了。

史塔玻羅斯在附近吃著草。撇除能吃到品質優良的乾草及蔬菜的時候，馬這種生物在醒著的時間中，大半都是在吃附近的草。

兩個人與一匹馬為了養足體力，早早就寢了。

4

老婆婆面前堆著高高的柴火。格里阿朵拉的莖條可以輕易砍下，但是這麼做會留下地下莖。這種格里阿朵拉是以生長於地下的根連為一體，意即這整片植物是同一株。格里阿朵拉原本是生命力微弱的植物，發了芽也會立刻枯萎。但是只要成長到某種程度，其韌性會突飛猛進，開始排擠其他植物並成長，延伸出地上莖。為了消滅這種受到詛咒的植物，據說只能以大火將地下莖燒個精光。

「它內部的蟲是打哪兒來的？」

「天曉得呢。說不定那種蟲不是蟲，是種生態像蟲的植物。反之，格里阿朵拉可能只是看似植物的動物。若你有機會遇見優秀的學者，麻煩務必替我問清楚。好了，動手吧。」

接到老婆婆的指示，巴爾特拿起火鐮打上打火石，把火粉移向火口，火燒至棉花上之後，放到波兒波姆葉上。火立刻延燒到五六片波兒波姆葉子上，接著，茶色的可伊楠西里枯葉開始劈啪作響，燃燒起來。巴爾特為了不妨礙老婆婆，靜靜地退到後方。老婆婆閉起眼睛，雙手合十，開始詠唱著什麼。以幾乎聽不到的細微音量詠唱的話語逐漸激昂起來。

巴爾特從未聽過這種語言，高聲朗誦的祭文刻劃出浩然的韻律。老婆婆大大張開雙手，火焰瞬間延燒至所有柴火。熱風迎面而來，巴爾特一瞬間感覺自己的肌膚好像也被烤了一回。

巴爾特開始走下斜坡。老婆婆要他等火完全燒起來後，到溪流對岸遠處的濕地去避難。馬匹已經帶著老婆婆的行李遷移了。

在前往避難前，巴爾特回過頭再次確認火焰的狀況。就在這個時候，有隻龐然大物撥開草叢跳了出來。

——是盾蛙（洛瓦格爾）！

雖然盾蛙的名字裡有個蛙字，但種族上是屬於蜥蜴（那答）的一種。牠的外表是綠色、黃色、黃綠色及茶色相間，混在樹木或草叢之中時，令人不敢置信地難以分辨。巨大身軀的前半部可說是牠的嘴，整排緊密的鋸齒狀牙齒所帶來的殺傷力令人膽顫心驚。滑溜的表皮異常堅硬，在那之下還有盔甲般的外骨骼，即使是劍也難傷其分毫。而現在出現的這隻盾蛙體型巨大，在巴爾特的記憶中也不曾見過，牠的體長凌駕於人類之上。

盾蛙筆直地朝著老婆婆縮起四肢，這是要飛撲過去的姿勢。巴爾特拔劍飛奔出去。

——要趕上啊！

在飛奔過去的巴爾特眼前，盾蛙張開血盆大口，一躍而起。同時，巴爾特也縱身一躍。當盾蛙如怪物般的大嘴即將咬上老婆婆腰間的前一秒，巴爾特從旁以身體撞上牠。巴爾特被彈回來，咚地一聲落在草地上，不過這記魯莽的攻擊起了作用，盾蛙的攻擊稍稍偏離了老婆婆，整頭蛙栽進熊熊燃燒的柴火邊緣，揚起一陣火粉。或許是因為實在太燙了，盾蛙一副厭惡的模樣抖去火粉，慢吞吞地轉面向巴爾特。牠似乎已經認定巴爾特是敵人了。既然如此，他只要引誘盾蛙逃走就行了。巴爾特試圖站起身來，但是胸口及腰間傳來劇痛。這下糟了，在這種狀況下跑不快。

沙沙沙沙沙！

盾蛙發出聲響逼近。牠的四肢短小，移動起來卻意外地敏捷迅速。巴爾特閃過三次攻擊之後，勉強衝進了樹叢中。盾蛙緊跟在後並飛撲過來。巴爾特已經逃到粗如大腿一般的樹木後方，但是盾蛙以跳躍攻擊輕易地撞斷了樹木。飛起的斷木擊中巴爾特的左肩，整個人被彈飛了出去，卻也多虧了這一擊，他才沒有被盾蛙的巨大下顎捕獲。

巴爾特以為逃進有樹木生長且鞏固的地方，就能稍稍喘口氣。但在轉眼間，驚人的事發生了。這隻怪物蛙在空中扭轉身體，以幾乎完全打橫的姿勢穿梭在樹林間，並對巴爾特發動攻擊。

此時，巴爾特的左手抓住一片收集柴火時落下的木片。盾蛙張著血盆大口，一排鋸齒般的牙齒及可能帶毒的黏滑口腔，曝露在巴爾特的眼前。巴爾特毫不猶豫地將木片深深刺進牠的口中。而盾蛙想咬下他的左手臂，卻被刺進嘴裡的木片卡住，下顎無法完全閉合。巴爾特和盾蛙糾纏在一起，滾落地面。盾蛙的牙齒刺進了他的左手臂，但是巴爾特沒有抽出在牠口中的左手。盾蛙混濁的眼裡燃起了怒火，將牠的嘴張大到極限。

巴爾特沒有逃跑，反而整個人跳進了盾蛙口中。右手的劍深深地刺入口腔深處，同時將左手拿著的木片往口腔的更深處插去。盾蛙的嘴巴闔了起來。但是，喉頭被木片撐開，所以沒辦法咬死巴爾特。此時，巴爾特的上半身完全栽進了盾蛙嘴裡，將右手的劍不斷改變角度，往盾蛙體內深處刺。他的目標是心臟。嘴巴佔了盾蛙一半的體長，所以喉嚨的深處馬上就有內臟。

這時，盾蛙激烈地扭動身軀，把巴爾特甩飛出去。巴爾特無法起身，只抬起頭看向盾蛙。盾蛙翻個四腳朝天，身體正不斷抽搐著。看來順利刺中心臟了。盾蛙的動作逐漸緩慢下來，過了不久就死了。

——我居然單槍匹馬，而且用劍打倒了盾蛙，這可是卓越的特殊功勳啊。我也還老當益壯嘛！

巴爾特十分驚訝自己如此走運，他甚至無法抬起身。轉動脖子看向老婆婆，他所看見的景象讓他懷疑起自己的眼睛。

火光熾烈，燃燒。

燃燒著惡魔果實的火焰熊熊燃起。

堆積如山的柴火前站著一位女子。一位年輕貌美的女子唱著操縱火焰的歌曲，攤開雙手高高舉起。

那兒原本應該有一位老婆婆，而且沒有任何人接近的動靜，老婆婆也不可能離開。這麼一想，這位年輕女子就是那位老婆婆。

原本應是一片雪白的毛髮化成及腰黑髮，被引起火焰的風勢吹得豐盈起伏，在火焰的照耀下，襤褸旅行服裝下的妖豔肢體完全畢露。巴爾特僅看得見她的背影，看不到容貌。但是巴爾特敢肯定，那張臉絕對既年輕，又美得有如天仙。

在熱風的吹拂下，巴爾特低喃了一聲自己信奉之神的名號，放任意識逐漸遠去。

不知何時，巴爾特被搬到濕地上，接受了治療。大火持續燒了三天三夜，將格里阿朵拉的根燃燒殆盡。

在那之後一個月的期間，巴爾特和老婆婆一起行動。老婆婆教導巴爾特各式各樣的藥草及處方。在剛滿一個月時，他們來到看得見村莊的地方。當巴爾特想回頭向老婆婆道謝時，她已經消失無蹤了。

第四章　王使與盜賊

—火烤騎士魚—

1

再次變成孤身一人的巴爾特走進眼前見得到的村莊。

時間已近黃昏。村莊旁有一條水源豐富的河川，村裡的戶數出乎意料地多，也有人聲鼎沸的餐廳兼旅店（剛茲）。

「有房間住嗎？」

「嗯，當然有，剛好有個空房間喔。不過你運氣真好呢，居然在這種日子來住宿。」

「運氣真好是指？」

「哎呀，你不知道嗎？國王加冕啦！而且是位了不起的國王呢。還派人到我們這種鄉下地方的小村子來。今天溫得爾蘭特國王陛下請客，來到這裡的每個人都能享受一杯免費的酒！來，你也喝一杯吧！」

他幫巴爾特倒了一杯兌水的蜂蜜酒，味道說不上好喝，但既然是免費招待，倒也沒什麼好挑剔的。在他喝完這杯酒前，店裡對溫得爾蘭特新王舉杯了三次。接著，在他自掏腰包點了蒸餾酒後，開口問了關於溫得爾蘭特王的事。老闆娘在忙碌地四處招待客人之餘，向巴爾特說明了整件事的原委。

在奧巴河的對岸有個帕魯薩姆王國。就在去年，帕魯薩姆王國在與大國的戰爭中勝出。這場激烈的戰爭中，皇太子及多名王子戰死，但在最後關頭，溫得爾蘭特王子突襲了敵方的根據地，獲得勝利。溫得爾蘭特王子成了大英雄凱旋歸國，但是因為高齡而倒臥病榻的高齡國王或許是因為放下心了，嚥下了最後一口氣。

下任國王該由誰繼位引起了多番爭論。溫得爾蘭特王子比皇太子年長，也很有人望，功蹟卓越，但是生母的身分低微。但是，此時王子是救國英雄，軍部也非常支持他。結果決定由溫得爾蘭特王子繼承王位，在戰勝及前任國王駕崩的一年後，舉行了加冕儀式。新王希望能傳播戰勝及加冕的喜悅，所以派遣王使走訪各地發放禮金，同時宣傳新的統治方針。

巴爾特感到傻眼。邊境地帶幅員遼闊，離帕魯薩姆太過遙遠，村莊城鎮的分布十分零散。不管是徵稅、派兵遣將、頒布法令都極為不便且不符效益。就算在這種地方廣發酒水，國王名號這東西在三天後就被大家拋諸腦後了。就在巴爾特開始用餐，心想著這真是件奇聞異事時，酒館中的喧囂忽地靜了下來。一位打扮華貴的騎士站在門口，以年輕響亮的嗓音開口詢問：

「很抱歉，打擾各位休息了！請問這裡有沒有藥師，或是了解疾病的人？特遣邊境王使巴里・陶德祭司大人犯了急病，說手腳突然感到冰冷，以及劇烈頭痛，現在發著高燒，沒有意識。有沒有人能救救他？」

沒有人願意毛遂自薦。在這種鄉下地方應該沒有什麼藥師吧，巴爾特站起身。

「能請教詳細的症狀嗎？」

「閣下是藥師嗎？」

「我不是藥師，但是如果他罹患的是我想的那種疾病，就必須立刻採取對策。」

巴爾特立刻被帶到了村長家。村長本人不在家，他出門去通知下個村莊王使抵達一事，並幫忙安排住宿等細節。村長夫人也因女兒即將臨盆，身在女兒婆家而不在這裡。家中只剩兩位幫忙打理食宿的少女，無法處置祭司的急病。他們似乎是抱持著最後一絲希望，認為村民中或許會有人懂藥理而來到酒館。有位年長的騎士隨侍在稱為特遣王使的祭司身邊。年輕騎士向他簡短地說明情況後，年長騎士對巴爾特低下頭說：「拜託您了。」

看過祭司的情況後，不是格里阿朵拉所引起的病症，而是在邊境家喻戶曉，被稱為「一夜熱」的病症。突然發高燒雖然十分嚇人，但是即使不去理會，最多兩三天就能痊癒。不過，若是高燒過度可能會陷入意識不清的狀態而喪命，也可能會導致身體某些部位癱瘓。

巴爾特說明診斷結果，並表示自己有草藥，若不嫌棄的話可以配藥。另外還說，讓房間保持溫暖並攝取足夠的水分很重要。而年長騎士低下頭說：「那就麻煩您了。」

巴爾特先拜託打雜的少女去準備熱水。

「可以麻煩妳不要蓋上鍋蓋，幫我煮一鍋沸水嗎？開始煮沸後，在數到五百的期間要讓水繼續沸騰。弄好了就來叫我。」

接下來他從行李中拿出一束藥草，從中挑出耶拉特的葉子與克利軋的根。兩株藥草都乾燥得恰到好處。巴爾特請另一位少女拿來木缽及木匙，搗碎葉子及根後，將葉子和根以二比一的比例混合在一起。年長騎士則興味盎然地盯著他。

「克利軋的根有溫暖身體、促進排汗的作用，耶拉特的葉子則有強化心臟功能、促進血液循環的效果。」

「溫暖身體？不是相反嗎？」

「不，一夜熱會讓毒素沉積在體內，若是不流汗，毒素會殘留在體內。讓他確實排汗是最重要的。只要充分排汗後，體溫會自然下降。而強化心臟功能，也能加強血液循環排毒的功用。」

「唔嗯，原來是這麼回事啊。閣下真是博學多聞。」

年長騎士似乎了解到巴爾特是基於正確的知識調配草藥，之後沒有再提問，也沒有投以懷疑的眼光。

年輕騎士開口詢問：「有沒有我也能幫忙的事？」所以巴爾特拜託他說：「可以麻煩你去把火盆和裝水的鍋子拿來嗎？我想利用蒸氣讓房間暖和些。」年輕騎士立刻照著巴爾特的指示去做。這年輕人看起來身分相當高貴，卻毫不猶豫地照著巴爾特的指示動作，很是耿直。

「那個，熱水煮好了。我有確實數到五百。」

「這樣啊。那麼，可以請妳提供一個小的長柄鍋嗎？」

巴爾特跟著來叫他的少女走進廚房，舀了適量的沸水到長柄鍋中，放入已經搗碎混合的藥草後蓋上蓋子。他回到病人房間看看時，火盆上已經放了水，開始冒著熱氣。年輕騎士做事挺俐落的。剛剛有事外出的兩位僕人回來了，因此巴爾特請他們先幫病人擦汗並更換內衣。

巴爾特坐在椅子上靜靜等著。在葉子及根完全化開前必須放置一段時間，等待才能引出耶拉特葉和克利軋根具備的藥效，老婆婆藥師是這麼教的。年輕騎士中途曾來看過好幾次，但巴爾特只是閉著眼睛等著。

等長柄鍋的熱度冷卻下來，溫度變成微溫時，巴爾特掀開了蓋子。搗碎的葉子及根已經完全泡開，熱水變成看起來具有療效的茶紅色，散發出獨特的特殊氣味。他用泡過熱水的白布濾出藥湯，之後倒進吸嘴。

回到房間後，巴爾特命令僕人餵病人喝下藥湯。他有些擔心病人能否順利喝下藥湯，但所幸全都喝光了。喝完藥湯後，他在吸嘴內倒入冷開水讓病人喝下。

「一點一點慢慢喝沒關係，要一直不斷讓他喝水。因為當水分變成汗水排出時，會帶走體內的毒素。」

年長騎士在充滿蒸氣，熱呼呼的房間裡，維持著服裝及直挺的姿勢，靜靜地守著祭司。過了半夜，病人排出大量氣味難聞的汗水後，狀況穩定了下來，發出安穩的鼻息聲。等到清晨時分，燒也退了，病徵也一一消失了。當巴爾特說「已經沒事了」之後，年長騎士特地從椅子上站起身，對他行了一禮。

「真的感激不盡，對閣下的感謝之情無以言表。話說回來，我還未請教您貴姓大名。」

「我是巴爾特．羅恩。」

「該不會是『人民的騎士』閣下？」

年長騎士非常嚴謹的表情稍微放鬆了。

2

「羅恩大人，再來一杯葡萄酒吧？」

僕人聽見巴里．陶德祭司的話，捧來葡萄酒壺，將巴爾特的杯子斟滿。這是上等的葡萄酒，杯子也是刻有奢華雕刻的銀製高腳杯。

起初，巴爾特輕視了只帶兩位騎士與兩位僕人，被派遣到這鄉下地方來的「王使」。而且由祭司擔任王使這點也很妙。不過，這號人物看來不是位單純的祭司。他很熟悉高級典雅的文物，也有良好的教養，不過他的身上沒有經濟寬裕的聖職者常有的下流氣質。

兩位騎士也非等閒之輩。年長騎士名為翟菲特．波恩，是位幹練的騎士，應該也是身經百戰的勇士，感覺很習慣命令他人。結果，他一直到破曉都坐在祭司身邊，從未闔眼，但是他的態度卻不見任何失態。

年輕騎士自稱為夏堤里翁．古雷巴斯塔。他拚命完成任務的模樣令人會心一笑，也十分耀眼。話說回來，「劍王（夏堤里翁）」這名字也很了不起。不過翟菲特刻意用本人聽不見的聲音對巴爾特說，他是萬中選一的劍術人才。

在只聽聞到腐敗及墮落傳言的大國中，居然還有兩位如此令人讚嘆的人才。兩位的家世想必十分顯赫，但他們都不提及除了騎士以外的身分，這一點也令人心生好感。兩位僕人也非常優秀，禮數周到，做事細心，服侍巴爾特時毫無畏縮之感，舉止從容自若。據說擺在眼前的這些料理，大半都是僕人調理而成，但身為廚師的本領也不俗。

總結來說，這一行人並不是在新王的心血來潮下，半推半就地以少人數巡迴偏鄉的倒楣下等官員。這樣的形象只是偽裝，他們的身上肩負著其他使命。不過，他們的目的為何，巴爾特毫無興趣。他只是慶幸能意外地與投緣的人把酒言歡，為這份幸運感到高興。

「哎呀哎呀，雖然我說要大大犒賞您一番，但是沒想到在這種小村莊能端出這麼多珍饈美食呢。」

祭司滿臉笑容，盡著東道主的義務。從他健康的臉色看來，很難相信他昨晚還命在旦夕。而擺在餐桌中央的是一大盤魚料理。

是加伯魚。

這種魚只能在奧巴川捕獲，也被稱為「騎士魚（卡爾德卡斯坦）」。有人說這種魚跟騎士一樣危險，也有人說吃下這種魚需要有騎士般的勇氣。騎士魚身上帶毒，魚皮及內臟是絕對不可食用的，只吃一口就會致死。雖然這種魚如此危險，但是其美味無可比擬。聽說網裡只有這麼一尾，所以請來了通曉調理方法的剛茲老闆娘一展廚藝。

她將加伯魚的魚肉切成厚片，快速炙烤，再切成一口大小。魚肉易碎，所以需要熟練的技巧及纖細大膽的刀工。魚肉表面若不經一番炙烤，無法引出牠的風味，但是烤過頭會讓它的美味流失。

巴爾特取了一塊送入口中。豐富的鮮甜滋味從舌尖蔓延至整個口腔。只用牙齒輕輕一碰，魚肉就散開來。他在口中細細品嘗，每個部位的味道有微妙的不同，瞬間在口中擴散。這就是其他人說它具有七彩滋味的理由。趁魚肉還在口中時，含上一口葡萄酒。魚肉自然而然地融化在口中，富有彈性的口感配上辛辣的刺激撫過喉嚨，落入體內。「呼～」地長吁一口氣，濃郁的芳香竄過鼻腔，留下幽深的余韻。雖然是白肉魚，卻散發出複雜且強烈的香味，和酒體中帶有厚重苦味的葡萄酒相比之下毫不遜色。這瓶紅葡萄酒是勞夫恩・馬卡里斯塔四十三年的陳釀葡萄酒。

邊境地帶中，對於葡萄酒的概念沒有什麼紅白之分。葡萄酒通常是以紅色果實混合黃色果實製作而成。巴爾特也很喜歡這種葡萄酒，但想釀出酒質紮實深厚的葡萄酒，就只能用單一品種的葡萄製作。這瓶勞夫恩・馬卡里斯塔四十三年陳釀葡萄酒系出名門，凜冽風雅，巴爾特已經很久沒喝過如此好酒了。

一開始祭司知道主菜是白肉魚時，就吩咐僕人準備白葡萄酒。這麼說來，巴爾特曾聽說過大陸中央地帶有一個規則：白肉魚這類的食物要搭配白葡萄酒，紅肉食物則要搭配紅葡萄酒。雖然邊境地帶並不講究這些細節，但他十分佩服這合理的規則。只不過，加伯魚就另當別論了。加伯魚反而比較適合搭配紅葡萄酒，還得要是酒體紮實有力的紅葡萄酒。若是搭配白葡萄酒，會彰顯燒烤後被鎖在肉中的腥味。

巴爾特提出這番見解時，祭司半信半疑地照著他的話去做了。而現在祭司也十分認同這是正確的選擇。

「四十三年陳釀配上這尾奇蹟般的白肉魚，居然相形失色呢。但是異鄉旅途中，我也拿不出比這更陳年的酒了。」

「我對酒種一竅不通，但我完全不覺得這瓶紅葡萄酒比加伯魚遜色。只不過紅葡萄酒不適合遠行這句話真是說對了。」

紅葡萄酒經過多年歲月，會顯現出絕妙的熟成與穩定。若是將這樣的紅葡萄酒用搖搖晃晃的馬車運送，之後得花上一年才能恢復到原本的狀態，甚至有可能再也無法恢復。酒要在釀酒的產地喝最好，年輕的葡萄酒受到震動的影響也比較小。而這位祭司選的是酒齡淺，熟成到最大極限的紅葡萄酒。

「正是如此，正是如此。我本來還以為這瓶四十三年的酒，應該耐得了舟車勞頓，但果然還是出現了微妙的苦味呢。」

舌頭上確實感受到一股有些不悅的刺激，但是習慣這股味道後，反而覺得也是一種滋味。這支葡萄酒將這尾極其美味的魚襯托得更加美味。祭司和兩位騎士似乎都是有生以來第一次吃到加伯魚，此時已經完全被加伯魚征服了。雖然這麼說有些多事，巴爾特還是開口叮嚀他們，這種魚千萬不可以讓不熟悉的廚師處理。

「翟菲特大人，所謂『人民的騎士』是指什麼呢？」

「夏堤里翁，在騎士就任之時，會在祭司職等以上的聖職人員、領主以及騎士前輩們的見證之下，進行騎士誓約吧？」

「是的，要對主上及國王宣誓自己的忠誠。」

「羅恩大人，在邊境地帶是由一位騎士前輩擔任見證人吧？」

「是的，雖然有時也會有聖職人員一同列席。」

「夏堤里翁，現今騎士就任時，一開始就是在有國家、有秩序，存在著各種主從關係或是家族的狀況之下進行。然而，原本並不是如此。成為騎士代表建立一個家，由此產生新的領主及城鎮。騎士將在不受任何限制的情況下，選擇效忠的對象，這才是騎士誓約的本質。只要聽過三項誓約的內容，也能大約了解這位騎士是什麼樣的人。所以邊境地帶的做法比較接近原本的應有做法。要選擇的不只是效忠的對象，還有自己遵從的道義和信奉的神明。」

「可以選道義？那除了自己選擇的道義以外，都不用遵守了嗎？」

「怎麼可能。但是所謂的遵從所有道義，往往會變成什麼都不遵守。在現今的儀式之中，在汝將信奉何等道義這個問題上，長篇大論地列了十三條道義。我不會說這樣不好，但是有很多人都認為它是默背十三道義的考試。算了，不提這個了。總之，即使是現在，在邊境地帶仍會自己選擇侍奉的對象、信奉的神明，以及應遵守的道義並宣誓，這是最接近原始儀式的形式。在我還是勤務兵時，曾經聽聞邊境有位騎士立下了效忠人民的誓約。當時這個傳聞在大都會的騎士及見習騎士之間，相當有名。我當時非常感動，覺得那才是騎士應有的姿態。」

巴里．陶德祭司以明快的話術使氣氛熱絡，大家都多喝了幾杯，也聊得十分起勁。村民為了回應祭司的慷慨而端上的食物也很美味，送上的葡萄酒也都頗具名氣。一群人度過了歡快無比的一晚。

3

身體好重。麻得讓身體無法動彈。

巴爾特因為察覺到可疑的動靜而醒來。他勉強讓顫抖的雙腳照自己的意思行動，走到放披風的地方。披風的內袋裡放著危急時用的萬能藥草。他將萬能藥草直接含入口中，使勁咀嚼著。他拿了劍後走出走廊，往發出聲音的方向去。

在祭司的房間前，夏堤里翁癱倒在地。他不是死了，而是全身麻痺無法動彈。巴爾特走到他身邊，他以哀求的眼神示意房間裡頭。房裡傳來有人在搜括東西的聲音，歹徒絲毫不想隱去這些聲音，代表他知道大家現在都不能動。巴爾特拔劍衝進房裡。

「唔喔！你、你怎麼能動？」

歹徒一臉呆樣，停下翻找物品的手，迅速揹起背袋就想逃。巴爾抓起手邊的物品後扔了出去。那是驅邪的鬼神像。就在歹徒爬上窗框想往外跳時，背部被將近一個成人重的木像砸中了。

「唔啊！」

巴爾特為了追上掉到窗戶另一邊的歹徒，活動行動不便的雙腳。他瞥了一眼，發現祭司還躺在床上，沒有被施暴的跡像。他爬過窗框，滾落到窗外。這時歹徒站起身，正在想辦法甩掉纏在背袋上的鬼神像。巴爾特趴在地上從左至右揮劍，往歹徒的腳砍去。

「呀！」

歹徒反射性地跳起，避開了劍。他的反應就像背上有雙眼睛似的，但由於他的輕忽大意，這一跳讓他的腦袋撞上樹枝，整個人翻倒在地。

「痛死了！」

即使痛楚讓歹徒一直按著頭，但他站起身，從長著茂密草叢的斜坡沙沙地滑下去。在他滑到斜坡盡頭時，巴爾特再次扔出的鬼神像砸中了他的頭。這次的攻擊總算起了作用，歹徒搖搖晃晃地蛇行了五步左右後仰面倒在地上。

即使如此，他很快就恢復了意識，躺在地上左右甩甩頭。不過，這次他站不起來了。因為巴爾特已經追上來，把劍架在他的脖子上。

月光勾勒出的歹徒面貌意外地年輕。歹徒向上打開雙手，擺出投降的姿勢，莫名地勾起笑容。而巴爾特心裡已經猜到歹徒的身分了。

「你是朱露察卡？」

「喔喔！我有這麼出名嗎？真令人開心呢！」

巴爾特曾聽過「腐屍獵人(苟拉徹薩拉)」朱露察卡的傳聞，他的手法是下藥迷昏家中所有人，不殺害任何人，隨意盜取值錢的東西後揚長而去。朱露察卡是偷偷在餐廳裡，往倒在壺裡醒酒的紅葡萄酒中下了藥。應該是家裡因為祭司患病的騷動，讓人有機可趁吧。

「哎呀～不久之前，我就一直跟在帕魯薩姆王國王使一行人背後，準備伺機而動。但那兩位保護他的侍衛，這個……該怎麼說呢？簡直是會走動的危險物品？所以我的職業自尊心反而受到了刺激，心想要是能贏過那兩人，就夠我爽上一個月了。不過我們的交易之神——恩．努真是靈驗呢！我向他發願，如果這次的竊盜能夠成功，就會獻上最好的酒。而就在隔天喔，祭司病倒了，然後又恢復過來。到了破曉時分，大家都累得睡死了。這種情勢彷彿在對我說時候到了，輪到你上場了。對了，你是誰？」

巴爾特告知姓名後，朱露察卡閉上眼仰天長嘆。

「唔啊～真倒楣！為什麼『人民的騎士』會在這種地方來，我唯一不想遇上的人就是你啊。」

至今巴爾特討伐過許多賊人，宵小盜賊都十分懼怕他。

所幸不久後，麻藥的藥效就消退地一乾二淨了。聽說在不遠的城鎮中，有位富翁正在出錢懸賞朱露察卡，所以巴爾特將人交給回到家中的村長，並告訴他懸賞金就當作給村子的精神賠償費用。

「被你連救了兩次呢。我們接下來要去道爾巴領地，羅恩大人又已經退休，正在四處旅行。不嫌棄的話，要不暫時跟我們同行吧？」

道爾巴領地是卡爾多斯．寇安德勒統治的地方。巴爾特才剛被卡爾多斯的外甥以近似暗殺的方式偷襲，還反客為主地殺了他。對巴爾特來說，那裡是世界上最不想去的地方。他表示自己想前往臨茲，謝絕了祭司的提案。

祭司不以金錢或高價物表示謝意，反而拿出一罐瓶裝蒸餾酒遞給巴爾特，希望他收下。

「這瓶酒的味道也很不錯喔！重要的是，舟車勞頓也不會讓滋味變調這點是最棒的。」

祭司說完就笑了。

然後巴爾特和他們分道揚鑣。而他還不知道，祭司等人的旅程與他宣誓保護的愛朵菈小姐，以及她兒子居爾南的命運有莫大的關聯。

第五章　襲擊

肉丸子佐佩里斯醬

1

臨茲是座位於大河奧巴河畔的港口城鎮。從臨茲出發越過奧巴河，對岸有帕魯薩姆王國的波德利亞交易村。臨茲領主擁有多艘大型交易船，並與波德利亞有商業上的往來。只要來到臨茲，就能買到大陸中央各國的物品，臨茲就自然而然地繁華起來，臨茲領主則開始自稱為伯爵。他雖然只統領一個城鎮，但財力卻凌駕於大領主們。

河川沿岸有座市場。商人們在臨時搭建的小屋之中或鋪張蓆子，陳列商品販賣。長長一條路幾乎看不見盡頭，每個攤子前都聚集著人群。

──人、人、人。這裡真是人山人海啊！

他曾經耳聞這個情況，但是只有這點若非親眼所見就無法體會。小販扯著嗓子吼叫招攬人群，買方也高聲吶喊著想購買的物品。四處的店家全是這番光景，所以整體看來是極為喧囂的景況。巴爾特一開始很驚訝，但習慣之後也明白這是種活力。

——原來如此，臨茲正處於鼎盛期啊。

臨茲也是愛朵菈很感興趣的地方之一，但是她無法離開帕庫拉。所以巴爾特要將自己曾經到訪的地方，以及所見所聞寫成書信寄給她。愛朵菈讀了這些信件應該會很開心吧？

為了進行報告，他得親身體驗。首先，他得嚐嚐林立於市場中的攤販販賣的料理。一個販賣圓形肉串的攤子吸引了巴爾特的目光。付過錢後，小販熟練地用竹籤從鍋裡串了三顆圓形肉塊，再沾了少許裝在另一個鍋子裡的醬汁，並遞給巴爾特。動作熟練迅速。

三顆肉塊都是圓形，大小一致。他覺得有些不可思議，一口吃下最上面的肉塊。

——嗯？這是……

這是肉片，但咀嚼的口感柔嫩。不對，與其說是柔嫩，更像散開的觸感。他細細咀嚼了一會兒後，了解到箇中原因。

這是先將肉切成細小肉末，再捏成圓形製成的，也就是肉丸子。說到肉，巴爾特只知道豪邁切開的肉片，所以這道料理讓他深感佩服。

——這道料理真是費時費力啊。

這肉應該是雞肉，但是裡面不只有雞肉，還加了其他種類的肉。雖然只有一點點，裡頭也加了切碎的蔬菜碎末。這些細小的綠色碎末，應該是切成碎末的洛哈斯或佩里斯葉吧？這些碎末也能去腥提味。

因為做成了丸子，比單純的肉片更容易入味。鍋內裝有已經調味過的高湯，肉丸子應該是放在高湯中燉煮過了。

巴爾特極為享受這初次體驗到的口感。微微沾上的醬汁也非常好吃，甜甜鹹鹹又有些辣勁，這滋味實在是令人食指大動。

他很快地解決了第一顆丸子，張口咬下第二顆肉丸子。第二顆丸子沒有沾到醬汁，但這樣也不錯。沾上醬汁的肉丸子一定會染上醬汁的味道。而沒沾到醬汁的肉丸子能夠直接吃到食材的滋味。他從散開的肉末之間，能感受到緩緩滲透出來的鮮美滋味。

接著他開始吃起第三顆。在吃第二顆時，醬汁的味道還殘留在嘴裡，但要吃第三顆時，舌尖上的醬汁味道已完全消失了。醬汁非常美味，但相對地，風味也相當強烈，會在嘴裡留下餘味。而在吃第三顆的過程中，殘留的餘味會被徹底沖去。

──嗯，太好吃了！那麼吃下一樣吧！

三顆肉丸子點燃了巴爾特的食慾。就在他邊走邊四處張望攤販，物色接下來要吃什麼時，他看見了一樣奇怪的東西。

有個男人坐在路旁，脖子上掛著牌子，上面寫著：「我要賣身。」路上往來的人們好奇地盯著他，也有人訕笑。路人開口問他：小兄弟，你開價多少啊？

「一百萬克爾。」

眾人譁然。一百萬克爾的巨款，即使是臨茲伯爵也無法三兩下就籌到，也就是說這個男人沒有想把自己賣掉的意思。或許是在開玩笑，招攬客人。

巴爾特聽見男人的聲音後，心中有些懷疑，再次看向男人的臉龐後嚇了一跳。男人也發現巴爾特，兩人四目相交。巴爾特使了個眼色要他跟上來，隨後步行離開。男人則取下脖子上的吊牌，對群眾說：

「今天結束營業了。」

然後將捲好的蓆子揣在腋窩，追上巴爾特。走到遠離鬧區，人煙稀少的地方後，巴爾特停下腳步。

「巴爾特・羅恩，我們又見面了呢。」

他是兩個月前想取巴爾特性命的男人——「赤鴉」班・伍利略。

2

「後來我拖著約提修・潘恩的屍體回到卡爾多斯那裡去。我確實遵守了合約內容及指示，所以我有權獲得報酬。那個蠢蛋是無視協議，還不聽我的制止做出蠢事，擅自死了。可是，卡爾多斯卻說我這個保鑣沒有保護好他的外甥，不付錢給我，嚷嚷著要我立刻去取下巴爾特的頭！我告訴他必須先付清之前的報酬，才能再追加合約內容，但卡爾多斯卻不想付錢。這次的工作報酬雖然很高，但講好了全額都是事後付款。我需要錢，所以決定賣身。」

巴爾特聽了班．伍利略輕描淡寫的敘述，心想這真是個令人傻眼的傢伙。他與卡爾多斯之間的對話內容也很偏離常軌；因為需要錢，在胸前掛著販賣吊牌坐在市場裡的想法也很奇特。他是聲名遠播的知名劍士，若到臨茲伯爵的面前一展所長，即使無法拿到一百萬克爾，應該也能讓伯爵以高昂的報酬聘請他。身手高超的劍士有很多門路可以賺錢，只要展現自己的劍術，一定會有買家找上門。然而，他為何把劍包在蓆子中藏起來呢？是自尊心作祟，還是許了什麼願？

巴爾特沒說出這些疑問，卸下史塔玻羅斯身上所載的行李，將裝著金幣的袋子遞給班．伍利略。

「這些錢夠不夠解決你的問題？」

「嗯，九萬三千克爾啊。這連一百萬克爾的十分之一都不到。不過，畢竟你是『人民的騎士』閣下嘛，靠這些錢搞不好勉強過得去，就算你便宜一點吧。主人，不好意思，請給我一點時間。」

「我無意買下你，就隨你的意思吧。」

「主人接下來要去哪兒？」

「目前沒有計畫，或許會到北方去吧。」

「好。我應該需要短則兩個月，長則半年的時間。等我的事辦完了，就會去找主人。」

他不等巴爾特回應，丟下這段話就匆匆步行離去。真是位奇特的男子，但他就是奇特才討人喜歡。

巴爾特帶著史塔玻羅斯回到市場，這裡有很多他想嚐嚐味道的東西。城鎮的喧囂讓他難以抑制內心的雀躍。正當他在物色攤販時，身旁有個人向他搭話。這位年輕人看似商人家的僕人，穿著十分講究，言行舉止亦恭敬有加。

「恕我冒昧，請問您是不是從帕庫拉來的呢？」

「確實如此，那又如何？」

「居爾南大人正在等著您。」

年輕人帶他來到臨茲伯爵的宅邸。堂堂正正地越過正門後，他被帶領至位於主屋深處，一幢最高級的建築物中。這棟建築巧妙地利用自然地形建成，爬上樓梯後，有一間廣闊的房間。房間深處的門敞開著，房間可直通至陽台。從陽台可以一覽奧巴大河的絕美景色。有兩位人物坐在擺設於陽台的椅子上，一邊品茶一邊俯瞰著奧巴河。

「嗨，老爺子，你怎麼來得這麼晚？我等得好累喔。」

居爾南．德魯西亞露出笑容，他是前帕庫拉領主渥拉．德魯西亞之妹的兒子。二十八歲的他學問習於母親愛朵菈，武道習於巴爾特，是位文武雙全的青年才俊，也是現任領主格里耶拉最為信任的心腹中的心腹。而在他身旁的老人特地站起身行禮，代表他對巴爾特是以騎士之禮相待。

「初次見面，我是賽門．艾比巴雷斯。巴爾特．羅恩大人，能見到您真是三生有幸，稍後希望能跟您喝上兩杯。」

這位是臨茲伯爵，他的聲音粗獷渾厚。沒記錯的話，他稍長巴爾特幾歲，但體格健碩，態度非常豪爽。眾人評論他為擅於籌措金錢與物資的男人，不過看起來意外地頗具武人風範。

在一番寒暄後，三人坐在陽台的椅子上。

「說到這一帶擁有最多美食的城鎮，就非臨茲莫屬了。我料到您一定會來訪這個港口城鎮，於是先向這裡的僕人說明了老爺子的特徵，每天讓人到攤販區四處巡視。」

居爾南說到這裡停下來，沉默了一會兒。接著筆直地看著巴爾特的眼睛說：

「老爺子，我有件事必須向您說。母親大人她……離開人世了。那一天，她的身體狀況比較好一點，說想到中庭去。她在侍女備茶的期間，嚥下了最後一口氣。她的表情十分幸福安詳。我把母親大人寫給老爺子的信帶來了，她似乎是寫完信後才去中庭的。」

啊……太遲了啊……巴爾特心想。

前任帕庫拉領主渥拉是在兩年前去世。在那之後，巴爾特突然覺得自己老了。同一時期，愛朵菈的身體狀況也欠佳，經常臥床休息。

——愛朵菈小姐已命不久矣。

巴爾特雖然嘴上不說，但有這種感覺。巴爾特為了不讓寇安德勒家的詭計得逞，選擇離開德魯西亞家，踏上了流浪之旅。但他的另一個目的是想見識一下廣闊的世界，並寫信給愛朵菈。他想親眼看過從未見過的風景、親口嚐過從未嚐過的食物，將這些感動寫成文章寄給愛朵菈。然而，結果卻在他寫下第一封信前，愛朵菈就逝世了。

巴爾特注視著奧巴大河的水流。

——總有一天，想去奧巴河畔看看呢。

這句話是愛朵菈什麼時候說的呢？

一會兒後，巴爾特再次面向居爾南，感謝他專程將信件送來。

「不會，我是來賣銀和毛皮並加深與臨茲伯爵之間的友誼，順便把信帶來而已。」

局勢如此動盪，這點小事怎麼能當成居爾南親自前來的理由。居爾南認為，他必須親手將愛朵菈寫給巴爾特的信送到本人手上。所以他讓工人們先回家，讓貼身騎士放假，獨自在此等著巴爾特。巴爾特感到心裡有股暖意。

就在巴爾特要伸手接過信件時，入口傳來一個殺風景的聲音。

「巴爾特．羅恩，果然是你啊。交出那封信。還有，你手上應該有愛朵莅小姐交給你保管的東西吧？快拿出來。」

這位是卡爾多斯．寇安德勒的弟弟兼重臣——奇恩賽拉．潘恩，他殺氣騰騰地帶著一群手持武器的士兵。竟然帶著一群手持武器的同夥闖入臨茲伯爵待客的宅邸，如果沒有相當的覺悟可做不到。

他打算殺光在場的所有人。

3

「奧斯華！你這是做什麼！」

臨茲伯爵的質問聲如雷貫耳，他盯著站在奇恩賽拉．潘恩背後，長相平凡的青年。

「做生意必須掌握商機，我只是遵從您的教誨而已啊，伯爵大人——不，父親大人。現在在這座宅邸中只有聽我號令之人，可否請您從這個世上退休了呢？」

「奧斯華閣下，若您殺害了您的父親臨茲伯爵，將無法成為騎士。這麼一來，你也無法繼承伯爵之位。而且，臨茲伯爵身邊的諸位親信會歸順於你嗎？此外，河川對岸的諸位也會貶低您。」

「哎呀哎呀，屈爾南大人，您這麼擔心我，我怎麼擔當得起。這些事我當然想過了。就任騎士的儀式將由這位潘恩大人擔任見證人，而且臨茲伯爵這個虛名對我來說無所謂。我想要的是父親隨身帶著的小文件盒鑰匙，只要有鑰匙就能拿出符契。有了它，和帕魯薩姆王國的交易就不會有任何問題。對了，你說和邊境侯爵之間的關係嗎？關於這一點，寇安德勒家會為我安排好一切。那些說三道四的幹部們，我都會丟進奧巴大河裡餵魚！」

柔和的語調逐漸帶著凶狠，在他扔下最後一句話時，細長雙眼瞪得老大，嘴角也已扭曲變形。幸虧奧斯華中了屈爾南的誘導，賊人的企圖明朗了。奧斯華是臨茲伯爵的養子，在寇安德勒家的推波助瀾下，他打算侵占家中的一切。會被殺害的恐怕不止有在場這些人，應該也已經出兵至臨茲伯爵的親生子及心腹們身邊了。

若是平凡的商人之家，殺害親人手足，奪取家中一切的人是無法繼續做生意的。然而，艾比巴雷斯家是貴族，也是騎士之家。貴族之家中，會發生有力人士排除異己，奪取一家之主之位的事。特別是邊境地帶，不具力量之人沒有資格談論正義的風氣很興盛。不過，即使弒父一事天地不容，但只要殺光所有目擊者，就能隨心所欲地捏造事實。

奇恩賽拉與奧斯華帶著十二名士兵。房間雖然寬敞，入口卻很狹窄，被所有士兵擋住，而陽台的另一邊則是斷崖。巴爾特在進入宅邸時就把劍交出去了，臨茲伯爵與屈爾南的身上別說是武器了，連簡單的防具都沒有。

這個場面可說是窮途末路。然而，巴爾特的臉上卻沒浮現一絲焦急或恐懼。他迅速站起身，隨意靠近襲擊者們。

「奇恩賽拉閣下，赤鴉怎麼樣了？」

「那種廢物，我早就把他趕出門了！連我兒子都保護不了，還敢要求報酬。再加上他殺了我派去送行的兩位武藝高超之人，我再也不想見到他了！」

「哎呀哎呀，真是個沒下限的蠢蛋啊。」

「你口中的蠢蛋是指赤鴉嗎？還是指我？不不不，不對。像這樣傻傻地衝進死路的你才是愚蠢至極。吾兒之仇敵——巴爾特・羅恩，受死吧！」

四位手持長槍的士兵迅速向前包圍巴爾特，將槍尖對準他。奇恩賽拉和奧斯華向後退了一步，而在巴爾特背後的臨茲伯爵及居爾南站起身。居爾南往前跨了一步，想幫助巴爾特。巴爾特察覺到他的動靜，就嚴厲地命令道：「別過來！」這並不是對身處高位的人說的話，而是師父對弟子的囑咐。

「知道了，師父。」

屈爾南的聲音裡參雜了看好戲的語調。巴爾特感覺到背後的居爾南正在移動——他正移動到掩護臨茲伯爵的位置。身上沒有防具的居爾南，現在應該做的就是保護臨茲伯爵，並等巴爾特籌措武器——巴爾特所說的「別過來」是這個意思。

手持長槍站在前排的士兵有四位，後排則有六位已經拔出劍來的士兵。這是在長槍可及的距離就以長槍攻擊，若我方拉近距離則以持劍攻擊的布陣。剩下的兩位士兵身上穿著皮甲，站在奇恩賽拉身前保護他。十四人對三人，我方連武器都沒有。巴爾特做好了覺悟。

——好，我這條命就送你吧。相對地，你們也會全軍覆沒。我絕不會讓你們碰到居爾南一根手指頭。

「上！」

奧斯華開口下達命令，四位手持長槍的士兵向前刺出長槍。雖然是一群烏合之眾，但是所有人同時發動攻擊時會有一點作用，然而他們的呼吸十分紊亂。

巴爾特用左右手撥開右邊第一位士兵及第二位士兵刺出的長槍，衝到第二位士兵面前。而第三位士兵刺出的長槍撲了空，第四位士兵則修正手上長槍的軌道，刺上了巴爾特的左側腹。不過威力不強，攻擊被皮甲擋下，傷口很淺。巴爾特用左手抓住第二位士兵的長槍，俐落地搶過來後，用長槍的底部用力往第二位士兵胸口刺去。士兵被擊飛了出去。

第一位士兵拉回長槍，刺了過來，巴爾特將那把長槍夾在右腋窩。第三位士兵再次刺出長槍，巴爾特刻意以腹部中心盔甲較厚的部位接下這記攻擊，將左手的長槍一口氣大幅旋轉，打上準備再次發動攻擊的第四位士兵脖子。長槍響起啪嘰的聲響，斷裂並飛了出去。這記力道甚至使長槍斷裂，被打中脖子的士兵則痛得昏了過去。

巴爾特扔掉左手中的長槍，「哼！」地一聲，鼓足氣將夾在右腋的長槍猛然舉起。第一位士兵連長槍帶人被舉起，發出慘叫聲。第一位士兵手裡拿著長槍飛過巴爾特的頭頂，以腦袋撞上牆後落地，再也無法動彈。

巴爾特將第三位士兵的長槍用力一拉，士兵向前撲去，被拉到巴爾特身邊。巴爾特右手握拳，對準左側頭部揍下去。第三位士兵立刻倒地，不省人事。而他的長槍在巴爾特手上。一位持劍的士兵衝了出來，巴爾特以長槍底部打上他的腹部，近身奪走劍後，喊了一聲：「拿去！」就將劍往後丟。

「好！」

「喔喔！」

第一個回應是接下劍的居爾南，聽起來莫名地開心；第二聲則是臨茲伯爵。看到巴爾特看都不看，就將亮晃晃的劍向後拋，而居爾南理所當然地接下的情景，伯爵應該很是吃驚。

剩下的士兵都啞口無言，無法動彈。巴爾特俐落地把左手長槍轉了一圈，將金屬槍鋒對向襲擊者們。雖然是支再普通不過的長槍，拿在巴爾特手上卻成了猛獸的利牙。他架著長槍與暴徒對峙的同時，開口問：

「那個叫什麼奧斯華的，可以殺了他嗎？」

「嗯。」

臨茲伯爵發現這個問題是在問自己，就簡短地答道。咕嘟地嚥下一口口水的人是誰呢？此時獵人與獵物的立場已經完全逆轉了。

「殺、殺、殺了他們～～！」

奧斯華的命令簡直就像慘叫。

士兵們襲向巴爾特。而巴爾特在大約士兵們臉龐的高度，將長槍揮得嗡嗡作響。這一招的威力強勁，要是被打中可能整個頭都會飛出去。士兵們十分害怕，腳步猶豫。

巴爾特迅速衝向右前方，兩名奇恩賽拉護衛的所在之處。兩人想舉劍砍向巴爾特。而巴爾特抓住右側護衛舉起劍的左手腕，拿他當人肉盾牌，向左側的護衛衝去。兩名護衛的身體撞成一團，雙雙倒地。當巴爾特放開士兵的同時，伸手奪走了劍。

士兵們想包圍巴爾特。但是巴爾特往右旋身，砍向想繞到他背後包抄的士兵。士兵的手腕被砍飛，那隻手裡還握著劍。士兵們想趁隙接近巴爾特，但他用力揮動左手的長槍，牽制士兵們，並向前踏出一步，將劍砍上其中一位士兵的肩口。而劍砍至左胸的上半部後斷了。

「什麼啊，這麼鈍。」

一位士兵怪叫著往巴爾特砍過來。在那把劍揮下來之前，巴爾特早一步將斷劍刺進士兵的腦袋，只有原來一半長度的劍深深刺進頭蓋骨。那位士兵維持著舉劍姿勢，緩緩向後倒下。變成鬥雞眼的雙眼，彷彿在瞪著插在自己頭上的劍柄。

「噫、噫噫噫噫、噫！」

奧斯華發出丟臉的聲音，往入口逃去。他拉著一個士兵，應該是想拿來當人肉盾牌。巴爾特雙手舉著長槍向前衝，他的長槍貫穿了士兵的腹部。從士兵背部刺出來的長槍槍尖也刺中了奧斯華。巴爾特就這樣衝過去，將長槍刺進入口前的牆上。咚！地一聲，長槍將兩人釘在牆上。被長槍貫穿的兩人痛苦地掙扎著，最後長槍耐不住兩人的重量而斷裂。

巴爾特再次回到手無寸鐵的狀態，奇恩賽拉似乎覺得這是個好機會，與兩名侍衛一起向他發動攻擊。三人一起上是個不錯的主意，很可惜三個人貼得太近了。而且人數上，只有三個人不夠。兩名護衛舉起劍，奇恩賽拉則是站在兩人正中間，手持較短的劍，擺出刺擊的態勢。

巴爾特退了兩步後，突然往前衝出去。兩名護衛的節奏被打亂，錯過了揮劍的時機。巴爾特用右腳踢起奇恩賽拉的手，左右手則分別緊緊握住兩名護衛拿劍的手，進行壓制。奇恩賽拉的劍被踢飛，撞上巴爾特後彈飛出去，並跌倒在地。兩名護衛的劍則掉落在地。巴爾特將兩名護衛的腕骨折碎後，將兩人舉高起來轉了幾圈，甩上牆壁。

奇恩賽拉的胸口插著一把劍。原本巴爾特是想將劍踢飛，但可能是在激烈衝撞時刺進了他的胸口。奧斯華的士兵們則已經喪失鬥志，一動也不動。

此時，一位士兵站起來。他抖個不停，一直到最後都沒有參與攻擊。站起身是無所謂，但他的劍剛才被奇恩賽拉的護衛搶走了，手裡沒有劍。

這位膽小的士兵已經精神錯亂，朝著陽台飛奔而去。這麼下去他會衝出陽台。居爾南或許是覺得讓他送死也很可憐，試圖攔住他的去路。

膽小的士兵俐落地避開了居爾南。就在兩人擦肩而過之際，士兵抽走了居爾南懷中那封愛朵菈寫的信，拔腿狂奔。眾人還來不及驚訝，膽小的士兵就從陽台跳了下去。在他跳下去的瞬間，回過頭的臉上帶著笑容。

是「腐屍獵人」朱露察卡。

他跳下陽台時抓住了欄杆，巧妙地減緩力道，掉到正下方。臨茲伯爵與屈爾南探頭看向斷崖下方，巴爾特也跑了過去。他們看見盜賊俐落地踩著斷崖上凸出的石頭往下跳，往奧巴河岸邊去。

「喔喔喔！這傢伙是什麼人！簡直像隻猴子！」

臨茲伯爵的語調中帶著看到難以置信之事的驚訝，如此說道。接著回頭環視房間內部，巴爾特昂然而立。

「嗯……話說回來，您真的太強了。十四人對手無寸鐵的三人，我都做好會死的心理準備了。」

「即使聚集了上百頭羊(伊美拉)，也敵不過一頭老虎(葛拉翁)。」

屈爾南臉上掛著莫名得意的表情說。臨茲伯爵則露出笑容。

「我從年輕的時候，就有聽聞『人民的騎士』閣下極為勇猛，一直想要一睹您驍勇善戰的風采。我的夢想以這種形式實現，也算是一大樂事。真是讓我看了一場精彩好戲啊！真是愉快，愉快！」

其實被奧斯華收買的人並不多。聽聞奧斯華的死訊之後，心裡有鬼的人逃了出去，不知情的人則不知道發生了什麼事。臨茲伯爵立刻派出士兵，不出所料，他們也有派出刺客至臨茲伯爵的兒子們及重臣們之處。其中有些人知道陰謀敗露就躲了起來，有些人則是遭到逮捕，最終沒有任何人成功行刺。

「什麼是雙重漩渦？印章那東西又在哪裡？告訴我，巴爾特．羅恩，快告訴我！」

奇恩賽拉留下這句話就死去了。

什麼雙重漩渦和印章，巴爾特完全摸不著頭緒，居爾南也一無所知。開始打鬥前，奇恩塞拉曾說過要他交出愛朵菈給他保管的東西，可是愛朵菈沒有要他保管過任何物品。

居爾南對巴爾特還沒讀過母親寫的信，就被賊人搶走的事感到十分懊悔，但巴爾特沒什麼放在心上。比起這件事，他最遺憾的是自己終究無法寫信給愛朵菈了。

隔天，居爾南向臨茲伯爵說：「久違地見到老爺子精神奕奕的武者風範，這下子回去有故事可說了。」後，踏上了歸途。

巴爾特本來打算逛逛攤販，買些食物邊走邊吃，但是他辦不到。別說逛攤販了，他連床都下不了。還有，因為他不顧一切地打了一場群架，腰和右肩都非常痛。

——這就是所謂老虎也敵不過歲（歐蘭）月嗎？

巴爾特如此自嘲。

第六章　向陽庭園

——琵斯・琵琵斯香草茶——

1

巴爾特站在波濤洶湧的奧巴河岸邊，靜靜地眺望風景。今天是他逗留在臨茲伯爵宅邸的第三天。由於腰痛稍有緩解，能夠下床活動了，所以他乘著史塔玻羅斯出外散步。史塔玻羅斯似乎因為載著主人而感到十分開心。

這匹馬已經幾歲了呢？巴爾特回想過去的記憶。愛朵菈是在嫁進寇安德勒家的那一年，將史塔玻羅斯送給他。而那一年史塔玻羅斯兩歲，這麼一算，在那之後過了二十九年。

牠已經三十一歲了啊，真是長壽。結果，至今我都沒問過你的名字是什麼意思呢。

愛朵菈送他這匹馬時說：「名字的意思是祕密！」這個名字當中應該有某種涵義，然而彼此共度了這麼長的歲月，他卻從來不曾過問。

2

愛朵菈生於四千兩百二十六年。當時巴爾特十四歲，已經擔任愛朵菈的祖父——艾倫瑟拉．德魯西亞的勤務兵第四年了。

比起父母、年長她十六歲的兄長和任何一位侍女，愛朵菈最親近巴爾特。愛朵菈日漸成長，巴爾特則以自己的方式疼愛她。也就是帶著她到山林野地四處走動。

即使不是在邊境地帶，山林野地也屬危險之地。更何況德魯西亞家統治的帕庫拉領地是位於大障壁的缺口處，有魔獸與受其影響的野獸們在周圍徘徊，是非常危險的地方。當然，巴爾特有能力辨別這些地點是否真的有危險。而且二十歲就當上正騎士的巴爾特，在精銳雲集的德魯西亞家中，已經被認可為武藝超群的猛將。即使如此，擔憂的聲音從來沒有少過。但愛朵菈總是笑著說：「巴爾特會保護我嘛！」若去除危險這點，山林野地是偉大的導師，也是座無邊無際的遊樂場。愛朵菈逐漸長大。

愛朵菈八歲那年，家主艾倫瑟拉撒手人寰。愛朵菈為祖父的死傷心欲絕，在巴爾特的懷裡痛哭。她母親過世時也是一樣。

愛朵菈雖然成長為美麗的女孩，但是個性剛強冷冽，喜歡盔甲多過於禮服，手上拿的不是裁縫針，而是細劍。說起來，愛朵菈原本就是負責篩選能迎入騎士庭園（可爾德葛特·萊岩）的英雄魂魄，三位女戰神中其中一位的名字。

「我真是幫妳取錯名字了。」

父親海德拉的這句話，聽起來有種悔不當初之感。

3

愛朵菈十二歲時，發生了一件事。

那一天，巴爾特討伐完山賊團後回城，覺得城內有些不對勁。家主海德拉特地下來城門附近，詢問他：「你有見到愛朵菈嗎？」巴爾特回答沒見過後，海德拉一臉蒼白地說：「這樣啊……」聽說她為了迎接巴爾特，帶著兩名士兵出城了。她在對面山峰上發現一行人的蹤跡，說那條路她熟得很，也沒告知海德拉就擅自帶著兩名士兵衝出家門了。聽說她出門時天還亮著，當時愛朵菈的兄長渥拉正留守在位於大障壁缺口的堡壘。

現在天色已晚，巴爾特的臉色也變得蒼白。若是由高處往下望，會覺得很容易看清山路，但是一旦實際走在樹林間，方向、位置和距離感會立刻陷入混亂。到了這個時間還沒回來，代表不能期待他們能自己回來。話雖如此，要在夜裡的森林中找人幾乎不可能。

然而，巴爾特立刻回到馬上，對剛才帶回來的部下們命令道：「到城裡的高台去，點燃火把，保持明亮！直到破曉前都不能停！」之後調轉馬頭離去。

看到巴爾特要策馬而去，海拉德說：「把這個帶去！」並將一把劍交給他——是魔劍「貫穿黑暗之物（莫拉古拉皮耶洛）」。巴爾特卸下自己的配劍，掛上魔劍後策馬飛奔而出。所幸，兩顆月亮都高掛於空中。憑藉著在茂盛林木間灑落的微弱月光，他策馬向前。

假設愛朵菈是從城內出發來迎接他，那關鍵就在於她一開始在哪裡右轉。平常她都是乘坐巴爾特的馬，所以感覺會比實際距離短，她恐怕是在抵達正確的道路前就右轉了。這麼一想，有條相似的右轉路。他馬上抵達那條右轉路，向右轉進去。從此處開始延伸出去的道路，會向左向右地蜿蜒曲折。由於每條路都很相似，的確會很容易迷路。

巴爾特來到分岔路口。要走右邊？還是左邊？愛朵菈走哪邊呢？兩條路都有可能。她的選擇取決於對來路的誤解程度。要是在這裡弄錯追蹤方向，恐怕就救不了她了。

——神啊！吾之守護神帕塔拉波沙啊！汝神掌管黑暗，請指示我在昏暗森林中應前進的道路！

這是巴爾特自從就任騎士以來，第一次呼喚自己信奉之神的名字。巴爾特會選擇黑暗神祇帕塔拉波沙作為侍奉的神，是因為沒有聖職人員會以此神之名傳道。也就是說，選這個神就不必擔心遇上聖職人員時會被傳道，就是這麼一個毫無信仰的理由。即使如此，或許是黑暗神回應了為數稀少的信徒呼喚，分岔路的黑暗中隱約浮現了什麼東西。

微弱的光線朦朧地映出一張巨大的臉，看起來像人，又像是猴子。脖子以下的身體融入黑暗之中而看不到，但相較於臉的大小，身體似乎很嬌小，非常不相襯。大眼看似睏倦地半閉著，就像在緩慢呼吸一般，微微眨動眼睛。

是森林賢者（帕杜里・歐拉）。

祂是出現在童話中的精靈，偶爾會有人說在邊境的森林深處見到祂。巴爾特是第一次看到，但祂肯定就是森林賢者。

森林賢者只微微張開睏倦的眼，往右看去。

——感激不盡！

巴爾特留下這句對神明來說不夠尊敬，對野獸來說太過周到的話，策馬跑向右邊的道路。跑著跑著，就在內心充滿著果然走錯路的不安時，有個聲音傳進他耳裡。是有人在爭吵的聲音！巴爾特比風還飛快地跑過森林。

——找到了！

在有些開闊的地方，有十幾隻野獸和一位士兵倒在地上。另一位士兵將愛朵菈擋在背後，渾身是血，並手裡的劍對著眼前的敵人。

是魔獸化的鼠猿（賽由斯巴）。

據說野獸暴露在妖魔的妖氣中會變成魔獸，但實際上並不清楚是否為真。雖然有很多騎士看過妖魔，但巴爾特本身從未見過。不過，普通野獸肯定會變為魔獸。魔獸化的魔獸體格會大上一倍，並且變得十分凶暴。魔獸的眼睛會閃著紅光，力量變得非常強大，肉體異常強健。

巴爾特很感謝海德拉要他帶上魔劍。鼠猿就算沒有魔獸化也是非常難纏的野獸，牠的體型巨大，與人類差不多；長長的手臂比人類強上數倍，還長著堅硬化，銳利尖長的手指。敏捷性佳，毛皮十分堅硬。

而魔劍是為了打倒魔獸打造的劍，裡面混用了特殊的材料。只有魔劍的劍刃能夠斬裂魔獸的而表皮、肉體及骨頭。魔劍的價格高昂，甚至能買下一座城，所以德魯西亞家中也只有這一把。

士兵知道有援軍接近，偷偷望了過來。魔獸看準這個破綻，往士兵和愛朵菈飛撲而去。巴爾特不停下馬就拔出劍，就這樣衝刺向前，連人帶馬衝撞上魔獸。在愛朵菈和士兵面前，魔獸直直往側邊飛去。從馬上摔落的巴爾特和魔獸糾纏在一起，衝進樹叢中。

魔劍貫穿了魔獸的心臟。但是，魔獸將雙手爪子插入巴爾特的背部，而且刺得很深。巴爾特瞪視著眼前的魔獸，使勁地把劍往前推。從魔獸體內噴出的血染紅了巴爾特的盔甲。魔獸張開血盆大口，想用利牙咬碎巴爾特的臉。巴爾特馬上把臉向右偏，結果魔獸的下顎扣上了巴爾特的左肩。魔獸的利牙輕易刺穿以強韌皮革製成的護肩，想咬碎他的肩膀。即使如此，巴爾特繼續不斷地將劍往前推進。

突然間，魔獸的力量一鬆，眼裡的紅光也消失，死去並倒在地上。

當巴爾特站起身回頭看去，眼裡滿是淚水的愛朵菈立刻來到他的身旁。巴爾特一語不發地抱住了愛朵菈。而愛朵菈也不管巴爾特一身血汙，抱著他哭了起來。

4

發生這件事之後，愛朵菈變了。一語概括，就是變得很有女人味。在那之前如少年般的豁達心性內斂沉潛，溫柔體貼開始顯露在外。她克制自己凡事都要搶第一的習慣，退一步默默地支援大家，也開始磨練料理、刺繡等技巧。

之後過了三年歲月。巴爾特受命前往大障壁的堡壘，三個月後回城時，愛朵菈嫁給卡爾多斯·寇安德勒的婚事已經決定了。愛朵菈把史塔玻羅斯送給巴魯特後，啟程前往奧爾巴領地。

卡爾多斯當時二十六歲。他雖然是前家主的妾生之子，但是前家主及其子嗣接連橫死，所以卡爾多斯在三年前，年紀輕輕的二十三歲就繼承了家族。到了卡爾多斯這一代，寇安德勒家以強硬的手段擴張勢力，和多年對立的諾拉家不斷爆發武力衝突，對堅持中立至今的德魯西亞家也多番騷擾。

一年前，曾發生一次出現十七隻魔獸的緊急事件，在這之中，寇安德勒家甚至卑鄙地出兵攻打德魯西亞家主城。當時巴爾特恰巧因負傷回城，在他的奮戰之下，寇安德勒家折損了兩名老將且敗退。

而面對他突然提出想迎娶被讚為美麗公主——愛朵菈的要求，愛朵菈認為這個決定不僅能為德魯西亞家，也能為整個地區帶來安寧，所以自己下定了決心。

然而，結果這場婚姻並未促成兩家的友誼。卡爾多斯並非將愛朵菈迎入寇安德勒的主城，而是送往了別邸。別邸座落於美麗湖畔的寧靜之處，所以確實很適合作為等待婚禮準備完成的地方。但是過了一年，婚禮的日期依然未定，愛朵菈一直被安置在別邸中。

既然說要娶她為妻，就代表她將會是正妃。正妃必須打理主城的一切事務，一直被安置在別墅可說是對待妾室的待遇。

寇安德勒家不合情理的失禮行為不只如此。愛朵菈嫁過去一年後，她竟然抱著嬰兒被遣返回德魯西亞家。當時跟著她一起回來的除了愛朵菈自己帶去的侍女之外，只有兩名僕人。

德魯西亞家派遣使者前往質問，被送回來的卻是一具屍體。不僅如此，寇安德勒家稱要追究德魯西亞家的無禮，出兵攻打德魯西亞的直轄領地。這件事讓海德拉和渥拉都氣憤不已，甚至動員堡壘中的騎士們進行反擊。德魯西亞家的領地雖小，但是騎士們都是在與魔獸的戰役中鍛鍊出來的菁英。他們將寇安德勒家打得落花流水，節節敗退。

即使如此，寇安德勒家還是沒學到教訓。接下來的二十幾年間，曾五次出兵攻犯。

德魯西亞主城所在的帕庫拉領地往東望去，正是守護大障壁缺口的極佳位置。但是，把眼光轉向西邊，那個位置也是這個地區的軍事要塞。只要奪下此處作為據點，也能夠問鼎整個東部邊境地帶。寇安德勒家是以如此野心勃勃的目光看待帕庫拉，但這也代表他們太過小看魔獸的威脅。

5

德魯西亞家盛情地迎接愛朵菈與其兒居爾南。座落於城內深處，地勢偏高的愛朵菈別館就像另一個世界似的，安靜平和。雅緻的中庭裡陽光普照，常年有花朵綻放。

每當巴爾特完成任務歸來，都會來到別館。而愛朵菈會在中庭擺上桌子，為他泡茶。圍繞在桌邊的總是只有巴爾特、愛朵菈及居爾南三人，天南地北地聊得十分開心。那個空間溫柔地不可思議。

中庭裡除了花之外，還種植著香草。有些香草會開花，有些只有葉子。群花與香草的氣味混合在一起，形成獨特的柔和氛圍。

愛朵菈會摘下香草乾燥後，將其混合用來泡茶。一開始巴爾特不懂如何品嘗香草茶，試著喝過後也不覺得特別好喝。他覺得這味道不上不下，分不清楚到底是甜、辣還是苦澀。愛朵菈看這樣的巴爾特，笑著教他品嘗香草茶的方法。

「巴爾特大人，看你整張臉皺成這樣，彷彿正在打仗似的。喝香草茶的時候，要吁出一口氣並放鬆，面帶微笑，讓心情和緩下來才行。然後不可以一口氣喝完，要把茶含在嘴裡，也從鼻子吸進香氣，最後在鼻腔深處慢慢品嘗茶的風味。」

在愛朵菈的教導下喝著，巴爾特也漸漸開始懂得品嘗香草茶的味道。巴爾特了解到茶不是用喝的，而是品味香氣。

香草的種類五花八門，效果也是形形色色。在某種意義上，香草可說是藥草的一種。

西提耶的葉子是鮮豔的綠色，外型厚實。這種香草有鎮靜高昂情緒的效果。

托伯斯的葉子帶著些許藍色，外型細長。這種香草的風味會令人想到柑橘系的水果，給予清涼的感覺。

琶斯．琶琶斯的葉子是淺紫色，外型小而圓。這種香草能讓疲憊的身體放鬆下來，撫慰心靈。只要喝下這種茶後睡一晚，體力就能大幅恢復。

伍茲的葉子是黃色，葉片上長著許多細小的尖刺。這種香草能鼓舞低落的心情，令人活力充沛。

當巴爾特歷經嚴苛的戰役回來時，愛朵菈會為他泡添加西提耶的茶。完成無聊任務回來時，則泡混有托伯斯的茶。結束漫長的堡壘勤務回來時，會泡以琶斯．琶琶斯為基調的茶。戰爭時期短暫的休息時間則是泡以伍茲為基調的茶。

由於愛朵菈泡的琶斯．琶琶斯茶的效果非常好，他曾經在前往堡壘前，請她分些葉子給自己帶去泡。

但是沒有用。只有以愛朵菈的白皙玉指沖泡，琶斯．琶琶斯的魔法效果才會顯現。從那以後，巴爾特完全放棄自己泡茶。想喝茶的時候，他會到愛朵菈居住的別館叨擾。

愛朵菈是從什麼時候開始種植香草，泡香草茶的呢？

大概是從那時開始的。在愛朵菈回到帕庫拉的隔年，巴爾特向守護神發誓，要永遠保護愛朵菈及居爾南，頻繁來到向陽庭園的時候開始的。

他很喜歡看愛朵菈細長白皙的手指捻起茶葉，放入茶具裡的模樣。也喜歡看她帶著溫柔的微笑，將熱水倒入茶具的模樣。

愛朵菈要巴爾特多跟她聊天作為泡茶的回禮。巴爾特的個性沉默寡言，也不擅長說話。說到話題，除了武器、馬、戰役之外，頂多就是食物吧。愛朵菈總是開心地聽他說著這些事。愛朵菈也是個愛吃的人，在聽說哪個地方有什麼料理很美味時，雙眼會閃閃發亮。

「要是能環遊世界，嚐遍各種美食，一定很棒呢。」

愛朵菈常把這句話掛在嘴邊。

看到居爾南成長得聰慧過人，讓愛朵菈十分開心。學問、武藝上都有出眾的優秀表現，也常以書本及大自然為師。均衡健美的健康體態、端正的容貌、波浪狀的金髮，簡直就像從畫裡跑出來的人。而他的人品也極為高尚，令人不可思議。德魯西亞一族本來就擁有高尚的氣質，但在居爾南身上更是表露無遺，即使動作粗魯時，也能令人從中感覺到良好的家教。他的性情爽朗大方，活力十足，極具包容力，雖然懂得如何逗人開心的話術，不過個性中也隱藏著一旦下定決心就難以撼動的豪氣。他長成了一位堪稱英傑的人，實在不覺得他是那位卡爾多斯的兒子。巴爾特很感謝卡爾多斯祖先們的血脈。

居爾南成長為如此優秀的人，不僅是愛朵菈和巴爾特，也是德魯西亞家眾人的驕傲與希望。現任家主格里耶拉最信任這位小他十歲的堂弟，格里耶拉的孩子們也受到居爾南良好的影響。此外，巴爾特的另一位弟子——西戴蒙德．艾克斯潘古拉也成了出色的騎士。正因為

有居爾南和西戴蒙德在，巴爾特才能放心踏上旅途。

史塔玻羅斯用鼻子頂了頂陷入沉思的巴爾特。不知不覺間，夕陽快要沉入奧巴河中，風也變冷了。巴爾特摸摸史塔玻羅斯的臉，對牠說：「回家去吧。」

他偶然看向西邊天空，有某種生物正在空中飛翔。是飛龍（伊恩特·那達）。飛龍飛在遙遠的高空中，轉眼間牠就越過奧巴河，來到巴爾特的上方，往大障壁的另一邊飛了過去。飛龍不會降落在人類居住的地方，也不曾與人類打交道。

——飛龍與飛龍之間也會有紛爭嗎？

巴爾特忽然想到這件事。

第七章——雙重漩渦

——攤販美食塔杜魯——

1

巴爾特的身體完全康復後的某一天，臨茲伯爵——賽門・艾比巴雷斯衣冠整齊，態度莊重地對巴爾特致上謝意：

「巴爾特・羅恩大人，我由衷感謝您這次的付出。在當時窮途末路的局面中，由於您驚人的勇猛表現，我們才得以毫髮無傷地度過難關。這位是我的長男兼繼承人威爾納，在他身邊的是他的妻子海麗娜，他們兩人也非常感謝您。艾比巴雷斯家不會忘記對您的謝意及友誼，吾家大門隨時為您而開。這是目前的一點小小心意，以表謝意。請您笑納。」

他與兒子夫婦一同低頭行了一禮。而他們身旁的桌上擺著一個盆子，裡面裝有用上等布料包著的一堆大金幣。一枚大金幣相當於十枚金幣，眼前的這些大金幣則約有上百枚之多。

巴爾特接受了他們的謝意，也與他們定下友誼盟約，但推辭了金幣。

「賽門閣下，雖然奧斯華這次襲擊的目標原本是您，然而這次的事，某部分也是因為寇安德勒家對我的追擊。閣下也算是被我的禍事波及，我不能收下你的謝禮。」

「不，並非如此。在審問餘黨過後，我已經知道奧斯華之前就與寇安德勒勾結，企圖謀篡家主之位。如果我是在羅恩大人不在時遇襲，這條命早就沒了。多虧他在兩位在場時發動襲擊，我才能得救。我現在還能活著，還是您的功勞啊。」

「那麼這筆錢就當我收下了，再麻煩你找時間將這筆錢交給德魯西亞家。」

「嗯，您既清心寡欲又為主家著想呢。不過，羅恩大人。如果由我將這些金幣交給他們，世人或許會認為我贈予一筆鉅款給德魯西亞家。即使保密，這種事總有一天會曝光。世人對我的印象是商人多過於騎士。商人是不會平白無故送出鉅款的，這麼做會使德魯西亞家蒙上不白之冤。羅恩大人，我一定會以其他形式報答德魯西亞家，請您務必收下這筆金錢。」

對方都說到這個份上了，巴爾特也只能點頭應允。只不過，他無法帶著這麼大一筆錢四處走動，所以提出先收下十萬克爾，剩下的想視需求。前來提領的要求。

「喔~這樣也行。若是這樣，也可能會有您不克前來，派遣代理人前來領取的狀況。我們最好訂一個方法，以確認來人是您的使者。」

巴爾特跟他要了墨水壺及紙張。墨水壺拿來後，他將右手食指伸進壺內，再將右手食指和左手食指互相磨擦，接著將雙手食指按在紙張上。在他移開手指後，紙上留下了兩個指印。

巴爾特向一臉不可思議的臨茲伯爵解釋。

「每個人的手指紋路都有不同。在大陸中央各國，將以手指沾取朱墨，代替印章蓋下的印記稱為指印。由於世上不會有兩個同樣的指印，所以成了確認身分的好方法。如果有人帶與這個同樣的指印前來造訪，麻煩你將保管的東西交給他。考慮到我可能會在戰鬥中失去手指，像這樣留下左右手食指的指紋，應該就沒問題了。」

臨茲伯爵連番讚嘆佩服，並蓋下自己的指印，也請家人們蓋了指印做比較。

「原來如此，每個人的指紋完全不同呢。嗯，『人民的騎士』閣下也足智多謀呢。」

這項知識是愛朵菈在向陽庭園中教他的。在愛朵菈嫁去寇安德勒家的一年多內，獲得了相當珍貴的知識，巴爾特也對許多事感到吃驚。

而巴爾特想起這件事，突然想到奇恩賽拉所說的雙重漩渦會不會就是指指印？

「嗯，原來如此。這樣的話，就有個人的指印是類似雙重漩渦的形狀吧。他不是在找那個人，就是在找蓋有指印的證書或誓詞之類的文件。應該是這樣。」

「從奇恩賽拉的說法來看，那傢伙似乎不知道指印的事呢。」

「確實如此。畢竟當時他有問什麼是雙重漩渦。那麼說來，有不是寇安德勒家的人以指印為線索，正在找人或文件吧？而寇安德勒家想要搶先一步。」

雖然事情已明朗至此，但是進一步的事就沒頭緒了。思考一大堆細微的事情不是他的作風。他雖然很在意暴徒們為什麼那麼在意愛朵菈的信，但是反正本人已經去世了。而且，巴爾特非常了解愛朵菈的思維。如果她知道什麼重大事項，不會把內容只寫在給巴爾特的信件裡。她應該會和兄長，或是居爾南、西戴蒙德商量過才對。寫給巴爾特的信裡應該寫著只對巴爾特本人有意義的事。

夠了。愛朵菈已經不在人世了，他現在只希望她的靈魂能夠得到安息。

2

巴爾特久違地出來逛逛攤販，買了稀奇古怪的東西來吃。在臨茲府上，夜晚會端出大量的珍饈佳餚，早上也會提供有益健康且容易入口的料理。雖然食物供給不虞匱乏，但是像這些小攤販的食物，又是不同的風味。難得來到臨茲，他想盡可能地邊走邊品嘗美食。這時，有人從背後叫住他。

「嗨！老爺子，你看來精神不錯嘛。請我吃點東西吧～」

是「腐屍獵人」朱露察卡。

雖然這個男人偷了愛朵菈的信，但是巴爾特就算看著這個男人，心裡也不會湧現半分怒意。別說是怒意，他現在連信的事都忘得一乾二淨了。巴爾特感到有些淒涼，想依其所言請他吃點東西。

「想吃什麼？」

「啊！那邊那個是塔杜魯吧？我想吃那個。」

「這個嗎？」

「對對對。」

巴爾特買了兩份這種叫做塔杜魯的料理，把其中一份遞給朱露察卡。這看起來很難拿著邊走邊吃，所以他在水路河岸坐了下來，朱露察卡也坐在他的身邊。

「好燙燙燙燙！這個可好吃了！」

巴爾特第一次吃到這種料理。它是將麵粉放入水中調勻，烤成圓形薄片後對折的料理。內側夾著稍微炙烤過的新鮮海鮮，上面塗有以味噌、砂糖及佐料調製而成的醬料。味噌加熱過後散發出來的香味實在令人食指大動。

老闆把食物放在大片樹葉上交給他。這片葉子似乎單純是用來代替盤子，不過柔嫩葉子的新鮮香氣為食物增添了十分雅緻的風情。巴爾特學著朱露察卡，大膽地一口咬下後，大聲說著「喔～真好吃！」自然而然地露出笑容。

皮的部分是以麵粉製成，柔軟又帶點黏性。適度的鹹味恰到好處，單吃也很好吃。裡面雖然包了很多種餡料，不過有趣的是味道極為分明。吃到葛爾尼克，才在想有股辛香料帶來的辣勁，登塔爾的調味卻是甜的。白肉魚塊上雖然塗了甜味噌，貝肉卻沒有做任何調味。這些食物全部融為一體，每一口都能享受到千變萬化的滋味。

「我去幫你買點甜酒回來吧，給我錢。」

朱露察卡接過零錢後，把剩下的塔杜魯一口塞進嘴裡，輕巧地跳下河堤，消失在人群之中。在巴爾特剛吃完塔杜魯的時候，朱露察卡拿著代替酒碗，裝著熱甜酒的竹筒回來了。他說著「拿去」，把其中一個竹筒遞給巴爾特，接著從懷裡拿出另一個東西。被包在破布裡的東西冒著蒸氣及誘人的香氣。

「這是把薯類等各種蔬菜拿去水煮，然後隨便搗碎並混合後，像這樣弄成細細長長的形狀，迅速烤一下，灑點鹽調味而已，不過這個很好吃喔！」

兩人將這個料理一邊捏成塊來吃，一邊啜飲著甜酒。

「你沒想到我會從斷崖跳下去吧？」

「嗯，沒想到。」

「我能從那個斷崖上身輕如燕地跳下去，你覺得我很厲害吧？」

「嗯，很厲害。」

「是嗎是嗎？難道我是個天才？真傷腦筋耶，你這麼誇獎我會讓我很困擾啦。不過呢，其實啊～我那麼做自己都嚇破膽了。但是還是抱著必死的決心做了。心裡有一半想著做不到吧～不可能吧～會死吧～同時告訴自己，不對，我辦得到！最後勉強成功後，我覺得自己超強的。」

「我想也是，騎士的戰鬥也很類似。」

「喔～是喔！原來我的所作所為，和騎士團的大人們所做的事一樣啊～」

甜酒裡似乎加了什麼祕方，有獨特的刺激口感，身體都暖和起來了。水路上有許多船隻來來往往，船隻激起的波浪沒有一刻止息。

這時，突然響起女人的慘叫聲。

「呀啊啊啊啊！」

仔細一看，有個孩子從對面的河堤上滾了下來，那聲慘叫是貌似媽媽的女人發出的。隨著咚咚水聲，孩子掉到水路裡了。

巴爾特站起來拔腿飛奔。朱露察卡的動作比他更快，衝出去後以驚人的速度加速，跳進了河裡。朱露察卡利用跳入河中的力道在水中前進，立刻抓住了孩子。他們浮出水面時，是在幾乎接近對岸的位置。

他們眼前有艘載著貨物的船逼近。船上的船夫剛才看見孩子落水，把航向調整到較靠近岸邊的方向。而朱露察卡抱著孩子浮出水面的地方，就位於這條變更的航道上。

朱露察卡拚命地想閃過船隻。但是他抱在懷裡的孩子一直亂動，所以無法順利前進。船隻的船頭已經逼近到朱露察卡的身旁不遠。朱露察卡抱住孩子閉上了眼睛。

但是他沒有感覺到撞擊所帶來的衝擊。因為巴爾特用粗重的木材從一旁頂向船頭，強迫船隻改變了航道。可以聽見啪沙啪沙的水聲中，夾雜著木頭嘰嘎作響的聲音。是船隻被強行推開而發出的輾壓聲。轉眼間，船隻的航道由岸邊逐漸轉向。巴爾特將粗重的木材撤離船頭，伸至朱露察卡的面前。

巴爾特對他說：「快抓住！」朱露察卡就抱著孩子抓住了圓木。巴爾特將圓木連同朱露察卡及孩子拖往岸邊，而兩人被用力拉上岸。看似母親的女人抱過孩子，哭著向他們道謝。

「老爺子，你怎麼跑到對面河岸來了？」

「跳進水裡的工作交給你，我是連續跳過三艘船來到對岸的。岸邊正好插著一根圓木，我就將它拔起來，推開了船隻。」

「你、你把那根圓木拔起來了？」

「嗯，沒錯。得把它歸位才行呢。」

巴爾特咚地一聲把圓木插回去。那根是在船隻停泊時，用來繫纜繩的木頭。由於是用來避免船隻隨水流漂走的圓木，所以並不是那麼容易拔起。

「真是驚人的怪力。不過，你居然能馬上跳船過來，真虧你辦得到呢～」

「嗯。我的心裡有一半覺得做不到吧？同時告訴自己，不對，我辦得到。最後勉強成功後，我覺得自己超強的。」

朱露察卡朗聲大笑。接著打了噴嚏，吸吸鼻水，之後他又笑了出來。親切的商人幫他們撿來了老木生火，周圍的人也幫忙收集了能當柴火的東西來。朱露察卡把全身脫個精光，把衣服用力擰乾，烤火取暖。

那名女子果然是孩子的母親。她幫孩子脫下衣服，擦拭身體後，脫下自己的外衣將孩子團團包起來。孩子只露出一顆頭，在火旁取暖。他被母親抱在懷裡似乎很難為情，但是馬上就點頭打起了瞌睡。

火堆旁聚集了許多人，他們為孩子平安無事而開心，熱烈地討論著朱露察卡和巴爾特的活躍。販賣茶水、酒與食物的商人靠過來，精明地做起了生意。

3

巴爾特回到臨茲宅邸，朱露察卡也跟著他來了。正門的警衛士兵對他們行了一禮，朱露察卡則舉起雙手，說了一聲「嗨！」打招呼，若無其事地走過去。在巴爾特對迎賓館的隨從介紹朱露察卡說：「這位是貴客。」後，朱露察卡也在一旁附和：「確實是位貴客呢。」隨從也很識相，光聽這幾句話就明白話中之意，為他安排了晚餐及留宿的房間。

這一天只有臨茲伯爵一人同桌用晚餐。他見到衣衫襤褸的客人也毫不驚訝，等到乾杯時才詢問名字。

「能否請教這位客人的尊姓大名呢？」

「這男人是盜賊，名叫朱露察卡。」

「那麼，我們為朱露察卡閣下的到來乾杯！」

臨茲伯爵泰然自若地帶頭乾杯，帶過這個話題。接下來輪到身為賓客的巴爾特帶頭乾杯。巴爾特為臨茲領地的繁榮乾杯。第三次乾杯換朱露察卡來起頭。朱露察卡為祈求這間宅邸平安順遂而乾杯。在一來一往的乾杯結束後，菜端了上來。臨茲伯爵親自為兩位客人夾了美味的菜餚，開口問道：

「說到朱露察卡閣下，就是被稱為『腐屍獵人（苟拉徹薩拉）』的知名盜賊吧？」

「賽門閣下已經和我有過一面之緣了喔！」

「喔？我應該都一直儘量避免與你見面的機會啊。」

「他就是那位竊取信件，跳下斷崖的男子。」

「喔喔喔，那位像猴子……唔！簡直是超一流的盜賊！這代表吾家繼羅恩大人之後，又迎來了一位當代的一流人物呢！」

4

「那時候我被逮捕了。後來在被人綁著拖著走的途中，遇見了那個叫什麼奇恩賽拉的一行人。他們的同夥裡有人認識我，就把我領了回去。而且我要是就那麼被人拖走，肯定已經被絞首了啊。他們就要我以勞力來抵這份救命錢，叫我扮成士兵去偷信和印章。當我聽到對象是巴爾特．羅恩的時候，瞬間眼前一片黑暗啊！不過，男人要是失去挑戰的慾望，人生就結束了！所以我一直默默地等待著時機。」

「你不是全身抖個不停嗎？」

「臨茲伯爵老爺，這您可得幫我保密，那是我為了讓對手大意演出來的喔。真的啦！哎呀~畢竟我這邊的人都快全滅了，所以我只拿走了信。結果那個印章是在哪裡啊？」

「哈哈哈，怎麼，你是來找那個的嗎？真是個有趣的傢伙。關於那個印章，居爾南閣下和巴爾特閣下都毫無頭緒啊。」

「咦？巴爾特老爺也不知道嗎？」

「嗯，不知道。」

「哎呀呀～打從一開始就沒有寶藏嗎？外行人就是這樣才不行啦，事前調查做得太隨便了。」

「朱露察卡，說到底，寇安德勒家為什麼想要那封信？什麼漩渦、印章的消息是從哪兒冒出來的？」

「臨茲伯爵老爺，聽說是卡杜薩邊境侯爵的使者說的喔。奇恩賽拉提到一個叫什麼巴克拉的人。卡杜薩侯爵的使者說，可以用雙重漩渦和印章確認是本人，所以不用擔心。」

「嗯？你說卡杜薩邊境侯爵嗎？這麼說來，寇安德勒家似乎和卡杜薩邊境侯爵頗有交情，是透過卡爾多斯的母親結為親戚了吧？還有，你說的那位巴克拉是巴克拉．麥卡農嗎？那傢伙也來了？」

「那你把小姐的信交給巴克拉了嗎？」

「嗯，對啊。啊，巴爾特老爺，對不起喔。那封信是德魯西亞家的千金寫給老爺的吧？巴克拉那老頭拆了信，看了裡面的內容。結果對我大發雷霆說：『搞什麼鬼！信裡根本沒提到半點重要的事！』我雖然心想著，關我屁事，不是你這混帳叫我去偷信的嗎？不過我沒把這些話說出口。」

「那是個明智之舉。但是，為什麼那群傢伙會想要愛朵菈小姐寫的信？跟雙重漩渦、印章這些又有什麼關聯呢？」

「誰知道。巴克拉那老頭好像也不太清楚，還對奇恩賽拉抱怨了幾句，說卡爾多斯閣下凡事都太過保密到家。巴克拉就說，關於這次騷動，該給我個詳細的交代了吧！奇恩賽拉就回他說一切等印章到手再說。印章的保管人選他只想得到巴爾特，這傢伙肯定也知道漩渦的事，信件裡應該會提到相關線索才是。」

「嗯哼，真是謎團重重啊。對了，巴爾特閣下，居爾南閣下有件事沒有告訴您，說是不想造成您無謂的擔心，不過聽他說好像發生了一件怪事。在您離開帕庫拉領地後，寇安德勒家派了使者到訪，說想把愛朵菈閣下及居爾南閣下接回去。將近三十年的時間不聞不問，事到如今才提出這種請求。眾人都認為他們應該是想挖走居爾南殿下這位優秀的騎士；要是此事不成，也希望能煽動德魯西亞家眾人，讓他們對居爾南閣下產生不信任感。當然，德魯西亞家嚴詞拒絕了這個提案。結果，寇安德勒家在多次提出請求後，就說既然如此，至少讓我們派位侍女過去，讓她照顧愛朵菈閣下的生活起居。雖然這個提案也相當可疑，但是拒絕的話就是德魯西亞家無禮，也可能成為寇安德勒家找麻煩的藉口，所以就答應了。讓她來工作之後，沒想到這位姑娘品性好，工作方面也無可挑剔，聽說愛朵菈也十分喜歡她。這位侍女雖然曾寫過好幾封信回寇安德勒家，不過她似乎知道別人是如何看待自己的，所以在寄出之前，都會先將信拿給居爾南大人過目。信中內容淨是寫些愛朵菈閣下的健康狀態、收拾房間的狀況，沒有任何疑點。聽說愛朵菈閣下的葬禮結束後，她就回去道爾巴領地了。這麼看來，這位侍女應該是在調查愛朵菈閣下周遭的各項物品呢。」

說了一長串，臨茲伯爵似乎口渴了，仰頭飲盡杯中的酒。

「話又說回來，朱露察卡，如果你是回頭來找印章的，如同我剛剛所提，印章不在這裡。巴爾特閣下也沒有任何頭緒，你白跑一趟了。」

「啊，不不不，我不是為這個來的。偷信這個功勞，剛好把我欠他的一筆勾銷了。我當下就和巴克拉那老頭分道揚鑣啦，畢竟跟那個人在一起不是很開心。」

「那你為什麼要回到這座城鎮來？你可是暗殺臨茲伯爵及德魯西亞家兩名騎士未遂的犯人之一喔！就算沒有這件事，四處都有你的通緝令。若是被人找到，你的小命就不保了。」

「哎喲哎喲，不要提這些嚴肅的事嘛。我跑回來是因為我難得來臨茲一趟，卻沒吃到攤販美食，才不要就這樣去別的地方呢。」

「哈哈，這裡的攤販美食居然有值得你拚命的魅力？真是個有趣的傢伙。」

「嗯！有喔，可是我身上半毛錢都沒有。本來想找個地方幹點活兒，結果就看到巴爾特老爺了。」

「這樣啊。你看到他後做了什麼？」

「我說：『請我吃點東西吧～』」

「你說什麼？真不知道你是大膽還是愚蠢。結果巴爾特閣下怎麼對付你？」

「他請我吃了東西。」

臨茲伯爵默默看著巴爾特一會兒，而巴爾特靜靜地將杯子送到嘴邊。朱露察卡把在那之後發生的事情始末告訴臨茲伯爵。臨茲伯爵聽得很專心，簡短回應「嗯嗯。」、「喔～」、「是嗎？」等等。

「對了，巴爾特老爺。我得還你請我吃東西的恩情。你有事想要我去做嗎？」

「巴克拉回道爾巴領地去了嗎？」

「對啊。他說要追上王使一行人，帶他們到湖畔別墅去。」

這麼說來，王使巴里・陶德祭司說過要去道爾巴領地。卡爾多斯・寇安德勒是東部邊境新產生的大領主，為了宣揚新王的權威，派遣使者前往確實很正常。然而，突然派遣王使到如此遙遠偏僻之處，果然很奇怪，其中必有緣故，而原因或許跟卡爾多斯發狂尋找的雙重漩渦和印章等等有關。藉由雙重漩渦及印章能夠確認「本人」的身分，這個本人是誰？卡爾多斯很肯定他想找的東西在愛朵菈手上，也就是說這件事與愛朵菈有關。

「嗯，假設要你去那座湖畔別墅，你有辦法不被宅邸的人發現，和王使一行人取得聯絡嗎？」

「當然。」

朱露察卡對他眨了一隻眼睛，而臨茲伯爵親手幫朱露察卡斟了酒。一般來說，家主只會在一開始幫客人斟第一杯酒，之後讓僕人代勞。不知道為什麼，臨茲伯爵似乎相當中意朱露察卡，說著「你是位俠盜呢。」、「不管走哪一行，只要技巧純熟，以自己為傲的都是好人。」等詭異的誇讚之詞。才這麼一想，他也問了能不遭小偷的經驗知識。

這一天，臨茲伯爵府上的迎賓館餐廳，一直到深夜依然熱鬧非凡。

第八章——印章的下落

剛起鍋的水煮薺草

1

「巴爾特老爺，你說想順路去一趟的地方是這個村子嗎？」

「嗯。」

巴爾特向臨茲伯爵借了馬，策馬飛奔至此，年邁的史塔玻羅斯則在伯爵宅邸休息。本來他也想幫朱露察卡借匹馬，但是朱露察卡拒絕了，他是靠著自己的雙腳跑。

「我非常感謝老爺的心意啦。不過，我做生意要是需要依賴馬就完了。」

他這麼說著，完全不輸給巴爾特策動的馬匹，跟著他一路跑來。那腳力真是超乎常人。

必須和王使見面的想法催促巴爾特行動，他衝出了臨茲。但是見到王使又如何呢？王使為了某件事要和卡爾多斯見面，但這不是和自己無關嗎？卡爾多斯似乎有什麼企圖，但不是已經無所謂了嗎？愛朵菈已經離開了名為這個世界的舞台，自己也很快就會離開，他已經了無責任了。但是心中的某種想法卻驅使著巴爾特，因此來到了這個村子。

抵達村莊時，太陽已經下山了。這天晚上他們請村長收留一晚。這個村子是德魯西亞家的守護契約地，巴爾特和村長彼此熟識。村長及村長夫人很歡迎他們的突然來訪，招待他們吃了水煮薺草。

這些在初秋採收的薺草，應該是要留下來保存到冬天的。薺草細長的莖條前端會結出約拳頭大小的果實。說是果實，其實幾乎算是它的芯，圓形的芯周圍會附著一圈密密麻麻的金黃色顆粒。採收後，將保留有顆粒的芯拿去陰乾後，枯萎的顆粒會變成咖啡色。但是把它拿去水煮後，它會變得像剛摘下來時一樣柔軟，恢復成水嫩的金黃色。

巴爾特和朱露察卡的盤子裡各裝了六顆薺草。巴爾特獻上感恩祈禱後，立刻咬下一口。

——真好吃。這種蔬菜雖然隨處可見，不過非常好吃。

這應該只是單純水煮，沒有做其它特別的調味。不過薺草含有充足的水氣及溫和甜味，只用水煮也會有味道。咬下黃色顆粒後，口腔裡充滿了甜味。牙齒咬合時，會發出啵啵啵的聲音，薺草顆粒在口中爆開。水煮時滲入的熱水成了鮮美的湯汁，從爆開來的顆粒中滿溢而出，大量的水分滋潤著喉嚨。這個口感十分有趣，巴爾特瞬間就吃完了第一個。

就在他忽然開口說：「怎麼會這麼甜呢？」的時候，村長夫人告訴他：「那是因為加入了大量鹽巴去煮喔。」加入鹽巴就能增添甜味的做法也很不可思議。

薺草的味道很好，但它的口感，或許該說入口的感覺很有趣。輕鬆將彈牙脆口的顆粒從芯上剝落，一一吃下肚。顆粒連續觸碰到舌頭與口腔的感覺，以及顆粒從芯上剝落，彈入口中時的口感非常愉悅。薺草不適合忸忸怩怩，小口小口的吃，而是該一口咬下的蔬菜。

兩人轉眼間就把盤子裡的薺草吃個精光。肚子說不上鼓脹，還完全不滿足，但是在邊境地帶的村莊生活中，很難能填飽肚子。大家都是想盡辦法，省吃儉用地生活，而今天村長是將珍貴的糧食分給了兩人。兩人表示已經吃飽了，向村長夫婦道謝，只小酌一些就睡了。

2

隔日一早，巴爾特把照料馬匹的工作交給朱露察卡，來到一間獨棟屋子裡。這間屋子的主人是一位老婆婆。

「哎呀哎呀，今天是吹什麼風啊，巴爾特．羅恩大人？我居然有幸在寒舍迎接您，真是我幾代以來的榮幸啊。」

這位老婆婆以前是愛朵菈的侍女。當愛朵菈嫁入寇安德勒家時，也曾陪嫁過去。在那之後，為了照顧生病的母親而回到了這個村莊。

巴爾特做了一件至今他從未做過的事。他開口詢問老婆婆，在寇安德勒家別邸裡度過的那一年半裡，發生了什麼事。由於愛朵菈絕口不提當時發生的事，所以巴爾特也絲毫不過問。而今天他打破了這個禁忌。

這件事說來話長。

巴爾特受到了衝擊。與此同時，他明白自己必須立刻去見王使。此時此刻，能完成這個任務的只有巴爾特一人了。他的直覺是對的。

——是愛朵菈小姐在引導我。

沒錯，愛朵菈希望自己能為居爾南及此地的安寧做點事。再來只要知道那顆印章的下落就行了，但是此時毫無頭緒也別無他法。

3

巴爾特回到村長家中。

當他在喝茶時，朱露察卡的耳裡聽見了某種聲音。朱露察卡打開窗戶，聽著森林另一頭傳來的某種聲音。不久後，巴爾特也聽見了。有好幾匹馬正在接近這個村莊——這聲音是加鞭策馬的聲音。巴爾特囑咐村長夫婦不要提到他們兩人後，走出了村長家。朱露察卡把馬藏在森林裡，巴爾特則躲在村長家的後方，監看情況。

來到村莊的是五位騎士，最前面的騎士穿著黑色皮甲及黑色披風，手套及靴子也都是黑的。隨行的四位騎士連頭上都戴了防具，但是最前面的騎士任憑一頭烏黑長髮隨風飄逸。他體格修長壯碩，黑色的鬍鬚及鬍子給人粗獷與高尚之感，眼裡帶著飄渺的光芒。

他是「暴風（班薩爾）」喬格．沃德。

這個男人是卡爾多斯．寇安德勒的妾生之子，繼承了分家。年紀比居爾南小了兩歲左右，所以今年是二十六歲。個性桀驁不馴，但是也擁有能與其匹配的強勁實力，可說是繼承了一身寇安德勒的強悍血脈。

五人向村民詢問了村長家，也不請人帶路就走進村長家中。喬格坐上部下拉來的椅子，把帶鞘的大劍立在桌旁後，動作野蠻地坐在椅子上，修長的雙腿向前伸直並交疊。他將左手肘撐在桌上，用左手大姆指及食指摸摸下顎，視線盯著牆上某一點，不過沒有人知道他在看什麼。村長夫妻被押到喬格面前站著。隨行騎士開口問：

「這個村莊每年支付多少稅金給德魯西亞家？」

村長回答了問題。喬格的大姆指依舊放在下顎上，用食指撫著鼻子側邊一會兒後，無精打采地舉起右手，將五根手指頭都張開。他的右手和左手上依然戴著黑色皮革手套。隨行騎士看了喬格的右手後點點頭，對村長說：

「那麼從今年開始，你們要交出五倍的稅金給寇安德勒家，不必交稅金給德魯西亞家了。」

「您、您這太離譜了。」

「不服嗎？」

「自古以來，這座村莊一直都受到德魯西亞的庇護。這件事實在太過突然……」

「就是不服是吧？」

「這件事我恕難從……唔哇啊啊！」

騎士舉劍想砍上村長，但是喬格一腳踢飛了那位騎士。被踢飛的騎士撞破了牆壁，滾到外頭。

「你這蠢貨！要是殺了村長，要他們納稅和傳令的工作不就亂了套嗎？男人和年輕女人都不准殺。」

喬格若無其事地坐回椅子上，開始用左手玩弄下顎的鬍子，視線看向牆上的一點。隨行騎士們則威嚇村長，要求他答應這個單方面的要求。即使如此，村長顫著聲音拒絕了要求。其中一位隨行騎士把村長夫人拖離村長身邊，另一位騎士拔出了劍。他們是想殺了村長夫人，以儆效尤。這次喬格沒有出手阻止。

這時，巴爾特出現在正門口。喬格緩緩回過頭，瞪大的雙眼裡閃著瘋狂的光芒。他用右手抓住左胸，彷彿要將其撕裂一般，雙眼歪斜，露出猙獰的笑容。

「巴爾特・羅恩。」

4

至今為止，巴爾特曾與喬格在戰場上相會兩次。

第一次是巴爾特四十八歲，喬格十六歲時。當時他覺得這個年輕人霸氣十足，體力卻不及他的氣魄。劍路凌亂，看不清敵人的動作，完全不是巴爾特的對手。巴爾特覺得殺了他也很可憐，所以把他踢下馬後放過他。

第二次是巴爾特五十四歲，喬格二十二歲時。喬格展現出令人刮目相看的驚人成長。他在馬背上揮舞大劍，接二連三地把德魯西亞家的騎士逼入無法戰鬥的絕境。當時巴爾特以左手的大盾擋下大劍，劃開了喬格的左胸。喬格一副不可置信，巴爾特則目送他被同伴掩護並撤退，心想再過幾年，將沒有人能擋下他的劍。

如今，巴爾特五十八歲，喬格二十六歲。面對滿是霸氣的喬格，自己身上連像樣的劍和防具都沒有，不可能與他較量。但是，他無法就這麼看著村長夫人遭人斬殺。

——算了，船到橋頭自然直。不然就砍他幾刀，再赴黃泉罷了！

巴爾特重振心思，現身於此。他讓對方看到自己後，一語不發地走出村長家。喬格與四位騎士隨後追了出去。喬格脫下披風後交給其中一名隨行騎士；大劍出鞘後，把劍鞘交給了另一人。他環視了四人的臉，命令他們：「你們在這裡等著，不准出手。」

巴爾特在約距離二十步的位置轉過身來。右手無力地垂下，左手按在劍鞘鞘口處。喬格一步、兩步、三步地接近而來。他的視線停留在巴爾特的劍上，幾乎是緊盯著不放。

若是巴爾特的劍與喬格的大劍交鋒，應該會馬上粉碎斷裂。說起來，以他現在年邁衰老的體力，想正面擊敗喬格是不可能的。巴爾特將右腳向前踏出半步，把重心往前挪。他打算看準時機就向前衝刺，跑過對手的右側，在擦身而過的瞬間劈砍敵人的左側腹。這是他唯一的勝算。巴爾特試圖用右手握住劍柄時，卻感到一陣愕然。

——動不了！

右手完全動不了。就算巴爾特努力地集中意志力，右手依然沒有任何反應。從他年輕時代起就過度使用右手，最近則感到右肩非常僵硬，甚至無法筆直地將手舉起來。會變成這樣也是合情合理，他早就有所覺悟，在不久後的某一天，自己將連劍都舉不起來。但是，偏偏是在這個時候。喬格毫不留情地走近而來。

——就是現在！

時機來臨時，巴爾特全力衝了出去。右手還是動不了，他馬上以左手拔劍。但是已經來不及砍上敵方的側腹部了。巴爾特將身體往後傾，藉此修正時機點。

幸好他有這麼做。喬格的注意力一直放在巴爾特右手拔劍的那一瞬，所以揮出大劍的節奏只遲了一些。纏著暴風的大劍，從滑行而來的巴爾特頭頂上通過。喬格知道自己錯過了捕捉獵物的時機，為了止住大劍旋轉的力道，把力量集中在左腳。而巴爾特的劍往他的左腳剜了下去。

巴爾特利用滑行之勢，用左手拔出的劍擦過對手的腳。這記攻擊雖然是迫不得已，但是巴爾特的體重與滑行的重力加速度，再配合喬格將體重完全壓在左腳的時機，使這記攻擊的威力有所提升。巴爾特滑過喬格的身旁時，將身體往右轉了半圈。以左膝著地，右膝立起的姿勢減慢速度，並發出「沙沙沙」的聲響，捲起沙塵。當身體停止滑行的同時，巴爾特站起身來。

喬格的視線看著巴爾特從自己的左下方通過，同時讓身體轉了一圈。接著以右腳為軸心，將左腳使勁強力一踏，並把大劍高舉過頭。但被巴爾特的劍傷到的左腳承受不住這下踩踏，使喬格失去了平衡，高舉過頭的大劍在空中搖搖晃晃。巴爾特沒有錯過這個大好機會，迅速衝了過去，反手持劍想劈向喬格。

然而，喬格年輕且流暢的動作超出了巴爾特的預期。他雙膝一彎，壓低身體後，右腳向外踢出並硬是調整姿勢，將擊上巴爾特的胸膛。巴爾特已經做好自己敗北及死亡的覺悟。

但是，應該迎來的死亡沒有到來。喬格擊上巴爾特胸膛的大劍，在稍稍沒入胸口時停了下來。巴爾特的劍撲了個空，在虛空遊蕩。喬格的眼神看向巴爾特依然無力下垂的右手——一動也不動的右手。

喬格眼中的殺氣消失了。他一聲不吭地抽回大劍，轉身背向巴爾特，就這麼回到同夥身邊。收劍入鞘後跨上馬背，不發一語地離開了村莊。隨行騎士們雖然很困惑，但還是追了上去。

5

五人的身影消失後，朱露察卡帶著馬從森林中走出來。

「胸口沒事吧？好像發出了很大的聲響。」

「嗯，完全不痛。」

巴爾特走進村長家，重重地坐在椅子上後，開口問能否給他一杯水。將水飲盡之後，他解開胸甲。在這段期間內，右手又能動了。保住巴爾特一命的是他放在胸前內袋裡的餐刀。巴爾特心想，難怪剛剛會發出金屬碰撞的聲音。因為受到衝擊，餐刀有些彎掉了。

「喔～真是把漂亮的刀子呢～令我都手癢起來啦～讓我看看喔，嗯～我可以拆解這東西嗎？」

「刀子怎麼可能可以拆解。」

「不，你等一下。」

朱露察卡從收納盒裡取出幾樣小工具，抓著刀子東弄西弄。沒多久，刀子的握柄處輕易地分成兩半，裡面裝著一個四方形的小金屬塊。

「這個是聖銀（瑪娜多）呢。這玩意兒雖然小小一個，不過上面刻了某種類似家徽的圖案。他們說的印章就是這玩意兒吧？」

這確實是枚印章。這把刀是愛朵菈送給他的，因為這件事太過久遠，他沒能把這個東西跟這次的騷動聯想在一起。而且他已經把這把刀子當成自己的東西，所以就算提到愛朵菈交給他保管的東西，他也沒有想到這把刀子。

——小姐為什麼把這把刀子送給我？

當巴爾特陷入沉思之際，朱露察卡以惡作劇的眼神凝視著聖銀印章。

第九章——謊言與真相

—諾斯穆的紅葡萄酒—

1

巴爾特來到位於道爾巴領地中心的寇安德勒家主城，意外地順利進了城。卡爾多斯張開雙手歡迎他。

「嗨，羅恩大人，請您到這座城作客可是我的夢想啊！今天我的夢想實現了，值得慶祝一番。不知道是否能賞臉乾一杯？」

房間裡只有卡爾多斯和巴爾特。兩側掛毯的後方應該有騎士躲著，但若是有個萬一，這個距離也來不及應對。這個房間位於城內的極深處，回廊上沒有半個人。卡爾多斯是認為巴爾特不會對他動手嗎？還是因為他的武器被拿走而感到安心？

——不對，兩者皆非。

卡爾特斯無法相信其他人。越是位居重臣，越是得不到他的信任；越是智勇雙全的人，越難以取得他的信賴。他認為要是被這些人看見自己的弱點，就會被取而代之。所以在這種場合，連重臣們都沒有叫來。因為他自己就是像這樣凡事先下手為強，背叛並取代別人才抓住了現在的地位，所以他的擔心完全是正確的。

「你似乎去了不少地方探查消息呢。」

卡爾多斯說著，在桌上擺了兩只銀製高腳杯，杯上刻的花紋還挺煞有其事。之後卡爾多斯拿著銀酒壺往兩只銀杯中倒入葡萄酒，再將其中一只杯子遞給巴爾特。兩人都拿起杯子，分別舉至與眼同高之處。

「於劍之下(由耶・拉・香堤)。」

卡爾多斯帶頭出聲，巴爾特也以同樣的話回應。

於劍之下——代表接下來的談話需要保密，沒有遵守約定時，必須以劍贖罪。卡爾多斯飲盡杯中酒，同時看著巴爾特的眼裡帶著笑意。巴爾特也望著卡爾多斯喝光葡萄酒，臉上毫無笑意。

「還有，新年快樂。好了，坐下吧。你來得正好，我也想先和你仔細說明究竟發生了什麼事。你知道五天後會舉行領主大會嗎？」

「不，不知道。」

「屆時我會宣布我等大領主領地及其周邊地區，將正式成為帕魯薩姆王國的領地。王國應該會賜封我與統治者相應的爵位，而稅收及交易將由寇安德勒家統一管理，我保證會給各領主應有的待遇。為什麼我辦得到這種事，你應該覺得很不可思議吧？那是因為帕魯薩姆王國願意支持我啊！為什麼帕魯薩姆王國願意支持我呢？您應該有些頭緒吧？因為我是國王的恩人，是他兒子的養父。」

巴爾特在椅子上落座，以冰冷的視線瞪視著卡爾多斯。

「……你真是位無趣的人呢，這時你應該露出驚訝的表情才是啊！」

卡爾多斯嘴上這麼說著，再次往兩只銀杯裡倒了葡萄酒後，自己也坐了下來。

巴爾特這次細細品嘗了杯中的葡萄酒。

——真好喝。我雖然看寇安德勒家的所作所為不順眼，但只有這葡萄酒另當別論。

寇安德勒家主城前有個叫做諾斯穆的村莊，在那裡釀出來的紅酒堪稱天下第一。對中央大陸的各國來說，邊境地帶的葡萄酒根本入不了他們的眼。不過，若是有熟知葡萄酒之人喝過這裡的葡萄酒，中原的大貴族們應該會爭先恐後地想買進這種葡萄酒吧。這杯葡萄酒就是這麼有魅力。

即使處於長年不斷的戰亂中，唯獨不讓諾斯穆的葡萄田荒蕪，這一點是寇安德勒家的驕傲。巴爾特也覺得他們有資格大肆誇耀一番。葡萄酒無法在一朝一夕間釀成，而是在悠久累積的歷史中，逐漸茁壯的東西。土地、葡萄以及釀酒法，只要缺了其中一項，歷史就會畫下休止符。在上百年間，能將這三種要素毫無中斷地延續至今，寇安德勒家祖先的這份功勞值得歌頌。

巴爾特緩緩將葡萄酒的香氣吸入鼻腔。

——喔喔！多麼玄妙的香氣！

葡萄酒中有兩種香氣。第一種是蘊含於葡萄酒本身的香氣，這強烈地殘留著其原料——葡萄的個性。在葡萄酒通過喉嚨時，會迴盪著一股馥郁香氣，也可說是葡萄在大地上紮根的香氣。另一種是將葡萄釀造成葡萄酒的過程中所產生的香氣，和葡萄原料的香氣似是非似，是象徵著普通水果蛻變成酒的不可思議之事。這股香氣會隱約地從葡萄酒中湧出，包覆著葡萄酒，應該可以稱為上天賜予的香氣。這兩種香氣有達到良好的平衡，就能證明葡萄酒的來歷優良。諾斯穆紅葡萄酒中的這兩種香氣高雅卓越，而且平衡也恰如其分。

顏色雖然是暗沉的深紅色，但晃動之下會微微散發出寶石般的光芒。將一些含在口中，絲毫沒有刺激感，給人爽口的印象。不過，令人驚訝的是這股味道會在口腔中蔓延開來，在與唾液混合，滲入口腔後，酸味深處的主體依然屹立不搖。如果想大口喝下，會產生一股意外的排斥感。這種紅葡萄酒不是拿來當水喝的，喉嚨會要求你細細品嘗來自果肉及果皮的複雜味道。入口之後的餘香會帶有短暫的苦味，但很快就會消失，之後留下清涼的口感。而且沒有濃重的葡萄味，只有完全熟成後的酒品應有的清爽。

接下來巴爾特用鼻子聞著香氣，在啜飲紅酒的同時發出聲音。為了嚐遍各種味道，他將舌頭平貼在口腔下緣。這個作法可以毫無遺漏地享受兩種香氣。教導巴爾特品味葡萄酒的艾倫瑟拉・德魯西亞是這麼說的：

「要我說葡萄酒的這兩種香氣的話，就像貴婦和她身上的禮服一樣。只有禮服顯得虛有其表，只有內容則太過乏味。」

不得不說，諾斯穆的葡萄酒內外兼備。而且這股馥郁香氣很不一般，應該是年份特別好的紅酒吧。

當巴爾特在回味餘香時，空下來的銀酒杯中倒入了第三杯葡萄酒。卡爾多斯也幫自己倒了杯酒，代表他也已經喝乾了第二杯。靠這兩杯葡萄酒，巴爾特激動的心情也稍稍平復了下來。

這瓶應該是卡爾多斯珍藏的葡萄酒，而他為什麼要開這瓶葡萄酒來乾杯呢？是想以頂級葡萄酒點綴自己的勝利嗎？不過，如今能釀出如此頂級的葡萄酒，全是寇安德勒家的祖先奠定了基礎。不知道寇安德勒家的祖先們是如何看待現在的卡爾多斯，以及寇安德勒家的呢？

巴爾特想到參與釀造這瓶紅酒的農民與專家，他們沒有罪。不論等待著卡爾多斯及寇安德勒家的是什麼樣的命運，自己都應該盡心盡力地守護這些人的生活。

2

「一切大概是從三十年前的那個夏天開始的。我想娶愛朵菈為妻，但是某些緣故導致我無法馬上迎接她到這座城中。有位親戚希望將他女兒嫁給我當正室，而那位親戚是讓我成為家主的幕後推手，所以我無法不予理會。在多番斡旋的期間，我讓愛朵菈住在距離此地稍遠的別邸。恰巧就在這時，前任卡杜薩邊境侯爵迪尚．奧爾凱歐斯送來一位年輕人，希望我讓他在這裡躲一陣子。」

「那是溫得爾蘭特王子吧？」

在巴爾特一語說中這位年輕人的真實身分後，卡爾多斯的話停了下來，狠瞪向巴爾特。

「原來你知道啊，真令人吃驚。沒錯，那就是溫得爾蘭特王子。當時他好像是十九歲左右吧？王子的母親雖然家世低微，但是非常美麗聰穎，深得國王的寵愛，所以遭到了暗殺。溫得爾蘭特王子若是也留在王都，小命定當不保。帕魯薩姆王國上下沒有一處安全，所以才會把他送到這麼遠的地方來。但是我也不能讓他住在這座城裡。說到不顯眼又安全的地方，我怎麼想都只想到那座湖畔別邸，但是那裡已經住了愛朵菈。後來我讓她搬到湖畔對岸的別館，並請溫得爾蘭特王子絕對不可以接近那棟別館。」

「然而，兩人卻相遇了。」

「王子的外表看起來軟弱，像是愛好鑽研學問的青年，但是也有旺盛的冒險之心。他潛入了我叮嚀他不要接近的別館，然後兩人相遇了，而王子立刻陷入了瘋狂的戀愛中。雖然我不知道愛朵菈的想法，不過我想她應該不討厭王子。王子向我低頭，說他希望能得到愛朵菈。我從來沒有如此煩惱過，甚至比我決定要殺死血親時還煩惱。不過，最後我點頭答應了。管他是不是王子，反正是個總有一天會被暗地抹殺的存在。每個國家中，這種王子或公子多如過江之鯽。不過，這是個賣人情給邊境侯爵的大好機會。事實上，王子自己告訴邊境侯爵說，本應由我迎娶為正妻的千金被王子奪走的事。自此以後，邊境侯爵與我們交易時，會用各種名目給我們好處。」

巴爾特抬頭仰望天花板。雖然這裡是城裡深處的一個陰暗房間，上頭卻開了天窗。光束從天窗灑落，其中有塵埃飄舞著。

「蜜月期持續了一年多。愛朵菈生下一位男孩，王子將他命名為居爾南。當時，帕魯薩姆王國發生政變，王子得到了千載難逢的歸國佳機。他將愛朵菈及幼子託付給我後，動身前往陰謀四伏的故國，所以我就把愛朵菈送回娘家了。畢竟將已經成為他人妻子的女性放在身邊，讓我感到十分不快。王子似乎完全忘了愛朵菈。過了大約二十八年，就連一封信件也不曾送來，我會這麼想也是當然的吧？但是事實並非如此。兩年前，帕魯薩姆王國在與宿敵間的戰爭獲勝了。溫得爾蘭特王子成了大英雄，而最大的敵人皇太子死了。王子寫了一封信給我，說想把愛朵菈和兒子接回去。」

「也就是說，王子沒有忘記愛朵菈吧？」

「正是如此。王子也寫了信給愛朵菈，信裡寫滿了熱情的愛意。諸如我為了妳磨練自己的知識、武藝與品性，也積了許多德報。這一切都是為了成為配得上妳的男人。我為了妳增加同伴，希望能安全地迎妳回來。以及我為了妳立下汗馬功勞，鞏固地位，希望妳能以丈夫為榮。還有什麼我為了你撫恤部下、人民，時常為他們的幸福著想，因為我知道那是妳的期望。」

——你怎麼會知道信裡寫了些什麼？

這句質問差點脫口而出，但是巴爾特忍了下來。事實上，愛朵菈兩年前應該沒有接到這種信。也就是說卡爾多斯擅自拆了愛朵菈的信，讀完內容之後，大概也自作主張地回了謊話連篇的信件。

「過去王子不曾寫信來，是為了保護愛朵菈的生命安全。那些想挖到王子的缺失及弱點之人，隨時都監視著溫得爾蘭特王子。只要一寫信，愛朵菈及繼承王家血脈的孩子都會被他們發現。一旦這件事情曝了光，愛朵菈應該會被抓為人質，孩子也會遭到殺害。所以他拚命地忍住思念，沒有寫信，也沒有派遣使者前去。在他確定自己建立了穩固的地位及實力，有能力能保護他們母子倆周全時，立刻動筆寫下了信。你應該覺得我當時慌了手腳吧？」

「想必是十分慌張吧。」

「不不不，怎麼會有這種事。畢竟我可是有好好地保護著王子的孩子——就是吉恩啊。在把愛朵菈讓給王子後，我迎娶了數名妻子，其中一位妻子和愛朵菈在相同的時期生下了吉恩。把愛朵菈送回德魯西亞家時，我把吉恩和居爾南調換了，為的就是哪一天王子來接兒子時做準備。愛朵菈跟你提過狸貓換太子的事嗎？應該沒有吧，畢竟這是我們在劍之下的約定。就算愛朵菈再怎麼喜歡你，只有這件事沒跟你提過才是。」

卡爾多斯的口中吐出了天大的謊言。最可怕的是在愛朵菈已經離世的現在，德魯西亞家沒有任何方法能證明這是個謊言。

「話雖如此，當那封信寄來的當下，溫得爾蘭特王子雖然貴為英雄，且是位有權有勢的武將，但就僅止而已。皇太子與其他幾位有力的王子已經戰死，但是泱泱大國的王位繼承可沒這麼單純。有七個公爵家流著初代國王的血脈，新的皇太子本應將在一場複雜的角力後，選出一個不會危及各家利害關係的人選。」

「然而，先王駕崩了。」

「沒錯，國王駕崩了。國王一死，就無法指名冊立下一位新皇太子，也無法賦予其他人王位繼承權。在這時，只有擁有王位繼承權的人才能參與繼承人之爭。就在此時，一直被認為對政治冷感的溫得爾蘭特王子，似乎風馳電掣地採取了行動。就在王都——不對，是舉國上下為了王子的凱旋歸來而激動不已時，王子出色地贏下了國王的寶座。他立刻就送來了給愛朵菈的信呢，上頭寫著我為了妳奪得了王冠。」

愛朵菈沒有收到這種信。卡爾多斯再次擅自拆了寫給愛朵菈的信。巴爾特以嚴峻的眼光看著卡爾多斯。

「說實話，我受到了衝擊。我沒想到那位王子竟然能存活下來，建立了相當不錯的地位，甚至當上了下屆國王。雖然我把王子之子當成自己的孩子般呵護，但還是把最重要的愛朵菈送回了娘家。雖然我曾多次向德魯西亞家提出要求，想把愛朵菈和居爾南接回來，收到的都是冷冰冰的拒絕。邊境侯爵派來了使者，問候愛朵菈小姐與其子嗣是否安好。我就據實以告，愛朵菈因為心繫娘家就把她送回去了，不過我將她的孩子留在自己身邊，仔細周到地養育成人。」

「愛朵菈小姐雖然嫁來寇安德勒家，但是沒有舉行結婚典禮，也不曾進入主城就被送回了娘家。這件事在邊境地帶可是人盡皆知。再怎麼樣，這一點你也圓不過去吧？」

「哼……我請教過使者一個問題。由於愛朵菈之子與我的親生子調換這個祕密，只有極少數人知道。近年來，愛朵菈的身體欠安，不可能遠行。現在這位以吾兒之名自稱的孩子，的的確確是溫得爾蘭特陛下的子嗣，應該沒有方法可以證明吧？不，不止如此，要是德魯西亞家擁戴冒牌貨，應該也很難證明這個人的真偽吧？那位使者是我母親的血親，他對我透露說：『不不不，您別擔心。陛下從未忘記寇安德勒家的恩情，怎麼會懷疑您所說的話呢？而且，憑著雙重漩渦及印章，就能正確無誤地證明愛朵菈小姐及其子嗣的身分。』。」

——原來如此，所以才在找雙重漩渦與印章啊。是那個什麼邊境侯爵使者告訴他想證明居爾南的身分，就需要這兩樣東西吧。

「是漩渦啊，漩渦。我完全不曉得漩渦是指什麼，使者則不願再多說什麼。但是關於印章，我總算是問出了消息。那是王子讓愛朵菈帶在身邊的東西。聽說是只有王室之人才會被允許製作，並擁有的東西。每個印章都在不同部位上刻有符號，並且記錄在冊。我可是找了好一陣子。」

「你說錯了，是讓人去找吧？你假好心派到德魯西亞家的侍女，是要她在愛朵菈小姐的身邊搜尋那個印章吧？」

「你說的沒錯，但是愛朵菈的手上沒有那個印章。那麼，印章會在哪裡呢？我察覺到她把印章交給了某個人保管——巴爾特．羅恩大人，就是你。愛朵菈從孩提時代就極為信任的人，除了你以外沒有其他人。一直讓我寇安德勒家吃盡苦頭的你，這次也為我們家帶來了災難！」

卡爾多斯將熊熊燃起憎惡之火的視線射向巴爾特。

這可讓巴爾特糊塗了。卡爾多斯一直企圖攻占帕庫拉，試圖在東部邊境建立穩固的據點，而多年來，他確實阻撓了他的計畫。但那也僅止於面對攻擊的自衛罷了，他沒想到卡爾多斯會如此憎恨他。

——莫非……

巴爾特雖然認為不可能，但是卡爾多斯該不會是因為憎恨自己，才想迎娶愛朵菈為妻吧？這個猜測突然浮現在巴爾特心裡。這個男人或許是想奪走巴爾特的一切，並以怨恨的眼神看著愛朵菈。怎麼可能有這麼離譜的事？但是在卡爾多斯扭曲的心裡，巴爾特與愛朵菈是何種形象，除了他本人之外無人知曉。

「國王剛完成加冕儀式，立刻派遣王使至各地宣揚新王之威。其中，只有前來這裡的使者被賦予了特別的任務。在他們出發前不久，愛朵菈在我派去的侍女細心照料下去世了。當然，這件事我已經轉達給溫得爾蘭特陛下。國王下令要王使把他的兒子帶回去。既然愛朵菈已經不在世上，能夠辨別其子嗣真偽的方法只有印章了。對了，結果你還是不知道那個漩渦是什麼吧？那個啊，聽說是一首詩。」

「你說是一首詩？」

「正是，一首溫得爾蘭特王子在湖畔送給愛朵菈的情詩。內容大概是我與妳相遇在這美麗湖畔，就如同雙重漩渦合而為一之類的情詩。這首詩的內容只有王子和愛朵菈知道，如果她確實愛著王子的話，不可能忘記那首詩。所以知道這首詩就能證明其為王子之妻。你知道有這麼一首詩的存在嗎？」

巴爾特搖了搖頭。他不知道有這首詩的存在。

「不過愛朵菈已經去世，所以無法再問她是否還記得這首詩。因此印章就是唯一的證明。這不知道是不是不可思議的巧合呢，喬格砍在你身上的那一劍，揭開了連你自己也一無所知的印章去處。而我部下僱用的間諜，把印章從你身上拿回來了。」

「你部下僱用的間諜？喔～這樣啊。曾被我一度逮捕的朱露察卡，被奇恩賽拉和巴克拉・麥卡農領了回去。」

「沒錯。奇恩賽拉死了，但是他的命令還在。所以朱露察卡在得到印章後，來向我兜售。哎呀哎呀，他開價真貴呢。那位『腐屍獵人』根本是漫天喊價啊！但是那個印章有那個價值。王使閣下來訪此城時，我的說明加上印章佐證，他們已經認可吉恩・寇安德勒就是居爾南・西格爾斯，現在跟他們一同返回王都去了。」

「喔～照你這麼說，吉恩被王使閣下帶走了嗎？」

「沒錯。不過，就算說他是王的長子，但是母親出身於邊境的無名小族，既不可能得到王位繼承權，也不可能爬到太高的地位。對下任王位虎視眈眈的眾多王族是不會認同的。但是，畢竟是他長久以來深愛的女性之子啊。只要面對面確認過親子關係，吉恩——不，是居爾南肯定會受到莫大的庇護。畢竟他是帕魯薩姆國王的親生子啊。」

卡爾多斯目放精光，以猛獸般的雙眼瞪視著巴爾特。

「巴爾特．羅恩，當我聽聞你辭去德魯西亞家的官職，踏上旅途時，我覺得自己被你擺了一道。本來還以為能讓至今大肆阻攔我的你，來為我開疆闢土呢！後來聽說了漩渦和印章一事，並得知你正前往臨茲時，我可慌了呢。我還以為你知道漩渦的祕密，正帶著印章前往帕魯薩姆王國。不過，結果不是這樣呢。你對重要的事一無所知，也沒有調查任何關鍵。而我已經知道應該知道的事，也得到了所需之物。羅恩，追隨我吧！不然德魯西亞家將失去所有的領土。別以為只失去領土就算了，我會以虐待愛朵菈，逼她走上絕路這條罪名，滅掉德魯西亞家全族。追隨我，巴爾特．羅恩！回答我！」

3

面對卡爾多斯的高聲恫嚇，巴爾特看也不看他一眼，依舊看著被光束映照的塵埃。由於卡爾多斯發言時夾雜了許多大動作，塵埃活蹦亂跳地飛舞著。這些塵埃或許認為自己正在引起一場大騷動，殊不知別人根本覺得它無足輕重。

「王使一行人現在已經到哪兒了？」

「王使在十天前啟程了。應該已經渡過奧巴河，乘著馬車往王都出發了吧。就算你現在有什麼企圖，一切都為時已晚了。」

「這真是太好了。」

巴爾特從胸前的內袋拿出一張文件，放在桌上。卡爾多斯狐疑地拿起那份文件，攤開來讀。過了不久，他的臉色轉為鐵青。

「你、你這傢伙，這、這、這是……」

文件上寫著數字、年度及總額。數字是金額。每年卡杜薩邊境侯爵都會送一大筆錢給卡爾多斯，名義上是愛朵菈的生活費及其子嗣的扶養費。而這筆錢從未送到愛朵菈手中，應該都被卡爾多斯拿來保住自己在一族中的地位，以及用於寇安德勒家拓展邊境的勢力了吧。只要調查寇安德勒家主城的資料及臣子們，應該就能判明他們沒有把錢送到愛朵菈手上，而邊境侯爵提供的金錢全被卡爾多斯挪為己用了。

如同卡爾多斯自己坦承的一樣，他以為王子已經忘記愛朵菈了。他以為邊境侯爵在改朝換代後，依然憨直地遵守被賦予的指示，每年派人送錢過來，所以拿來用也不會有任何問題。說起來，卡爾多斯或許是覺得，之前是自己給邊境侯爵方便，該得到回報的當然也得是自己。

巴爾特看也不看驚慌失措的卡爾多斯，一樣望著漂浮在光束之中的塵埃，自言自語似的開始說：

「聽說在大陸中央的各國，會將人手指上的皺摺稱為指紋。每個人手指上的皺摺都不同，可以當做辨別是否為本人的依據。聽說還會用手指代替印章，沾取紅墨水後再蓋下指紋。而這張蓋著指紋的紙也稱為指印。指紋似乎終其一生都不會改變。在王家中，若有孩子誕生，在出生後第五十天，就會留下雙手的所有指印。

稱為指紋的東西，若是有血緣關係的話，似乎會很相似。帕魯薩姆王國首任國王的指紋就是雙重漩渦的模樣。他的指紋被複寫成精細的畫並流傳下來。身上流有王家血脈的人中，有許多人擁有同樣是雙重漩渦的指紋。眾人認為指紋的形狀越接近首代國王的指紋，與首任國王的血緣關係就越深厚，也會成為得到王位繼承權時有力的根據。所以儘管溫得爾蘭特王子的母親身分低微，他仍被賦予王位繼承權的原因就是因為這樣。二十九年前，當孩子在那座湖畔別墅中誕生時，王子仿效王家的風俗，在第五十天時留下了孩子的指印。孩子的指紋和王子的指紋幾乎一模一樣，也代表孩子的指紋與首任國王一模一樣。王子應該相當開心吧，或許有種命中注定的感覺。」

說到這裡後，巴爾特看向卡爾多斯。卡爾多斯就像人形石像一樣。巴爾特說出最後一句致命性的話：

「指印這東西啊，打從一開始就是由溫得爾蘭特王子保管。我想現在應該也被好好收著喔。」

不需要再說明了。即使不多說，今後吉恩的下場會如何已經非常明顯。一到了王都，應該會馬上有人來採他的指紋。一經比對，就會被發覺他假冒國王之子。卡爾多斯誠懇仔細地向王使一行人說明的事情原委，這一切的謊言及罪過也會被拆穿。溫得爾蘭特國王應該會大發雷霆吧。

現在卡爾多斯陷入極度的混亂及絕望，但要是他能取回冷靜的思考力，應該會發現其中有個疑點。為什麼王使會騙他關於雙重漩渦的事？為什麼巴爾特會這麼了解溫得爾蘭特國王身邊的事呢？

答案很明顯。王使很清楚，若是說明了指紋的事，卡爾多斯會害怕自己事蹟敗露，很可能會痛下殺手。將年金金額告訴巴爾特的人是王使，因為巴爾特及王使彼此交換了情報。

巴爾特與滯留在寇安德勒家別邸的王使密會，說明所有他所知的事實，展示了刀子與印章。王使蓋了印章留下證據後，暫時將印章還給了巴爾特。而巴爾特把印章交給朱露察卡，主動問他要不要拿這個去大賺一筆，喜歡惡作劇的朱露察卡興高采烈地參加了這個作戰。至於雙重漩渦的事要怎麼蒙混過去，就交給王使去想了。王使巴里．陶德祭司說：「我會想想有沒有什麼好主意，盡可能想有趣一點的。」並笑了起來。所以剛剛聽到卡爾多斯自傲的說明時，巴爾特對祭司這個浪漫的創意感到佩服。

「你、你要……殺了我嗎？」

虛弱嘶啞的聲音傳進巴爾特的耳裡。仔細一看，眼前坐著一位老人，原本精力充沛的模樣已不復見。眼前是一位如空心老木的男子。眼裡沒有神采，眼眶泛淚，是一位無力不安，感到害怕的男人。

原本他應該是更聰明的男人。事實上，雖然他的作法強硬粗暴，但是他將領地事務打理得很好，不斷拓展自己的勢力。然而，在溫得爾蘭特王子成了英雄，捎來信時，一切都變了。因為他在信中清楚感受到王子對妻兒的強烈愛意。

那時，這個男人所做的選擇，以戰略而言是正確的。他不借傾盡積攢已久的金錢，逼諾拉家屈服，志在贏得大領主之位。而這件事也進行得很順利。只要成為大領主，即使是王子也無法輕易私下報仇，畢竟他只是將王子的妻子與兒子送回娘家罷了。雖然還有一條私吞扶養費的罪，但是過去他讓王子躲藏，毫不吝惜地將原本應該成為正室的愛朵菈讓給他，這份人情不會消失。

但是，當王子確定要繼承王位時，一切再次翻盤。萬一事情演變成他私吞國王長子的扶養費，罪責就不同了。而且，卡爾多斯也不知道愛朵菈被傳喚到王都後，會怎麼跟溫得爾蘭特國王說他的所作所為。一旦讓居爾南掌握了帕魯薩姆王國的權力，德魯西亞家會得到強而有力的庇護。而等著寇安德勒家的，只有衰退與滅亡。

這個男人應該也是殫精竭慮，思考著能讓自己，讓寇安德勒家生存下去的方法。

在召開領主會議時，他會從德魯西亞家手裡奪走薩里沙銀礦山，是為了確認愛朵菈是否知道兒子父親的真實身分，以及德魯西亞家的人們是否都知道。眼看著德魯西亞家交出銀礦山的權益，卡爾多斯心想，德魯西亞家還沒發現自己手裡有一張王牌。

這個恬不知恥的男人，提出了想將愛朵菈及居爾南帶回自己身邊的提議。一想到當初如果答應了他的要求，巴爾特就感到一股寒意。被德魯西亞家拒絕後，卡爾多斯頂多派了一位侍女來。然而不管怎麼找都找不到印章，關於漩渦一事也是毫無頭緒。

就在這時，他得知在領主會議後，愛朵菈極為信賴的巴爾特立刻離開了帕庫拉領地。偏偏在這種時期，而且還捨棄了主家，不像是巴爾特的作風。他應該也是一頭霧水。但是經他一查，巴爾特正在前往臨茲。這個男人就認為愛朵菈應該已經，或者想將證物託付給巴爾特。這麼一想，當德魯西亞家把金幣袋交給巴爾特時，約提修表現出異常關心的理由也就不言而喻，同時也明白了奇恩賽拉發動襲擊的意義。而他們的襲擊失敗了兩次。因為沒有善加利用赤鴉這顆最強的棋子，甚至還解僱了他。

「要是你們沒有解僱班・伍利略，他早就奪走我性命了。」

「我、我沒有解僱他。不止如此，我還說要是他殺了巴爾特・羅恩，我願意加他報酬。

結果，奇恩賽拉那個蠢貨放逐了赤鴉，還派出刺客追殺他。最後落得損失兩位技藝高超的騎士的下場。」

這個男人真的被自己過去的所作所為逼入了絕境。原本溫得爾蘭特國王就欠他一個大人情，所以不需要搞出假冒王子的這種蠢事，只要向王使坦承真相就好了。但他沒將國王寫的信轉交給愛朵菈，還擅自拆封閱讀，隨意掩飾的事實阻礙了他坦承。他私吞了邊境侯爵年復一年送來的金錢，卻從沒告知愛朵菈，還胡謅報告內容的事，事到如今也妨礙了他坦承事實。最後他別無選擇，只能在以謊言砌起的地基上，打造一座混和了欺瞞與謀略的城堡。

溫得爾蘭特王子確定登上王位，命令邊境侯爵派遣使者時，這個男人應該十分倉皇無措。吉恩才是居爾南的這個謊言，或許是個逼不得已的推託之詞，但是一旦說謊就必須一直圓下去。為此，他需要雙重漩渦及印章。溫得爾蘭特國王對卡爾多斯十分信任，只要拿到證物，謊言也可以成真。

當這個男人得知愛朵菈的死訊時，想必欣喜若狂。只要愛朵菈死了，就沒有人能拆穿他的謊言。之前派過去的侍女或許有接到了密令，說等時機成熟時，就把愛朵菈殺了。

這些都無所謂，但是他拿不到證物。正當他讓王使一行人一直逗留在別邸，傷透腦筋時，朱露察卡帶來了印章。這個男人就被吸引了。印章的效用果然極高，能夠完全瞞過王使，讓自己的兒子假扮成帕魯薩姆王國的王子。他的心情應該開心得像飛上了天。而此時此刻，有人告訴他打從一開始，他就墜入了滅亡之緣的另一邊。

——話說回來，這模樣真是丟人。眾人一直都被這種人愚弄著嗎？

心底有股情緒直湧上來，怒火油然而生。長久以來一直埋藏在內心深處，被封印起來的怒氣不斷沸騰。持續與魔獸相對的奮戰中，因為寇安德勒家死纏爛打的騷擾而削弱戰力，遺憾死去的友人及部下；被捲入寇安德勒家與諾拉家的紛爭，因此無辜喪命的騎士及士兵們；為了應付有如搶劫般的稅金剝削，而賣了女兒的農民；生意管道盡毀，流著淚將商店拱手讓人的商人。還有、還有……

——愛朵菈小姐！

那位有著光芒閃耀的靈魂，溫柔高雅的女性，被迫過著見不得人的生活。這一切的起因全都是卡爾多斯．寇安德勒。她原本應該可以度過更加愉快的歲月，能夠活在更加寬廣的世界中！

巴爾特一直以來都禁止自己抱持著這種想法。愛朵菈如此高貴，不可能會被卡爾多斯這種人毀掉人生。公主一直都在那個人渣伸手也搆不著的高度，燃燒著生命之火。巴爾特一直這麼告訴自己。但是……但是……現在這位在他眼前的男人，看著眼前這位暴虐無道，只知道順從自己欲望及膚淺想法的男人，他的心中想著至今被這個男人踩在腳底的一切，想像著眾人因為這個男人失去的幸福。

他怒火中燒。

巴爾特無法克制憤怒的地獄之火包裹住全身。卡爾多斯因恐懼而瞪大的雙眼看著巴爾特。此刻的巴爾特比任何強大凶暴的魔獸都還可怕，他的怒火彷彿讓周遭的空氣也燒了起來。

突然間，巴爾特從座位上站起身，一腳踢飛桌子後逼近卡爾多斯，並用左手抓住他的衣領，就這樣將他往後推去。轉眼間，卡爾多斯的身體被壓在後方的牆上。牆上裝飾著一具老舊卻華美的全身盔甲。巴爾特依舊用左手壓制著卡爾多斯，讓他雙腳懸空，用右手取下了盔甲的配劍。

由於酒及杯子摔落地面發出了巨大的聲響，兩位士兵掀起兩側的掛毯，衝了進來。他們穿著盔甲，手持長槍，並試圖用長槍從兩側刺擊巴爾特，但是兩位士兵正面感受到了巴爾特的怒氣。兩人像遭到雷劈似的一顫，停下了腳步，像被人綁住似的無法動彈。

巴爾特欺近以左手提起的卡爾多斯，低頭看著他說：

「五天後有一場領主會議吧？我要你在會議上，把從德魯西亞家手上奪走的銀礦山權益及城鎮徵稅權還給他們，也撤銷對其他領主的不當要求！」

卡爾多斯只呆愣地點點頭。這時，有幾位寇安德勒家的家臣從入口走進房裡。他們應該是聽見騷動，為了保護家主而衝進來的。但是房間很狹窄，先進入房間的數人被異樣的氛圍震攝住，呆站在原地。家主被人用劍指著，他們不能貿然行動。即使他們想行動，巴爾特身上散發出的怒氣扭曲了空氣，讓接觸到的人身體感到麻痺，無法動彈。

巴爾特放下卡爾多斯，往後退一步後伸出左手。他對茫然若失的卡爾多斯說：「把信還我。」卡爾多斯以顫抖的手指從胸前的內袋取出信件，交給巴爾特。巴爾特確認過是愛朵菈的信後，放入了胸前的內袋。接著又往後退兩步，以壓抑著怒氣的聲音說：

「我有件事要先聲明，不管你怎麼想，愛朵菈小姐度過了安穩幸福的人生。你這種人無法左右她的人生，所以我也沒有向你復仇的理由。但是，不過……可是，假設……假設你今後敢對德魯西亞家伸出意圖不軌的魔爪，阻礙他們神聖的義務——」

巴爾特如閃電一般揮下劍。

面對他的速度、力量及氣勢，沒有任何人能有所動作。巴爾特握著的劍有一半沒入卡爾多斯身旁的金屬頭盔，刺進了背後的牆壁。應該耐得住任何硬劍的頭盔，啪嚓一聲地碎裂了。卡爾多斯顫抖地癱倒在地。

巴爾特轉身回頭。布滿血絲的雙眼鮮紅，全身上下彷彿燃燒著憤怒之火。

他直接往外走去，寇安德勒家的家臣們往左右閃避巴爾特。沒有人出劍劈砍，也沒有人試圖逮捕他。擠滿狹窄迴廊的士兵們也一個個往後推擠癱倒，開出一條路。

每邁出一步，巴爾特的怒氣就更加強烈。每吸進一口氣，內心的火勢就更加旺盛。他越過兩間房間，在會客室取回自己的劍，穿過大客廳，要走向通往外面的通道。在所有人看到巴爾特都向左右逃竄時，只有一位男人沒有逃。

那是喬格・沃德。

喬格拔出大劍，而巴爾特自顧自地走著。喬格舉起大劍，巴爾特也突然拔劍出鞘，向喬格飛奔過去。他的動作比揮劍砍來的喬格更快，將劍從正面擊向他。破舊的小劍不可能與喬格手中的大劍爭鋒。然而，對此時的巴爾特而言，一切都無所謂了。他的情緒依然激昂，與對方的劍正面互擊，響起鋼鐵與鋼鐵劇烈碰撞的聲音。

巴爾的劍沒有斷。這算是萬分之一的偶然嗎？還是巴爾特的氣勢支撐著劍身？不只劍沒有斷，巴爾特就這樣不斷逼退喬格。現在已經無關他的年邁、肩膀、腰部的疼痛以及力氣的衰弱。在這一剎那，巴爾特的戰鬥力應該足以與往日匹敵。

嘰！嘰！嘰！

喬格的身體慢慢地被往後壓，身體痛苦地逐漸向後弓起。無論在任何人眼裡看來，巴爾特都明顯占有優勢。寇安德勒家的家臣們很清楚喬格壓倒性的強大力量，看著這一幕只能啞口無言。不過，喬格・沃德即使逐漸被壓制著，依然不畏巴爾特的氣勢，在可觸及彼此鼻息的極近距離下，回瞪著巴爾特的雙眼。他的眼裡充滿了能與強敵一戰的喜悅。

「住手！喬格，給我住手！退下！」

神智終於恢復清醒後，卡爾多斯趕來阻止兩人較量。巴爾特擺明了是和王使勾結。此外，巴爾特對居爾南來說可說是亦師亦父的存在。如果現在殺害巴爾特，終將招來惡果。而且，巴爾特雖然要他把搶來的東西還回去，卻沒說不承認他是大領主。要是殺了巴爾特，寇安德勒家就沒希望了。

「巴爾特．羅恩！總有一天我一定要殺了你！」

不理會喬格．沃德的叫囂聲，巴爾特離開了寇安德勒家之城。

第十章 信件

伊梅拉肉乾

1

巴爾特今天也來到奧巴大河河岸。他沒有穿皮甲，也沒有戴帽子，身旁有史塔玻羅斯陪伴。毫不止息的冷風吹拂著蓄長的頭髮及鬍子。

他的手上握著一包從攤販買來，用草葉包著的肉乾。巴爾特打開包裝，迎風咬下一口肉乾。這是用羊肉（伊梅拉）製成的肉乾，既薄又輕，甜中帶辣。嚼著嚼著，有些微的刺激感從舌尖上竄出。

巴爾特極度懷念起愛朵菈為他做的羊肉乾。巴爾特需要長時間待在堡壘時，愛朵菈總是會做羊肉乾給他帶去。不過，他幾乎都把肉乾分給了部下，自己只能吃到僅僅一小塊。

愛朵菈做的肉乾有將水分徹底去除，這樣才能長久保存。她做的肉乾又厚又硬，非常有嚼勁，但是不難咬斷，越嚼越有味道。那股滋味很溫柔，會滲入人心。那是怎麼做成的呢？要是當時有問她做法就好了。

現在的他只是很懷念愛朵菈的一切。

2

卡爾多斯認為溫得爾蘭特國王只是因為感傷，才想接回與愛朵菈的兒子，從血緣來說，他不會被賦予王位繼承權。但是，他錯了。

這是巴爾特從巴里．陶德祭司那裡聽來的消息。在他以王使身分，被派遣至東部邊境地帶之前，召開了一場樞密院會議。會議中公布了溫得爾蘭特國王有一嫡子的事實，而且這位子嗣的指紋與首代國王如出一轍，也當場以指印證明了這件事。繼承人是穩定王權時不可或缺的條件。因此眾人都欣然接受了這個事實，立刻派遣巴里．陶德出使。溫得爾蘭特國王今年四十九歲，但沒有其他子嗣。在比對指紋後，居爾南極有可能會被指名為皇太子。

關於他母親的身分，以及婚姻關係是否成立都是個問題，但是在帕魯薩姆王國之中，似乎有傳聞防衛大障壁缺口這份責任，是由初代國王下給莫逆之交的命令。所以德魯西亞家沒有爵位這件事也反倒剛好，樞密院已經做出結論，將視其家世等同於侯爵階級。

而溫得爾蘭特國王與愛朵菈的婚事，在溫得爾蘭特王子從邊境歸國時，已經與他的學問老師兼摯友的僧侶——也就是巴里．陶德商量過，將手續都辦好了。雖然新娘不在身邊，但也舉行了誓約儀式。這個形式是很強硬，但是有三位具資格的見證人在正式文件上簽了名，不過考量到政治情況而予以保密。這些說明加上一同提出的文件，樞密院承認了溫得爾蘭特王子的婚姻關係。

居爾南將得到比巴爾特預想中更高的身分。他不知道這個身分會多麼穩固，未來將隨著溫得爾蘭特國王的健康及壽命而有所變化。但是，居爾南已踩上了康莊大道，所以他已經不需要為居爾南操心了。

比起這些，更重要的是自己為什麼會感到如此憤怒？巴爾特覺得這是個問題。結果，自己對卡爾多斯感到憎恨及憤怒，是來自於對愛朵菈的愛情嗎？這次自己的行動全都是出自於私人恩怨嗎？巴爾特不停不停不停地思考，然後做出這個結論。

——我的行為確實摻雜著私人恩怨。那傢伙對愛朵菈小姐及德魯西亞家所做的一切，都必須受到懲罰，至少得矯正他的過失。但是，不止如此。我實在無法容忍無辜無力的農民們被濫用權力的人踐踏。所以我才會如此憤怒，才會與這些人一戰。必須是如此，這樣才能守住小姐的名譽。堅守我對小姐的騎士誓約，才能讓小姐為我感到驕傲。若只是為了私怨，我大可殺了那傢伙，沒有什麼比殺了他還能報仇雪恨。但是我壓抑怨恨，放那傢伙一條生路，是為了人民及這片土地的安寧，是為了符合小姐真正的期待。必須是如此。這樣應該可以吧，愛朵菈小姐？

這時，他好像聽見了愛朵菈的歌聲飄過河川水面傳來。那首歌是「巡禮的騎士」。是過去流浪騎士教給巴爾特，巴爾特教給愛朵菈的一首古老久遠的歌曲。

啊……小姐正在為我做的一切感到欣慰呢。巴爾特心想。

3

在湖畔別邸與王使密談過後，巴爾特寫了三封信。一封交給祭司，另外兩封則託給了朱露察卡。

第一封是寫給溫得爾蘭特國王的信。其中以巴爾特的觀點說明了整件事的原委，並附上裝著印章的刀柄作為佐證。第二封是寫給居爾南的。信中說明了事情原委，並要他蓋上雙手的所有指紋，簽名後再交給朱露察卡。第三封是寫給臨茲伯爵的。信中拜託他透過邊境侯爵，將居爾南的指印交給溫得爾蘭特國王。

朱露察卡帶著要給居爾南的信，在離開巴爾特的十天後抵達了臨茲伯爵的宅邸。由於他先到道爾巴和帕庫拉辦完該做的事才過來，一般來說即使以虐馬的情況下驅馬奔騰，也得耗上十天。他沒騎馬卻能在同樣的天數跑完所有地方，只能說他的速度極為驚人。

巴爾特離開寇安德勒城後，為了把馬還給臨茲伯爵，來到了臨茲。抵達臨茲之後，由於朱露察卡也在這裡，就委託他帶話給德魯西亞家。一開始他本來打算寫信，但是右手不聽使喚。自從他在寇安德勒家蠻幹一場後，右肩就像被上了枷鎖一般，既僵硬又痛。

不久後，居爾南會被迎回城，應該會見到溫得爾蘭特國王吧。接下來等著居爾南的不只是名譽及地位，但是他一定應付得來的。

——我接下來該何去何從呢？

他離開帕庫拉，踏上旅途的理由可以說是消失了。現在他可以毫無顧慮地返回帕庫拉。雖然能回去，但是……

巴爾特想將右手伸進懷中時，皺起了眉。他忍住痛楚，拿出愛朵菈的信，又讀了一次。信紙是用索伊竹製成的紙，很有愛朵菈的風格。愛朵菈不喜歡氣味刺鼻的皮革紙，偏愛竹製的紙。

親愛的巴爾特・羅恩大人：

首先，請容我對您道聲恭喜，您終於展翅飛向遼闊的世界了呢。在令人難以想像的發展之下，您侍奉著德魯西亞家。您的赤膽忠心、慈愛及勇猛，為人民帶來了安居樂業的生活。

而您的高超武藝及崇高品性也是人盡皆知。但是，真正的您卻是一隻不安於籠中的自由飛鳥，內心某處總是懷抱著對遠方蒼穹的眷戀。

您還記得簡樸庭院中的那張小桌子嗎？桌邊坐著您、我與居爾南三人。您總是說著森林、山岳及魔獸，還有許多、許多戰爭的事。偶爾會稍微聊到一些珍饈美食。對您而言，戰事與未知的美食都是一種冒險。您的話中總是充滿了發現新事物的喜悅，聽您說的過程中，我也在心裡參加了您的冒險喔！

啊啊！那真是一段開心的日子。在那座向陽庭園中聊得熱烈無比的我們，看起來就像是一家人吧？

此時此刻的您才是自由的。請迎風展翅，飛向那無窮無盡的遙遠世界。然後若是您能偶爾想起我，捎來信件告訴我您看見了何等珍奇美景，品嘗了什麼美食，這樣我就心滿意足了。

敬祝身體健康，永保活力。

真誠友誼恆久不變　愛朵菈

——要回去也行，但德魯西亞家已經不需要我操心了。該怎麼辦才好呢？

自己該向前行，還是該回去？巴爾特仰望天空，寒風掃過的浩瀚天空深邃澄澈。長年來的心結終於解開，一切也已經撥亂反正，還到可恨的寇安德勒家主城大鬧了一場。他的心情從來沒有像現在一樣愉快自由。

他又拿了一片羊肉乾咬下。巴爾特覺得愛朵菈做的肉乾比較美味。不過，愛朵菈會怎麼想呢？在攤販買來的肉乾滋味複雜，應該用了許多種調味料或辛香料。或許不是只將羊肉風乾，還做了煙燻處理也說不定。如果是愛朵菈，她應該會吵著想知道肉乾的做法，想用用看各種不同的調味料和辛香料吧？位於邊境地帶深處的帕庫拉很難取得稀有的調味料，果實和辛香料的種類也非常稀少。其實，愛朵菈才想前往遙遠的世界旅行，吃遍珍奇美食。但是這個夢想已經無法實現了。

——嗯，果然還是旅行去吧！邊境地帶十分遼闊，其中有人居住的地方不過幾處彈丸之地。但這所有的彈丸之地，也是廣闊得令人一生無法走遍。雖然對德魯西亞家的恩情不會消失，但已經夠了。這句話由自己來說或許不太恰當，但是他多年來已經鞠躬盡瘁了。餘生就稍微隨著自己的意度過，應該不會招天譴吧！他要到不曾去過的地方，看看不曾看過的事物。活著即活著，該死去時就死去。

巴爾特如此下定決心，將愛朵菈送來的信撕成碎片，隨風飛去。紙片飄然飛起，在奧巴大河上舞動，不久後消失在不知何處。從此處雖然看不見，但是在奧巴河的遙遠上流之處，有座名為伏薩的靈峰矗立著。據說人死後，靈魂會聚集在伏薩，在神靈的引領下飛上神之庭園。

——公主的魂魄是否也在繚繞伏薩的風中呢？嗯，往北邊去好了。朝著伏薩前進。一路尋訪珍奇風景及可口美食，悠閒前往就好。要是到了伏薩時還活著，之後的事就到時再想吧。

巴爾特在心裡對目的地描繪著各種想像，在一旁的史塔玻羅斯看起來很開心。

於是老騎士巴爾特・羅恩踏上了旅途。

而他還不知道。

這場旅行將是一場流傳於全世界的冒險開端。

第二部・古代劍

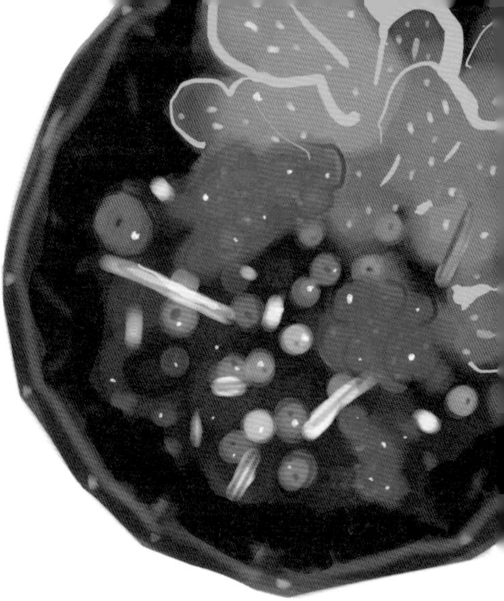

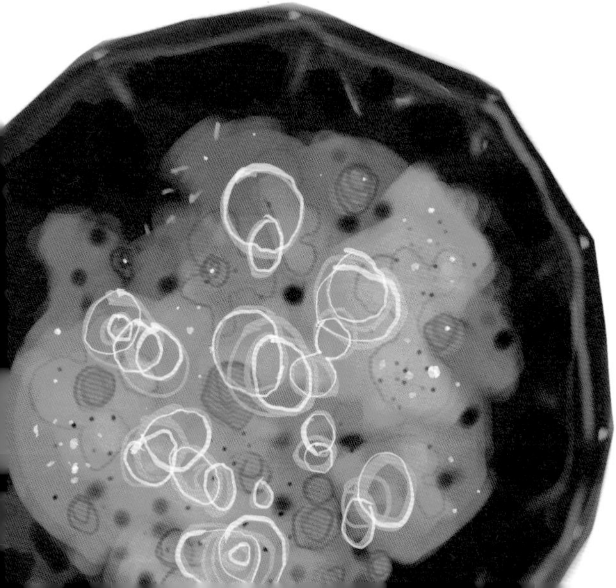

邊境的老騎士

第一章 史塔玻羅斯之死

—希巴的臀肉—

1

「如果你要向北走，或許會經過梅濟亞領地。領主哥頓・察爾克斯是我的外甥，是個善良的男人。他以前就一直說想見見『人民的騎士』，請務必順路過去走走。」

臨茲伯爵說完後，寫了介紹函。沿著奧巴河北上走了一陣子後進入山路。一如往常，由老馬史塔玻羅斯駝著行李步行。雖然史塔玻羅斯的身體狀況不佳，依然不顯疲態地扛著行李走。

某一天，巴爾特提早在山中準備野營，但牠趴在地上，連草也不肯吃。而就在那天夜裡，史塔玻羅斯安靜地去世了。

長耳狼（巴露班）出現了，牠的目標是史塔玻羅斯的屍體。巴爾特將披風包在左手上當作盾牌，右手持劍與牠一戰。皮甲上有幾處被長耳狼的爪子和牙齒所傷，不過他成功刺中長耳狼的心臟，將牠打倒了。但是襲擊還沒結束，在那之後出現了三隻長耳狼。

他沒有想過要逃。如果以史塔玻羅斯的屍體為餌，可以幫他爭取一點時間。事實上，在至今的戰役中，當夥伴的馬（希巴）死亡時會將其當作誘餌，趁魔獸或野獸在吃食馬屍的空檔重整旗鼓。有時也會刻意將馬作為誘餌，引誘獵物。不過，其實他們並不想這麼做。騎士對馬抱持著的感情，不曾上過戰場的人應該難以體會。馬是夥伴，也是家人，也可以說是自己的另一半。當巴爾特下達如此無情的命令時，部下們都投以怨恨的眼光。

他就是這樣一路保護著部下及人民至今。他希望為了保護馬屍而死，至少在人生的最後，他可以允許自己做出如此愚行。這種行為真的很愚蠢，因為最終老馬的屍體只能回歸大自然的懷抱。即使如此，在牠才剛死去的現在，即使只有魂魄告別肉體的短暫時間也好，他希望能守護牠，讓牠安詳長眠。

在他戰鬥的期間，篝火的火勢開始減弱，最後漸漸無法防止長耳狼群的入侵。皮甲上出現了數道傷痕，包著披風的左手也開始滲血。即使如此，他還是打倒了一隻長耳狼，讓另一隻受了重傷。受重傷的長耳狼猛撲過來，巴爾特迅速地出劍刺擊。劍尖刺進了長耳狼的口中。

——糟了！

等他這麼想時已經太遲了，長耳狼的牙齒用力咬住了劍。巴爾特知道如果不放手劍就會斷，但是一放開武器，自己就會被殺。結果在他不放手的情況下，劍啪地一聲，應聲而斷。

吞下劍尖的長耳狼就這麼死了，但是已經沒有方法能與最後一隻狼戰鬥了。

這時，某樣東西從巴爾特的背後飛過來——是斧頭。一把看起來很沉的斧頭，旋轉著砍上長耳狼的頭。長耳狼死了，而巴爾特回頭看向恩人。

他不是人。巨大身軀、血盆大口及長在口中的牙齒，再配上看起來非常硬的綠色皮膚。是葛爾喀斯特，也有人取其肌膚顏色，稱他們為綠人（里耶·托利）。他是亞人，擁有盔甲般的肌膚，銳利的爪子與牙齒。

在亞人中，葛爾喀斯特也屬於特別好戰。但只要沒有特別理由，他們不會襲擊人類。據說他們有個傳說，遠古時曾有一位統治所有人類及亞人們的大王。現在他們依然遵守這位大王的命令，盡可能不與人類起紛爭。因此，他們遠離人類建立村莊。而這也是巴爾特第一次實際上見到。

巴爾特挺直背脊，將右手放在左胸上，微彎下腰，對葛爾喀斯特的戰士行了恭敬的禮儀。戰士默默地接受了這一禮。葛爾喀斯特原本就比人類高大，但這位葛爾喀斯特特別高大。與以人類來說，算體格魁梧的巴爾特相比，這位的身高還高出一個頭。從大大隆起的肩膀上，延伸出來的手臂長得幾乎快觸上地面，充滿了力量。葛爾喀斯特的臂力之強，足以一把抓爆人類的頭。

葛爾喀斯特注視著馬的屍骸。

「真是一匹上了年紀的馬。」

「三十一歲了。」

「牠真長壽呢。有為你鞠躬盡瘁嗎？」

「嗯。」

「你想怎麼處置這匹馬？」

「可以的話，我想吃一點牠的肉，然後帶走部分馬皮。」

葛爾喀斯特從行囊裡拿出山刀，遞給巴爾特，然後自己開始使用斧頭剝長耳狼的毛皮。巴爾特把史塔玻羅斯的血放盡，剝下毛皮。話雖如此，牠的身上全是傷，能用的地方不多。說起來，馬皮雖然紮實，但缺點就是易破。若用馬皮製作太鼓的皮，會發出嘹亮延伸的聲響，但是一旦產生傷痕，裂縫會逐漸擴大。即使如此，他還是取下一張還算大張的臀部皮革。這個部位的皮革最堅韌實用。

他們不斷地加著柴火，繼續手邊的工作。葛爾喀斯特用粗糙的斧頭，以驚人的速度完成工作。他將長耳狼的肉擺在野營地的四周。雖然血腥味很難以忍受，但是如果有長耳狼的氣味，弱小的野獸就不會靠近。

老馬的肉質硬，難以入口，但他還是切下臀部的肉火烤，也邀請葛爾喀斯特一起享用馬肉。巴爾特試著嚐了一口，好吃得令人驚訝。沿著纖維的方向，有零星的脂肪遍布其中。有不可思議的口感，纖維十分彈牙，肉的滋味在口中蔓延開來。獨特的風味被脂肪包覆著並融為一體，在嘴裡慢慢增添甜味。這美味不僅令舌尖感到愉悅，更是頗具滋養的美味。巴爾特仔細品味著史塔玻羅斯的味道。他感覺到滋味豐富的血肉正逐漸滲入身體深處，每一口都化為自己的血肉。

葛爾喀斯特沒有特別表達什麼感想，但是感覺吃得很開心。巴爾特遞出蒸餾酒時，他雙眼放光，喝得津津有味。破曉之後，葛爾喀斯特邀請巴爾特到自己的小屋作客。

在兩人離開前，巴爾特淋了些酒在史塔玻羅斯的屍骸上，為牠弔念祈福。雖然他曾想挖洞埋葬牠，但是要挖一個足以埋葬馬匹的洞可是個大工程，巴爾特一個人做不來，他也不想再繼續利用葛爾喀斯特的好意。而且，將在旅途中亡故的馬匹獻給山野或森林是邊境的習俗。馬匹是食用山川草木的恩惠維生，死後將成為其他生物的糧食。

葛爾喀斯特靜靜看著這麼做的巴爾特。

葛爾喀斯特的小屋建於瀑布深潭邊的岩棚，先不說住起來是否舒適，但是看起來不易遭到襲擊。巴爾特洗淨皮革，進行鞣製。由於馬匹亡故，他無法運送太多行李。他選好帶得走的東西後，把剩下的東西交給葛爾喀斯特，表示希望他能收下。他也決定不帶走斷劍及馬具。這把劍以貴重的鋼鐵製成，應該能賣個好價錢。就小屋裡的酒及工具類的東西看來，雖然交易方式不得而知，但這位葛爾喀斯特很明顯與人類有交易往來。

雖然現在沒有劍可以裝，但巴爾特用史塔玻羅斯的皮做成劍鞘。葛爾喀斯特也有幫忙，針腳形成一種獨特花紋，成品十分美觀。

葛爾喀斯特自稱為恩凱特．索伊．安格達魯。恩凱特一詞是戰士之意，但是葛爾喀斯特所有的成年男性都是戰士，而中間名是氏族名。也就是說，這位葛爾喀斯特是自我介紹說：「我是索伊氏族的戰士安格達魯。」

巴爾特還知道一件關於葛爾喀斯特的事。葛爾喀斯特相當重視氏族之間的羈絆。除了執行任務之外，不會離開氏族定居。移居時會整個氏族一同遷移，執行氏族任務時會是兩人以上同行。因為在葛爾喀斯特的信仰中，戰功若沒有同族之人的見證就沒有意義。亡故的葛爾喀斯特會向祖先報告同族之人的戰功，但無法上報自己的戰功。戰功在被先靈記錄後，才能提高氏族的榮耀。如果有葛爾喀斯特獨居，大多是犯下罪行，遭到流放此等最重的刑罰。

葛爾喀斯特的壽命是人類的一倍以上，但即使如此，眼前這位葛爾喀斯特看起來年事已高。不過，他身上絲毫沒有體態衰老之感，是位強壯的戰士。他渾身都是傷，特別是從左肩到胸前留有一道巨大的刀傷。此外，左耳也沒有上半部。在他粗魯冷淡的舉止背後，隱約可窺見他極具威武之勢。不過，安格達魯似乎也同樣從對方身上感受到威武的氣息，開口對他說：「你是騎士吧？」

時。

2

——為什麼我還活著呢？

史塔玻羅斯離世之時，他心想：啊，此刻就是我死去的時候嗎？

巴爾特一直不知道史塔玻羅斯這個名字的意思。但是，在湖畔與巴里・陶德祭司道別之時。

「那匹取了浪漫名字的馬還健在嗎？」

他這麼問道。巴爾特反問他：你知道牠的名字是什麼意思嗎？

祭司面帶微笑地為他解釋。

有個童話叫做「森林之國的公主與騎士」，騎士與公主在歷經劫難後共結連理。騎士希望能常伴公主身旁，公主則希望能和騎士朝夕相對。然而，有太多人需要騎士的幫助，所以騎士不得不在國內四處奔走。而公主所愛的正是騎士的樂於助人。但是，如果公主在騎士外出時陷入危機，那該如何是好？公主送給騎士一匹馬。只要公主詠唱咒語，不管騎士在天涯海角，這匹馬會立刻將騎士帶回公主身邊。而召喚馬匹的祕密咒語就是「史塔玻羅斯」。

巴爾特也知道這個有名的童話。但是巴爾特只記得騎士打倒了什麼怪物，同時與幾位敵人戰鬥這些部分，他不知道有這句召喚馬匹的咒語。據祭司所言，這段故事情節只出現在少數古老的抄本中，一般人不會知道。但是聽祭司這麼一說，他很慶幸自己有帶著這匹老馬一同遠行。

只要愛朵菈開口召喚，這匹馬就會死去。等到那時，牠也會帶著我一起走吧。他是這麼想的。然而，史塔玻羅斯已死，自己還在這個世上，這教他如何是好呢？

還能怎麼辦。既然還在這個世上，就只能繼續活下去，直到死去為止。

3

幾天後，巴爾特打算出發時，安格達魯對他說：「再等等。」說是與自己有所往來的商人快到了。巴爾特心想，商人跑來這種深山野嶺做什麼？但是他沒有說出口。如果這個男人說會來，應該就會來吧。坦白說，現在他手無寸鐵，想獨自翻越這座山頭非常危險。

巴爾特在安格達魯的小屋中度過了七天左右。安格達魯似乎非常喜歡他帶來的岩鹽。他們兩位都是沉默寡言之人，但是零零星星地聊了彼此的習慣等等。

第七天，森林的另一頭升起了白煙。安格達魯點燃事先準備好的草，滅掉火之後，果然也升起了白煙。過了一會兒，對方的煙轉為黃色。安格達魯將火完全撲滅後說：

「走吧。」

他這麼催促著巴爾特，而安格達魯揹了一大堆行李。森林的深處有條路，路上停著一輛馬車，有一位商人及看似護衛的人。安格達魯與商人互相打招呼後，他對商人說：

「托里．巴爾特．羅恩想去人類的城鎮。」

他的用字遣詞有些奇怪，不過葛爾喀斯特戰士心高氣傲，不會拜託人類或與人類商量。商人似乎心裡也有數，默默地點了點頭。安格達魯把帶來的東西擺了出來。約有四十張毛皮、三十多副野獸牙齒及角、十多根稀有的藥草根部，還有原本屬於巴爾特的斷劍。

在商人點收物品的期間，安格達魯雙手環胸，一直望著山巒深處。不久後，商人擺出了等價的物品，共有五壺蒸餾酒、兩大壺鹽、一支縫衣針及三支釣鉤，只有這些。巴爾特看著這場極不公平的交易，皺起了眉。安格達魯一聲不吭地收下交換來的物品後……

「恩凱特．巴爾特．羅恩，願今後的路途中，你所信奉之神的恩澤與你同在。」

對巴爾特留下這段祝福，行色匆匆地回去自己的住所了。巴爾特目送安格達魯離開後，開口詢問商人是從哪裡來，要去哪裡。從商人回答的城鎮及村莊名稱判斷，要到這裡來應該得繞上一大段路。巴爾特問他想到那個村莊，需要支付多少費用後，商人回答：「不用了，安格達魯先生已經付了。」也就是說，那場不公平的交換中，涵蓋了帶巴爾特離開的費用。

話雖如此，由於那場交換太過不公平，巴爾特對這位商人的印象很糟。

在商人的吩咐下，巴爾特坐上了馬車，護衛男子則徒步前進。

那天夜裡，他們在溪畔野營。商人自稱為柯因錫爾，護衛男子則名為莫利塔斯。莫利塔斯在聽巴爾特報上名字後，三番兩次地盯著他，似乎正在想些什麼，但是沒有把話說出口。

「老爺子，您一定覺得我是個貪得無厭的商人吧？」

「沒有。」

「是嗎？一開始呢，我也是拿出了正好等價的物品，然後啊，那位緣人老爺一樣都沒拿就回去了。有什麼不滿，直說就好了嘛。不過聽說在緣人老爺之間，男人絕不能參與買賣經商此等低賤之事，也不會討價還價和進行交涉。這些也是我一點一點學習研究後才知道的。」

「你怎麼會跑到那種地方去？」

「在我還非常年輕的時候啊，有一次迷路遭到野獸襲擊，是那位老爺救了我。哎呀，那位緣人老爺真的強得不得了。傳聞只要有三十位緣人就能攻下一座城，這絕對不假。總之，我們之後就開始有了往來。話說回來，老爺子，您是那位緣人老爺的恩人嗎？」

「剛好相反，我也和你一樣，在危急之際被他救了。」

「咦？不過啊，那位冷冰冰的緣人老爺在離別時，對您獻上了祝福之詞吧？嚇了我一跳呢！不敢相信。我都跟他認識二十多年了，他可從來沒對我說過那樣的話呢。」

一問之下，這位商人似乎在城裡有店鋪，還僱用了五位店員，各方面的買賣都有涉及。從他請得起護衛這點看來，他應該沒有說謊才是。為了這麼一點小生意也肯繞道而來，或許是位重情重義的男人也說不定。巴爾特反省自己的妄下判斷。

第三天，他們抵達村莊後，就和商人分道揚鑣了。

第二章 柴刀劍

窰烤卡爾納茲

1

巴爾特抵達一個連名字都沒聽過的村莊。總而言之，他需要一把武器，就走進了雜貨店。他不是非要劍不可，但是需要武器。邊境地帶中，即使在有點規模的城鎮中，也不會有人把劍擺在店裡賣。店裡如果有擺青銅製的劍就可說是相當稀奇了。就算是棍棒也行，他想要能夠立刻拿來當武器的東西。

牆上吊著一把劍。

不對，稱之為劍也有些微妙。劍柄的樣式打造得極為精美，雖然殘舊不堪，但要是說這東西大有來頭，他或許會相信。但是，提到它的劍刃……說這是劍刃也太可笑了吧？劍鋒一點也不鋒利。不止如此，前端還做成水平狀。簡單來說，這是塊長方形的扁平金屬塊。由握柄到前端，面積逐漸變寬。一開始就能撇開用來突刺的可能性了。

這是把單刃劍。他對單刃沒有意見，但是說到底，這樣算是劍刃嗎？他將手指抵上劍刃也沒有會被劃開的感覺。整把劍是混濁的灰色，感覺不像是把武器。說起來，這個劍身是怎麼回事？劍身的兩側附著蜿蜒起伏的凸紋，這種東西是怎麼加上去的？巴爾特毫無頭緒。不過，它的材質應該是鐵。老闆來跟巴爾特攀談。

「武士大人，您眼光真好。這可是把不錯的寶劍喔。」

「真正的寶劍聽到了會很錯愕吧？說到底這不是劍，而是柴刀吧？」

「這、這個，我稱它為柴刀劍。呃，該說它是像柴刀的劍，還是像劍的柴刀呢……」

「就算這是柴刀好了，上面刻著這種像鞭痕的凸起紋路，應該不好用吧？為什麼不把它磨掉？再說，既然要拿出來賣，就得把劍刃先磨利吧。」

「這、這個，不是啦，我有試著去磨它，但就是磨不掉。」

巴爾特試著舉起劍。這把劍很重，雖然材質不可能是鋼，但是用料還算紮實，長度跟之前帶著的劍差不多。也就是說，這把劍的長度要用在正式戰鬥中偏短，但是帶在身上防身綽綽有餘。

他試著揮了兩下，手感十分穩定，從其長度來看簡直令人難以想像。他握拳敲了敲劍刃，也沒有容易斷裂的感覺。不過，要是真的拿去砍野獸，就算一次就斷也不奇怪就是了。他開口問了價錢，比他預計的還要便宜。或許老闆也覺得這東西不好處理吧。他身上帶著臨茲伯爵給的錢，手頭非常寬裕，所以沒殺價就買下了。

他試著將劍收入以史塔玻羅斯臀部皮製成的劍鞘中。感覺還不錯，底部還剩下一點空間，但總比裝不進去好。巴爾特將劍掛上腰間，就感到一股沉甸甸的重量。

他開口詢問村裡有沒有地方可以留宿，老闆說只要去找村長，村長就會幫忙安排。他又問這裡有沒有賣馬，老闆回答現在村子裡應該沒有能賣的馬。雖然行李減輕了不少，但是要他帶著這些長旅跋涉還是不可能。他必須找個地方買馬。巴爾特買了一些鹽，問到村長家的位置後離開了雜貨店。

他來到村長家，說自己正在尋找今晚留宿的地方後，村長說：那就住我家吧。巴爾特走到水井旁取水，洗去身上的塵垢。

或許是因為他的禮金給得十分大方，村長夫人居然為他做了窯烤卡爾納茲。這道料理要將卡爾納茲的小果實一顆顆剝開陰乾，再將陰乾的果實磨碎，與麵粉混在一起揉捏，之後桿平黏上窯壁上烤。一般只有在節慶時才能吃到。

巴爾特小口小口地啜著葡萄酒，等待卡爾納茲烤好。不久後整個房間充滿了香噴噴的味道，卡爾納茲烤好了。村長夫人將整整兩大片卡爾納茲放上木盤，附上燉蔬菜後，端到巴爾特面前。

這就是滲入五臟六腑的香氣吧？帶有甜味的高雅香氣通過鼻腔，滲入體內，適度的焦痕也很誘人。他立刻撕下一塊。烤得香脆無比的食物冉冉升起香氣，他立刻把它送入口中。

——嗯！

水分含量恰到好處。窯烤卡爾納茲的關鍵可說是水分的含量。要去除水分才能充分品嘗到卡爾納茲的香氣，含進嘴裡時必須留點水分，不讓口感乾柴。這份窯烤卡爾納茲烤得恰到好處。

——啊啊！

好奢侈的香氣。不將卡爾納茲磨得太過細緻，留有較大顆粒的這點很棒。被揉進口感較硬的麵包中的卡爾納茲，彷彿正在舌尖上跳舞。這不是什麼奢華的料理，即使如此，在鄉下地方也只有慶典時期才會擺上桌。而村長夫人特地為他做這道菜的心意，讓他十分開心，這味道也很令人懷念。

燉蔬菜是隨處可見的料理，但是調味極佳，巴爾特吃得津津有味。這個村莊釀造的葡萄酒滋味十分容易入口，巴爾特喝了好幾杯，感到身心舒暢。

邊境鄉下地方的葡萄酒大多不會分什麼紅葡萄酒和白葡萄酒。說到底，葡萄酒的顏色是來自於果汁的顏色，也就是從葡萄榨出的汁液。不過就算葡萄的汁液是透明的，也會因為浸潤其中的果皮釋出顏色，使葡萄酒上了色。成色近乎透明的酒稱之為白葡萄酒，成色濃郁的酒則稱為紅葡萄酒，這些都是在釀酒時只使用同一種葡萄而得到的成果。但是在邊境的鄉下地區不會在意葡萄的品種，混合多種葡萄釀製成葡萄酒。這種葡萄酒的成色會取決於釀造的年份。

這個村莊的葡萄酒乍看之下是暗沉的紅色，但是透過光線看，也摻雜著綠色和黃色。喝下去的味道也和顏色一樣，沒有刺舌的銳利感，各種味道融為一體，醇厚的滋味柔和地滑過舌尖及喉嚨。

總而言之，這個村莊產的葡萄酒為巴爾特帶來了莫大的平靜，以及身心舒暢的醉意。

在木床上鋪稻草，再披上一片拼接布料就是今晚的簡陋睡床，但對巴爾特而言，光是有張久違的床就很奢侈了。他陷入了無夢的沉眠中。

2

「武士大人！武士大人！抱歉在您休息時前來打擾。請您醒醒啊！武士大人！武士大人！」

「進來。」

「啊，您已經醒了嗎？其、其實有野獸闖進了村子裡。雖然男丁們拚命想趕走牠們，但是實在太難應付，已經有好幾個村民身負重傷了。拜託您這種事有些不合情理，但是求求您，求求您救救我們！」

村民們居然會來拜託他這個老人，想必是被逼得走投無路了吧。巴爾特從剛才就聽見騷動的聲音逐漸變大，早就整裝完畢了。不過，他覺得自己的武器有點靠不住。巴爾特問村長是否有劍或長槍之類的武器。村長說只有棍棒一類的物品。只能靠這把偽劍盡力而為了。

他趕到現場後一看，有三隻河熊（鐸巴）正在大鬧村莊。這幾隻河熊年紀尚小，體型不大，但是以村民之力恐怕難以應付。河熊狂暴無比，以四隻腳到處亂跑，身高比成人的腰部還矮一些。許多村民手拿著棒子或農具牽制牠們的行動，有人拿著火把照著牠，也有幾個人推著載貨車，想逼河熊後退。但是河熊的力大無窮，而且像大多擁有三隻眼睛的野獸一樣，極為強韌。立刻就有一台載貨車遭到河熊一擊，四散粉碎。巴爾特將偽劍拔出劍鞘，站在其中一隻河熊面前。

「喔喔！是武士大人！」

「有、有騎士大人來了嗎？」

「得、得救了！」

「騎士大人！拜託你了，騎士大人！」

看來今晚姊之月（蘇拉）隱藏在山的另一面，只有妹之月（沙里耶）獨自照耀著村莊。薄雲覆蓋著天空，月光很薄弱，只能看見模糊的人影。就連手裡沒有拿著像樣武器的老騎士，在他們眼裡看起來也像剛強的武士吧。

或許是對巴爾特的殺氣起了反應，河熊飛撲過來。巴爾特仔細觀察著河熊的動作，避開牠前爪的攻擊，舉起偽劍往河熊的後頸砍下。不過，他沒有完全發揮實力。畢竟河熊的皮膚非常堅硬，若是他使盡全力揮劍，偽劍會斷裂。這把偽劍要是斷了，就真的沒戲唱了。

村民們歡聲雷動。

看來偽劍耐得住這種程度的衝擊，目前沒有斷。相對地，似乎也沒有造成太大的傷害。河熊發出憤怒的吼聲。

村民們發出慘叫聲。

河熊踩著凌亂的步伐飛奔而來，張口往巴爾特一咬。巴爾特避開這個攻擊，用比剛才強上一些的力道，以偽劍砍上河熊的後頸。但河熊絲毫沒有畏懼的樣子。

——奇怪了。

河熊是意外膽小的野獸。只要受了傷就會立刻逃跑。說到底，河熊會跑來這種人群聚集的地方搗亂，這件事本身就很詭異。

河熊跑了過來，這次以右前腳發動攻擊。牠的移動速度雖然很慢，揮腳的速度卻很快。而且在這光線不足的夜裡，視線很不清晰。這一擊的威力很強，被打中的話將會無法戰鬥。

巴爾特也避開這次攻擊，這次往右前腳的根部砍上一擊。村民歡呼起來。河熊憤怒的叫聲響起後，村民們靜了下來。河熊看起來十分焦躁，但巴爾特也開始煩躁了。

——為什麼我在戰鬥時還得顧慮武器的狀況？哎呀！斷就斷吧！下一擊我要全力砍了牠！

河熊接近巴爾特後用兩隻腳站起來，一臉凶惡地舉起兩隻前腳。比河熊揮下那兩隻前爪的動作還快，巴爾特衝到河熊面前，用武器砍上了牠的喉頭。

偽劍沒有斷。不僅沒有斷，還深深沒入河熊的喉嚨，幾乎斬斷了河熊的脖子。巴爾特匆忙拔出偽劍，遠離河熊。河熊依然舉高著雙腳，一動也不動。接著緩緩向前傾，咚地一聲倒在地上。

剎那間，村民們都靜了下來，接著爆出如雷的歡呼聲。

3

——真令人吃驚呢。

不顧一切揮出劍時的手感非常好。由於重心前傾，發揮了從長度難以想像的打擊力道。

話雖如此，居然能一擊擊倒壯碩的河熊，這把劍的力量也太強了。

現在可不是想這些事的時候，還有兩隻野獸。他急忙趕向第二隻的所在處。

第二隻的左眼插著一支斷箭。村民裡應該有獵人或是擅長使用弓箭的人。從現在沒有人拿弓發動攻擊的狀況來看，那個人應該是因為受傷而撤退了。

巴爾特這次採取積極的戰法。他往河熊的正面衝過去，避開揮過來的前腳，繞到河熊的視線死角，將偽劍砍上河熊的背部正中央。巴爾特立刻抽身離開，準備反擊。

但是，想要調頭過來的河熊身子一扭，倒了下來。真是不敢置信，剛才往牠背上砍下的一擊似乎帶給背脊嚴重的損傷。剎時間，巴爾特曾想過就這麼放著牠不管，去解決下一隻，但是受傷的野獸很危險，還是把牠收拾掉比較安全。

巴爾特小心翼翼地接近依然仰倒在地，正揮舞著四肢的河熊，以偽劍劈開他的腹部正中央。這把偽劍的操作性意外地優異。即使前端較鈍，也能分毫不差地砍進他瞄準的部位。巴爾特開始喜歡上這把偽劍了。

然而，河熊的動作沒有停下來。不只如此，身子一扭就抬起上半身，想咬上巴爾特。巴爾特不禁用偽劍砍上河熊的頭頂。

——糟了！

河熊的臉及額頭周圍被全身最堅硬厚實的骨頭保護著。要是結結實實地砍上河熊的頭頂，青銅劍會斷裂。即使鋼鐵製成的劍，依據力道不同，斷了也不奇怪。

但是，下一秒巴爾特感受到的不是偽劍的斷裂感，而是輕易地砍斷頭蓋骨，沒入腦漿中的手感。他拔出偽劍後，河熊當場癱倒在地，右肩開始傳來陣陣抽痛。村民們大聲歡呼。

「騎士大人！注意後面！」

在歡呼聲中，他聽見要他留心的聲音。當然，巴爾特也注意到了，第三隻河熊從背後發動襲擊。巴爾特在回頭的同時，出劍砍上河熊對他攻擊而來的右前腳。牠的腳被砍飛了。河熊也不管身上有傷，轉過頭再次襲來。巴爾特避開攻擊，斬向他的後頸。脖子劇烈一晃，彎成令人難以置信的角度。血液從傷口噴濺出來，河熊倒在地上死去。

到目前為止最熱烈的歡呼聲響起，而且持續了一段時間。有些人飛奔到巴爾特的身邊，但他一臉嚴肅，靜靜地瞪視著森林。

4

巴爾特朝著森林的方向走去，柵欄被毀壞了。野獸們應該是從這裡跑進村莊的。

——還有啊，還有什麼動靜。

巴爾特緊盯著森林。村民們也注意到他的樣子，不再吵鬧，望著巴爾特。有什麼東西慢吞吞地從森林裡出來了——是河熊，體型比剛才那三隻河熊還大得多。村民們似乎不太害怕，他們應該認為只要有巴爾特在就不會有事。但是，巴爾特的臉色一片蒼白。

——是魔獸！

為什麼魔獸會在這種地方？魔獸的棲息地是在大障壁的另一邊，這個村莊位於奧巴大河附近，離大障壁非常遙遠。話雖如此，據說奧巴河西岸也曾出現過魔獸，更何況這裡是邊境地帶，現在眼前就有一隻魔獸。

他明白為什麼河熊們會一反常態，如此具攻擊性了。牠們是受到這隻魔獸的影響。即使明白，他也無計可施。魔獸，而且還是河熊魔獸，就算拿鋼劍也只能對牠造成擦傷。即使手上有魔劍，單憑魔劍也很難打倒河熊。在眾多魔獸中，河熊魔獸的外皮非常堅硬，連魔劍的劍刃都不容易刺穿，而且牠們十分耐打。現在他真希望有幾位拿盾的騎士、幾位手裡有毒箭的弓手，還希望手上有一把金屬長槍。河熊跑起來沒那麼快，只要有足夠的空間，活用馬的速度就有機會一戰就是了。

來了，來了，河熊魔獸逼近而來。

巴爾特目不轉睛地看著魔獸，對著村民大喊：

「這是魔獸！趁我吸引牠的注意時，大家快逃！」

但是村民們沒有想逃跑的樣子。這一帶應該不曾遭到魔獸襲擊，所以不曉得牠有多可怕。巴爾特漂亮地打倒了三隻河熊，他們就不把當魔獸當一回事。村民們沉醉在勝利中，帶著在競技場中觀戰的心情，不想錯過巴爾特屠殺河熊魔獸的瞬間。

巴爾特沒有想認真和這種怪物一戰的意思。即使要打，身上沒有金屬盔甲，他連爭取一點時間都沒有把握。然而，背後的村民卻一動也不動。

來了，來了，魔獸馬上就要來到這裡了。這時，魔獸停下腳步，三隻赤紅的眼睛望著巴爾特。牠想一口氣衝過來！若是他閃避，後方的村民會被殺。

巴爾特決定今天要葬身於此。如果是一戰而死，正如他所願。相對地，他也要讓魔獸付出代價，吃點苦頭。右肩不停地抽痛著，腰部正在發出慘叫。他無法再不斷揮劍，但至少要使盡全力斬出一擊。

他的目標是河熊魔獸的腹部。雖然腹部也是強韌無比，但是比背部等部位柔軟許多。要是運氣夠好，能給牠傷及肺腑的一擊的話，內臟很快就會腐爛，或許能削弱魔獸的力量。若是以性命為代價，或許能夠給予這種程度的傷害。剩下就是這把偽劍是否能撐過這一次攻擊了。巴爾特以左手撫上掛在腰間的劍鞘，他感覺自己似乎聽見了馬蹄聲。

——史塔玻羅斯啊，現在是時候了嗎？你來接我了嗎？那麼，史塔玻羅斯，只要一擊就好，把你的力量借給我吧！

右肩的狀況不允許他將劍舉得太高，所以巴爾特將劍扛在肩上並架好，往河熊魔獸衝過去。魔獸站起來，兩隻前腳高高舉起，三隻眼睛閃著燦爛的妖異光芒。巴爾特注入年邁身軀能使出的所有力量，一劍揮下。

剎那間。

這把被雜貨店老闆稱為柴刀劍，形狀詭異的劍發出了藍綠色的燐光。燐光包裹住整把劍，在暗夜中閃閃發光。巴爾特砍下的這一擊看似砍不深，卻從魔獸的喉嚨直直砍至了髖關節附近。

依然舉高著兩隻前腳，停下動作的魔獸扭動身軀，同時向前邁出一步。接著內臟以滔滔之勢掉了出來。魔獸痛苦地扭動著，血與內臟隨之流出。牠眼裡的瘋狂光芒消失，巨大的身軀噴濺出血，向前撲倒在地。血猛烈地滲入地下，巴爾特的長靴及衣服也都是血。

村民們避開汩汩流出的血，在遠處圍成一圈，爆出如雷的歡呼聲。

5

村民們一時之間陷入狂喜。最後雖然有人受傷，但無人死亡，巴爾特也因此放心了。他問村民們是否有看到藍綠色的燐光，大家都回答不清楚、沒看到。在黑暗之中發出如此明亮的光芒，怎麼可能沒有看見。這到底是怎麼回事？

但是強烈的疲憊感襲來，巴爾特已經沒有餘力思考了。他費盡全力走到床邊，一躺上床就失去了意識。他酣睡如泥，一夜無夢。

隔天，他在太陽升起後醒過來。他的身上已經換上剛洗好的衣服，村民也已經幫他把衣服和長靴洗好了。而劍和劍鞘就放在床旁的木箱上。巴爾特坐起身，拿起那粗糙的鐵塊。村民似乎將劍上的血跡清洗乾淨、弄乾，並擦拭過了。

——這把是魔劍吧？但不是把普通的魔劍。

巴爾特曾經多次使用過德魯西亞家的魔劍，也曾看過兩次其他領主持有的魔劍。當時，他覺得魔劍十分厲害，世界上沒有能超越它的武器。但是眼前這把偽劍……這把偽劍昨夜所展現出來的威力，稱其為鋒利也很奇怪。更重要的是那道燐光。那是……

古代英雄們曾與巨人（德薩·陶利）及妖魔作戰。在這場戰役中創造出了各式各樣的武器及招式，其中一項就是魔劍。據說英雄們與飛龍心靈交流，乘坐在其背上，受到神龍（梅吉艾利翁）的庇護，揮動魔劍打倒了妖魔們。當然，這是神話之流，並非史實。

巴爾特聽說現代的魔劍雖然沿用了傳說中的名字，但不是不可思議之力的產物，而是經過踏實的研究後誕生的武器。據說即使古代真的有魔劍，現在研發的魔劍也已經超越了它。

而眼前的這把……古怪形狀的劍，該不會就是古代的魔劍？不會就是那把連巨人、妖魔能斬裂，古代英雄們的武器吧？他只能想到這個可能。

巴爾特笑了，也只能笑了。

過去巴爾特非常渴望擁有一把魔劍。只要有了魔劍，他不知道能拯救多少性命。當他聽到王都的商人帶著魔劍到臨茲時，他散盡家財也想得到手。結果，那是把贗品。

時至今日，他年老體弱，喪失了戰力，也已經退休，甚至離開了大障壁的缺口，踏上自由隨意且尋找葬身之地的漂泊旅程。時至今日，居然得到了這把無人知曉其存在，貨真價實的魔劍。事到如今，老天爺還想讓他這個老頭子做什麼大事嗎？

面對諷刺的命運，巴爾特只能笑了。

第三章——立志成為騎士的少年

——艾格魯索西亞什錦火鍋——

1

在意想不到的巧合下，巴爾特得到了一把魔劍。但在明亮的陽光下看，這把古代劍是一塊粗鄙廉價，顏色非常混濁的金屬，劍刃上凸起的鞭痕也依舊不變。看起來實在不像昨晚那把散發出神祕光芒，能輕易葬送魔獸的魔劍。

巴爾特決定把它當成一場夢。原來如此，這是把古代的魔劍，或者是極為相似的東西。但是，它早在許久之前就喪失了力量。若不是如此，怎麼可能賣不出去，還被掛在邊境鄉下農村雜貨店的牆上。

昨天它已經傾盡剩下的所有力量了吧。這股力量幫巴爾特剷除了一隻魔獸及三隻野獸，真是立下了大功。而此刻，它就只是把偽劍，看不出具備任何特別的力量。

今晚村民將聚集起來大擺宴席，希望他至少再留一晚。由於河熊的肉和毛皮他帶不走，巴爾特表示要將這些東西留下，這似乎也是讓村長夫人心情大好的原因之一。不過，魔獸的毛皮他要帶走。作為皮甲的補強材料，魔獸毛皮可是上上之選，而且還是河熊魔獸的毛皮。雖然因為加工難度高，無法製成完美的盔甲，但只要在仔細裁切後貼在盔甲上，就能將盔甲強度提升幾個層次。他打算日後到大城市時，請裁縫師幫忙處理。

2

——果然還是應該搭上馬車啊。

巴爾特開始後悔了。他要離開村莊時，大家一直說要送他到下一個村莊去，但是他拒絕了。村裡現在正需要人手幫忙修復毀壞的家園及柵欄，村裡卻有多位男丁受傷，所以巴爾特不能再占用他們的人力。而且，之前光是剝下魔獸毛皮再加以清洗，就讓村民花了不少工夫。話雖如此，帶著行李徒步翻山越嶺果然非常辛苦。他休養了兩天左右，與一隻魔獸及三隻河熊戰鬥的疲勞仍未消除，尤其是右肩及右手肘特別痛。

他深深感受到史塔玻羅斯不在身旁的寂寞。史塔玻羅斯雖已年邁，卻還是載著許多行李一步步地向前走，從來沒有半句怨言及要求。陷入肩膀，使膝關節吱嘎作響的行李重量點出了自己已經是孤單一人的事實。

當他停下來喘口氣時，前方傳來了爭吵的聲音。巴爾特放下行李跑了過去。

一位看似農夫的男人以木製長槍當武器，和野獸戰鬥著。在他身旁有一輛繫著馬匹的載貨馬車，上頭坐了位少年。野獸是隻斑狸（傑布里），極為興奮且想撲上男子。這種野獸體形雖小，但是爪子和牙齒都十分銳利。若沒有適時擋住攻擊，被攻擊到身體的話，威力不可小覷。男人讓少年躲在載貨馬車上避難，努力奮戰想趕走斑狸。而他發現到巴爾特正奔跑過來。

「喂！你手上有武器嗎？過來幫個忙！」

巴爾特拔出武器，以行動代替回答。然後，他從專注於攻擊男子手中長槍的斑狸背後，給了牠一記迎頭痛擊。此時，巴爾特的心裡已經認定偽劍不是四天前夜裡那把強力的武器。而正如他所想，小斑狸受了這一擊後發出慘叫，但別說是砍下小斑狸的頭了，甚至沒造成什麼重傷，就是一般鐵板鈍器能發揮的威力。

不過，這樣就夠了。斑狸受到意想不到的傷害，直接跳進樹叢，跑得遠遠的。

「哎呀~你真是幫了大忙。感覺這傢伙異常纏人，這條路平常不太會有野獸出沒啊……」

男人說，他是帶著兒子到東邊村莊販賣蔬菜，正好在回家的路上。據他所說，在半路上，兒子拿便當的剩菜餵食斑狸。結果斑狸想得到更多的食物，就出手攻擊他們。在男人的盛情邀請下，巴爾特今天將在男人家中借住一宿。

男人在山裡蓋了房子與妻兒同住，以務農維生。他種植許多農作物自給自足，但是只有賣一種名為青卷菜的蔬菜。這種蔬菜非常好吃，營養豐富，不過，若是種植的地點水土不服會立刻枯萎。所以這裡雖然交通不便，他還是在此處種植青卷菜，載到東邊和西邊村莊販賣。

「這不是名為艾格魯索西亞的藥草嗎？」

「對，沒錯沒錯。忘記什麼時候了，有位城裡來的學者老師是這麼叫它的。你知道的還真多呢！」

艾格魯索西亞能活絡內臟。當身體不適或感到疲累時，艾格魯索西亞能有絕大的效果。此外，只要吃下艾格魯索西亞，也可以促進各種食物營養的吸收力。艾格魯索西亞是促進健康的萬靈丹。由於它本身營養豐富，且沒有任何副作用，所以是理想的藥草之一。

而且這種藥草很好吃。生吃、水煮、煎炒都美味，加熱之後藥效也不會消失。將它完全陰乾後去除水分，拿去熬煮喝下的話，能夠發揮比生吃更好的藥效。巴爾特把藥師老婆婆教他的這些事告訴男人與妻子，他們十分佩服地聽著。

艾格魯索西亞的好處不止這些。這種藥草的氣味能夠驅趕野獸，原因不明。似乎也有學者主張，因為它的氣味與現今絕種的太古神獸的氣味相似，所以才有這種效果。

只要在採收後，將艾格魯索西亞的莖切成適當大小綁起來，野獸就不會靠近。而取其莖條熬煮成汁後，將汁液塗在披風或馬具上且滲入其中，就能有效降低旅途中突然遭野獸攻擊的擔憂。

「原來如此。哎呀，我們居於深山，但這個家從來沒有被野獸襲擊過，原來是這個原因啊！」

最後，巴爾特在這個家裡住了三個晚上。家中有許多工作需要男丁幫忙，所以這一家子也很感謝巴爾特多留了幾天。此外，依據巴爾特教導的知識，他們把艾格魯索西亞的莖條拿去煮，將汁液塗在各種東西上。巴爾特也在自己的披風和襯衫上塗了汁液。

男人的兒子好像想成為騎士，而男人與妻子似乎希望讓兒子明白這個夢想很不切實際。

第二天夜裡，巴爾特為他們做了晚餐。一切的開端是因為男人問他，青卷菜有沒有什麼不同的煮法。男人的妻子也興味盎然地擔任他的助手。

他在鍋中加入滿滿的水，放入大量的河魚乾貨，煮到水沸騰為止。等乾貨充分泡開，就從熱水中撈起。在取出來的乾貨上灑點鹽巴，放著讓它乾燥之後，用鍋子稍微煎一下，就是道別緻的下酒菜了。他在煮出滿滿乾貨精華的熱水中，放入切碎的青卷菜，用小火煮到湯汁變濃稠為止。接著，放入從沙菠果實擠出的汁液。

這個家的周圍長著沙菠樹，但是這一家人似乎不知道它的果實可以食用。成熟的沙菠果實大小如一個嬰兒拳頭大，剝開外頭的皮，擠壓白色果肉就能得到半透明的白色果汁，若不做任何處理會淡而無味。不過把這種果汁加入滾燙的熱水中，馬上就可以煮出一鍋香醇濃郁的湯。在煮到已經化開的青卷菜中加入沙菠果汁，整鍋高湯就變成混濁的白色並冒著泡泡，散發出香噴噴的味道。妻子與不知何時來到旁邊的男人及兒子都雙眼發光，嘖嘖稱奇。巴爾特先讓他們試喝白色的湯。青卷菜上沾附著白色柔軟的沙菠，吃起來濃醇滑潤。

「嗯～真好吃！沒想到青卷菜可以煮成這種味道，真令人驚訝。要是把這種做法教給村裡的人，他們一定也會很開心。」

三人都十分驚訝，覺得很好吃。

「重頭戲現在才要開始。」

他大膽地放入山菜及山禽肉。不久後，鍋中的料都煮熟了，巴爾特說：「來，接下來隨意取用吧。」後，大家輪流夾起菜餚吃了起來。這道料理對這一家人而言似乎是全新的料理，大家都非常開心。也不斷往巴爾特的碗裡倒了自家釀的酒，度過一個愉快熱鬧的夜晚。

3

載貨馬車喀噔作響地向前行進。今天的天氣特別好，穿過枝葉間流洩下來的陽光，照得巴爾特、少年、馬及載貨馬車閃閃發光。迎面吹來的風也十分清爽，是非常適合旅行的日子。

巴爾特把行李放在馬車上，只在腰間掛了一把劍，腰也不疼，輕鬆地走著。

少年要隻身前往西邊村莊販賣蔬菜，巴爾特則是受到他父親請求，只負責擔任他去程的護衛。他父親還說：「唉，你就跟他多說一點流浪騎士之類的故事吧。」也就是希望巴爾特告訴他兒子，想成為騎士有多麼困難。少年一連串地問了許多關於騎士修行的事。問著問著，話題逐漸變成如何才能成為騎士。

「農民的兒子不可能成為騎士嗎？」

「很困難呢。」

「爺爺是騎士家系出身的嗎？」

「雖然不是騎士，但我父親是鄉士，家裡也有劍。」

「可是，我聽說農民也可以成為騎士耶。」

「嗯。當騎士家中沒有繼承人時，也會收養健康聰明的農民之子為養子，讓他繼承騎士。但是這種事非常少見。」

「要是去貴族大人的城裡，他們會教我劍術嗎？」

「即使去城裡，他們也只會讓農民之子負責打雜跑腿的工作喔。騎士的訓練需要耗費非常非常長的時間，備齊裝備也很花錢。一旦開始訓練，訓練期間就無法工作。沒有貴族會給不工作的人飯吃或提供裝備，還讓他參加訓練。」

「修行得花上好幾年對吧？」

「嗯。若要進行正統的修行，應該需要耗上七年至十年吧。」

「這麼久？」

「對。貴族必須在這麼長的期間內，提供這些不工作的人食宿，訓練他們。」

「我能一邊接受訓練，也一邊努力工作！」

「每個人都是這樣走過來的。勤務兵得在半天內完成打雜工一天要做的工作，剩餘的時間拿來訓練。而且啊，就算修行結束成了騎士，還得買馬匹、配劍和盔甲。」

「劍很貴嗎？」

「很貴喔。」

「一萬波隆克爾左右？」

「哈哈哈！要是只要一萬波隆克爾就好了。一百波隆克爾可以換到一克爾，所以一萬波隆克爾是一百克爾嗎？不夠。青銅劍也要五千克爾，而騎士使用的正規鋼鐵劍，最便宜也要兩萬克爾喔。」

「兩萬克爾！我家作夢也沒這麼多錢。」

「最便宜也要這個價錢。只有劍也無濟於事，你還得買齊其他各種裝備才行。」

「不能跟貴族大人借嗎？我可以用工作來還。」

「你說要工作來還，你要做什麼？」

「咦？在城裡工作，或是去收拾壞人之類的吧？這些不是騎士的工作嗎？」

「城內有所謂的內勤騎士。但是，這種工作已經有人做了。」

「可是，只要成為強大的騎士，就會有人願意僱用我吧？」

「沒錯。但是只限於戰爭的時候。」

「只限於戰爭的時候？」

「嗯。只有在貴族之間發生戰爭、討伐大型盜賊團，還有大量野獸出現的時候，才會僱用能戰鬥的人。無法擔任內勤騎士或士兵的人會到這種場合去工作。而他們所謂的工作，就是殺人或是野獸。」

「殺人？」

「只有需要殺人的時候，流浪騎士才會被僱用。等到戰事結束後，又得找下一份工作。流浪騎士就是這樣到處殺人維生。」

少年沉默了下來。他垂頭喪氣地走著，似乎正在思考。天氣很好，是非常適合旅行的大好日子。肩膀和腰都不疼，但是，巴爾特有些心痛。

載貨馬車喀噔作響地向前行進，少年依然默默不語。或許是聽到成為騎士的困難之處及當上騎士之後的嚴苛生活，讓他感到十分茫然。

農民子嗣想成為騎士是不可能的事。不過，巴爾特自己也是這麼一路走過來的，沒有什麼不同。這麼說來，巴爾特記得這孩子是九歲。巴爾特也是在九歲時遇見了流浪騎士，開始進行劍術的修行。

4

巴爾特的父親是一位鄉士。母親曾經說過，父親似乎繼承了某個貴族的血脈，也曾在城裡擔任內勤工作。父親不曾說自己是騎士血脈，但是父親有一把鋼鐵之劍。雖然不曾見過他拿劍揮舞，不過除了騎士之外，能擁有鋼鐵劍的人應該少之又少。此外，父親的教養良好，會教導兒子閱讀、書寫及計算，也會講述歷史故事。村民們非常仰仗父親的知識及判斷力，有任何事都會來找他商量。巴爾特一家住在離村子稍有距離的山中，以務農及狩獵勉強度日。他們的生活和村民沒有什麼不同，但大家都把他們當作鄉士之家。

少年時代的巴爾特很想成為騎士，但是這件事他一直沒有跟父親說過。

某天，有位流浪騎士來到家中住下。巴爾特就去拜託他教自己劍術。

「只要你父親答應，我就教你。」

流浪騎士這麼說。於是他花了一個星期說服父親，開始練習劍術。劍術修行和巴爾特所想像的完全不同。

他要在上午把砍柴、提水等固定的家事快速做完，接著到山裡跑步。累得半死回到家時，開始劍術修行。但他還不被允許拿劍，只是看著流浪騎士揮劍。流浪騎士會脫個精光，只留下一件繫在腰間的貼身衣物，打著赤膊揮劍。流浪騎士有一把鋼鐵之劍，並以雙手握住揮動。

「騎士要手拉轡繩或拿盾，所以單手使劍是基本。騎士必須學會的武藝中也包括雙手劍，但是雙手劍屬大型劍，是由盔甲外打擊對手，使其陷入昏迷。我能教你的是以雙手揮劍的劍術，這種技巧不包含在騎士基本課程中。但在使劍的技術中，這是完成度最高的一種技巧，也最能夠應用。」

他一邊說明，一邊展示揮劍的方式。一開始只是筆直地由上往下揮而已。他要巴爾特從前後左右、各種角度觀察他的動作。流浪騎士對他說，不只是要觀察劍的動作，還要仔細觀察他的手腳、肌肉及肌理是如何動作的。並將動作烙印在眼裡，隨時都能想起揮劍的姿勢。

光是由上往下揮的單調招式，流浪騎士就持續了一個星期。接下來的一星期，則只展示了由右上往下揮的技巧。單調乏味的修行不斷持續下去。

左上往右下揮砍、由左至右的橫劈、由斜下方往上砍、刺擊，這個修行只用看的。不過，他完全不膩。不但不覺得膩，還越看越覺得有趣。在靜靜觀察的期間，他覺得自己好像明白該在何時呼吸，該用哪裡出力。即使是類似的動作，使力的方法不同，就會變成完全不同的招式。隨著呼吸節奏的快慢、敏銳度及踏步的強度，招式的內涵會有所不同。如果注意力只放在揮動的劍上，就無法發現這些細節。招式不是取決於如何出劍，而是取決於出劍的人，以及這個人如何將意念帶入招式中。招式的祕密就是在於——融入意念的方式所產生的微妙重心挪移、節奏及肌肉動作。

流浪騎士也教了他弓術，為巴爾特做了一把弓身較小，弓弦較鬆的兒童用弓。而修行方法非常荒謬，騎士要他拿弓射中在河裡游動的魚。根本不可能射中。

「要用武器射中動作敏捷迅速的獵物時，有兩個方法。第一是預測對方的動作，看準對方下個動作的落點並攻擊。第二是快速攻擊，不讓對方的動作形成問題。」

流浪騎士雖然這麼說，但是魚在水裡的游動速度可非一般，想用速度贏牠是不可能的事。但是，就算預測牠的動作也射不中。畢竟箭在入水後會改變方向，會因此錯過目標。

可是，流浪騎士卻能精準地射中魚，而且是用同副的兒童用弓箭辦到的，所以巴爾特無話可說。明明是同一副弓箭，流浪騎士的箭卻非常快速。巴爾特想依樣畫葫蘆，但在他用力拉弓後，總是弄壞弓或是拉斷弓弦。

流浪騎士做了示範，卻沒有半句說明，只能靠自己思考該怎麼用同一副弓箭，達到同樣的速度。在多方嘗試下，他了解到弓弦不是拉得越緊越好，拉弓的重點在活用弓的韌度。

他偶爾射中過幾次。都是在他沒有射中瞄準之處時，魚做出意外的行動而射中的。

「我想用箭射中魚，而魚是不想被箭射中，這樣不可能射得中啊。」

巴爾特覺得魚怎麼可能想被箭射中。不，等等，那魚是怎麼想的？巴爾特只拚命想要射中魚，從沒有站在魚的立場思考過。

他開始觀察魚。至今他都只在意魚的大小及速度，但魚也是形形色色。有些魚喜歡逆流而上，有些喜歡順流而下。魚的活動範圍也有分大小，也有喜歡乾淨的水和濁水的魚。

他以前認為魚在水中是自由自在地四處游泳，但並非如此。特別是遇上緊急情況時，每種魚的行動幾乎都有固定的模式。若是在水流湍急的河川中，魚的反應更是有限。如果是在附近有岩石等等造成流速變化的地方，當牠們做出某個動作，巴爾特偶爾也能預測到牠們接下來的動作。

這麼說來，流浪騎士就算拿著弓，也不會立刻拉弓。拉了弓，也不會馬上進行瞄準，有時就算拉弓瞄準了，仍等了一會兒才射箭。他是在等什麼呢？

不久後，他開始射得中魚了。他讓魚做出自己期待的反應，讓牠們主動被箭射中。他找到能辦到這件事的地點及時機。說也奇怪，自從射得中後，接下來不用想太多也能不斷射中。

劍術的修行也有所進展，流浪騎士開始示範連續的招式。由上往下揮下後揮起的變化、斬擊接刺擊的變化，若是將單一招式組合起來，也有驚人的變化。

「每揮一次劍既耗體力也耗時間，所以別浪費任何一次揮劍的機會。你揮完劍時的動作及劍尖的位置，都要好好利用於下一個動作。即使揮空，也要想辦法封住對方的動作，或是讓對方移動到對自己有利的位置，不能浪費任何一次機會。」

流浪騎士開始展現出更快速，更高難度的動作。大多數時他都只示範對空揮擊，但巴爾特只看過五次他揮砍物體的樣子。一開始是樹枝，之後是非常粗的樹幹，接下來是飛在河面上的鳥，然後是漂浮在水上的羽毛。最後一次——巴爾特至今仍不知道算不算看見，不過流浪騎士說：「我現在要示範揮砍空間。」就舉刀砍向空無一物的虛空。

巴爾特滿十歲時，劍術修行也即將屆滿一年。有一天，流浪騎士讓他拿了劍。他心裡又驚又喜。流浪騎士不肯讓任何人碰這把劍。而騎士願意讓他拿劍，並揮動劍，展現出了他對巴爾特的看法。巴爾特揮了劍。從最基本的開始，由正上方揮向正下方。他想依照烙印在腦海中的印象揮劍，但是劍太重了，讓他踉蹌了一下。

「嗯，腰和腿結實了許多，肌肉的運用方式也很不錯。照這麼下去，不久後應該能做出正確的揮劍動作。」

流浪騎士難得地稱讚了他。

隔天，流浪騎士就再次踏上旅程，失去了蹤影。

5

少年巴爾特繼續獨自修行。他再也沒辦法看到流浪騎士揮劍的模樣。巴爾特揮動木片，努力重現烙印在心中的那些動作，也持續著跑步訓練。

某一天，發生了一件左右巴爾特人生的事件。

當他帶著在河川射中的魚回家的路上，聽見了慘叫聲。有個男人在被河熊追著，跑在河灘上。河熊奔跑的速度比人類的成人還慢，所以他們之間也拉開了很長一段距離，男人就這樣繼續逃下去的話，或許能逃出生天。但是男人可能是太過慌張，居然爬上了樹。

爬樹可是河熊的拿手好戲。巴爾特所在的位置是高於河灘的山路，即使飛奔下去也需要時間。說到底，一個十歲的孩子跑過去也無能為力。

他撿起石頭，用繫在腰間的繩子代替拋石繩，把石頭扔向河熊。第一次和第二次都撲了個空，第三次命中了河熊的臉。河熊看向巴爾特，改變攻擊目標，往巴爾特衝來。而巴爾特對樹上的男子揮揮手，要他快逃。河熊來到山坡下時，巴爾特將用索伊竹串起的十幾隻魚扔向河熊。河熊開始吃起突然從天而降的食物，巴爾特則急忙逃走。跑了一會兒後回頭看，男人也從反方向逃走了。最後，他一路跑回家去了。

隔天，有一位騎士來到巴爾特家，他自稱是隸屬帕庫拉領主德魯西亞家的騎士。原來昨天巴爾特救下的男人是帕庫拉領主家的僕人。騎士和巴爾特的父親聊了幾句後，向巴爾特表達謝意。給了獎勵金之後，騎士問道：

「你想不想到領主大人艾倫瑟拉．德魯西亞的城裡工作？」

德魯西亞家主城給的薪水不錯，伙食也夠填飽肚子，是村裡每個人都夢寐以求的職場。

巴爾特回答：「想。」

他就這麼跟著騎士去了主城。他住在城裡工作，一個月有一天休假。十歲孩子能做的工作有限，而巴爾特的工作居然是書僮（艾雷）。將農民子嗣提拔為書僮這種事相當罕見。第三天，家主艾倫瑟拉問了一個出乎意料的問題。

「你想不想學武藝？」

「想……想！」

「你明天開始就去參加勤務兵（比艾雷）的訓練看看吧。」

在德魯西亞家，對於將來無望成為騎士之人，也會依本人的適性及意願分配為勤務兵。德魯西亞家希望讓這些人學會武器的使用方法及戰鬥方式，來擔任士兵的工作。因此德魯西亞家的士兵素質非常高。

隔天，巴爾特起了個大早，加入前輩們的行列，做完提水、打掃的工作後去跑步。他們在城堡附近的山路繞圈子跑。在眾多勤務兵中，每一位都比他年長。年紀最大的是十八歲，而巴爾特以絲毫不輸給十八歲勤務兵的速度跑完全程。

在那之後，他參加了使用模擬劍及木盾的空揮訓練。這是他第一次拿盾，也是第一次單手揮劍。而且至今為止他是拿木片做空揮訓練。

他看著大家都颯颯有聲地揮著劍，精神為之一振。不可思議的是，當他拿起模擬劍時，他心裡浮現一個清晰的印象，知道自己想如何揮動這把劍。不過，他一直無法依照自己所想的揮劍。一直到第七天，他終於覺得自己掌握了揮劍的訣竅。

「你從明天開始擔任大人的勤務兵。」

當天夜裡，有人這麼告訴他。德魯西亞家主城中，勤務兵會輪流跟著不同的騎士，所以成為特定騎士的專屬勤務兵是非常特別的待遇。而且，還是家主艾倫瑟拉的專屬勤務兵。周圍的人對他嫉妒萬分。然而過了幾天，由於艾倫瑟拉的訓練極為嚴苛，嫉妒他的人少了一大半。但是，如此嚴格的訓練正是巴爾特想要的。

艾倫瑟拉問他劍術師承於誰，巴爾特回答是向父親的一位騎士友人學的。

「你有位好老師。」

這句話讓他感到非常開心。

德魯西亞城為了讓年輕人充分發育，會發給每個人充足的食物。巴爾特變得高壯強大。

四年後，巴爾特成為候補騎士（休塔雷）。再過三年後，他成了見習騎士（卡爾克斯）。德魯西亞家在升等這方面非常嚴格。

二十歲時，也就是巴爾特來到德魯西亞家主城的第十年，巴爾特進行了騎士宣誓。令人驚訝的是，艾倫瑟拉竟然自己擔任引導人——也就是導師。依照習俗，騎士不能向在誓約儀式中擔任導師的人宣誓效忠。因此不管在哪一家，家主都不會親自擔任導師，而是請人代為擔任，然後讓新上任的騎士對家主宣誓忠誠。若艾倫瑟拉親自擔任導師，那巴爾特究竟該對誰宣誓效忠才好？在艾倫瑟拉的引導下，誓約儀式開始了。緊接著，宣誓的時刻來臨了。

「即將成為騎士之人，汝之忠誠獻予何人？」

面對這個問題，巴爾特回答「將把吾之忠誠獻給人民」。因為他覺得這個答案最符合艾倫瑟拉的期待。

他抬頭看見艾倫瑟拉的臉上掛著滿足的笑容。

在那之後，長久的歲月飛逝，如今的巴爾特身處於遲暮的尋死之旅。雖然他已放下遵守誓約所需的劍和盾，但時至今日，他從未放下這個誓約。

——不，不是這樣的，我還有你。

巴爾特以左手撫摸掛在腰間的劍鞘。用老馬史塔玻羅斯的皮製成的劍鞘，成品有些粗糙。

不過，皮革的觸感比什麼都還踏實。葛爾喀斯特戰士安格達魯為他縫上的針腳，描繪出堅毅美麗的花紋。雖然劍鞘中收著的是一把類似柴刀的劍，卻是強而有力的夥伴。

「史塔玻羅斯啊，與我並肩作戰，直到我死的那一天吧。一切就拜託你了。」

巴爾特小聲地說著，拍了拍收著劍的劍鞘。他感覺劍鞘似乎湧上一股不可思議的暖意。

6

在接近西邊村莊時，後方來了一輛馬車。車上坐著西邊村莊的村長及千金，旁邊跟著兩位強壯的年輕人。他們似乎去了一趟東方村莊，正要回去。由於載貨馬車的速度較慢，巴爾特想讓村長等人先走，卻沒有空間足以讓路。

「這裡離村莊不遠了，就這樣繼續前行吧。你別放在心上，慢慢走就好。大家可是都很期待你們的蔬菜呢。」

既然村長都這麼說了，他們決定就這樣繼續前行。少年不斷地偷瞄村長千金，整張臉紅通通的。剛才村長千金也有跟少年攀談，他們應該認識吧。

「哇啊啊啊！怎、怎麼會！有、有魔獸！」

就在村莊映入眼簾時，有隻野獸從村長的馬車後方發動攻擊。年輕人正大喊著。當巴爾特繞到載貨馬車後方時，兩位年輕人倒在地上，而岩鹿魔獸（科魯阿吉葉）豎起鹿角，頂向馬匹。

——史塔玻羅斯，馬上就有大展身手的機會了。我們上！

他在心裡說著同時用左手按住劍鞘，以右手拔出偽劍。劍身散發出那道不可思議的燐光。

——嗯！感激不盡！

巴爾特感謝著古代魔劍為他傾盡最後的靈力，並橫著砍上魔獸的脖子。原本就算用任何武器應該都難以傷其分毫的脖子，巴爾特一擊就砍飛了鹿頭，飛上空中。巴爾特小心戒備著還在痙攣的魔獸身體，同時確認兩位倒地年輕人的狀況。所幸傷口不深，他鬆了一口氣，回頭時看見少年發亮的雙眼。

「果然，騎士果然很厲害！我絕對要成為騎士。我要成為斬除魔獸的騎士，不要成為殺人的騎士，我要成為守護大家的騎士！」

——糟了。我不止沒有讓他放棄騎士這條路，反而激起了他的鬥志。唔唔唔……父親閣下，抱歉了，我沒有成功說服他。仔細一想，我不適合擔任這個角色啊。

天氣依舊晴空萬里。因為他剛才盡展拳腳，晚上大概又要腰痛了。或許是緊張的反作用，身體非常疲倦。年輕時不會這樣，但是他老了，這也是無可奈何。

但是感覺很爽快。

第四章——壁劍的騎士

—黑蝦盔甲燒—

1

「老爺子再見。」

「感謝您！」

「老兄的大恩沒齒難忘。」

「嗯，你們也要保重啊。凡事要多忍耐，千萬不要操之過急。只要認真做，一定會遇上好事的。」

三人連連回頭，並走下山路。不久後，巴爾特扛起行李就往反方向的坡道往下走。

巴爾特聽說在即將進入波多摩斯大領主領地前的山裡，最近有山賊出沒。他還在想如果能幫忙趕跑山賊也不錯，結果真的出現了。

「喂，老頭。留下行李就饒你一命！」

「你敢不聽我們的話，就讓你吃不完兜著走！」

「逃也沒用，我們跑得可快了！」

三人的外表汙穢不堪，雙眼骨碌碌地轉，粗聲粗氣地出言威脅。頭髮和鬍子都留得很長，比起人類，更像是野獸。他們手裡拿著簡陋的武器。膽小的旅人或許會嚇得全身發抖，但對巴爾特來說構不成半點威脅。

最後演變成交戰的局面，不過三兩下就結束了。三人被巴爾特制服後，態度有了一百八十度的轉變，一臉難為情。當時，巴爾特原本想取下三人的首級，畢竟放了這些山賊，可沒什麼好事。

但是，看著三個人互相袒護對方，他改變了心意。他問三人：你們是哪裡人？為什麼當起了山賊？結果，當天晚上在三人當作巢穴的地窖裡，巴爾特與他們喝著酒，並聽他們說自己的遭遇。三人表示已經很久沒有喝過酒，內心感動不已。

三人原本在名為特厄里姆的領地裡當樵夫。特厄里姆領地的稅賦很重，徵收方式嚴苛無理，窮人會變得更貧窮。若有家庭付不出稅金，家中的小孩或女人就會被帶去賣。要是敢對抗來收稅的官員，會落得悲慘的下場。

但是有個名為恩巴的男人，他秉持俠義心腸，從蠻橫的收稅人手中保護了村民。仰慕恩巴的男人們聚集起來，形成一股勢力，幫助沒有勞動力的家庭，互相分享食物。而這三人也十分欽佩恩巴的手腕及男子氣概，成了他的小弟。

然而，某天領主家僱用了兩位技藝高超的護衛。恩巴被這兩位護衛斬殺，手下們也接連丟了性命。三人躲躲藏藏地逃了多年後，終於逃到這裡，以搶奪旅人的食物及物品糊口。

巴爾特無法判斷這些話的真偽，但三人的眼中都還有一絲清明。巴爾特相信他們所說的，只有殺人沒幹過的這句話。

——既然如此，或許還能重新來過。

他這麼想著，跟他們喝了一晚的酒。酒後吐真言。在交談過後，他明白這三人本性純良，無法討厭他們，於是提筆寫了封介紹信給稍遠村莊的村長。內容寫著三人因故淪為山賊，但是尚有可取之處，所以希望你能給他們一份工作。如果這三人敢不守規矩，就任憑你處置。幾天前，巴爾特出手救了被魔獸襲擊的村長和千金，他們對巴爾特感激涕零，所以應該願意聽巴爾特的請求才是。

他將這件事告知三人後，三人喜極而泣。不用再威脅別人搶奪食物，過著等著某天遭人討伐的生活並金盆洗手，肯定十分開心。早晨來臨後，他們剪去頭髮，剃短鬍鬚後，變得稍微能見人了。巴爾特目送三人離開，回歸自己的旅程。

2

一位全身包裹著金屬盔甲的騎士擋住巴爾特的去路，他的背後有隨從待命。

「山賊，我找到你了！你的同夥在哪兒！」

「我不是山賊。」

「哎呀，少裝了。我聽說這座山頭最近有山賊出沒，除了山賊本人以外，沒有人會單獨在這裡閒晃！你腰上的劍是怎麼回事？是用來襲擊路人的嗎？」

「你別看我這副打扮，我可是位騎士。」

「笑死人了！你看過沒騎馬的騎士嗎！區區山賊竟然敢假冒騎士，真是越來越卑鄙無恥了！你身上的毛皮是從烏勒路塔村的老人手裡搶來的吧？這就是鐵證！」

「這是魔獸的毛皮，你找的也是魔獸毛皮嗎？」

「居然是魔獸毛皮！竟然敢偷走如此貴重之物，愈發不可原諒！」

「我說了，我不是山賊。我是帕庫拉的騎士巴爾特．羅恩。」

「你、你、你這傢伙！竟、竟然敢假冒巴爾特．羅恩閣下之名！我饒不了你！我要打得你屁滾尿流！」

他是位彪形大漢。身高略比巴爾特矮，但勝在體格壯碩。巴爾特看了他的武器後，得知了他的身分。

哥頓・察爾克斯。

察爾克斯家家主，也是梅濟亞的領主。他是位知名的「壁劍」劍手。巴爾特一直以為他是擁有鐵壁般防禦技巧的劍士，但事實並非如此。他不是將劍使得有如銅牆鐵壁，而是用一把有如鐵壁的劍。總之，是一把劍身異常寬闊的劍。他把劍舉到臉前，再將劍身打橫，劍寬足以遮住他的整張臉。看著那把超乎常理的劍及攻擊架式，巴爾特啞口無言。這時，壁劍一揮而下。他沒有將壁劍舉起，輕易地打橫揮了過來。他不是想以劍刃傷人，而是利用寬闊的劍身打垮巴爾特。不可能正面承受這驚人的質量，巴爾特往正後方退了一步。

嗡！

強勁的風壓襲向巴爾特。以巨大質量揮下的壁劍，已經可以說是破壞性的兵器。壁劍馬上被快速地拉回原位，速度不低於揮下時的速度。

——這蠻力著實驚人！

巴爾特對自己的臂力很有自信，但是哥頓・察爾克斯的臂力遠勝於全盛時期的巴爾特。這麼一把劍是用了多少鐵來打造，而這男人輕鬆地使用這把劍，真是非比尋常的大力士。先不說往下揮劍，要讓劍停在半空中並迅速拉起，這需要多麼強勁的臂力。

——這下好了，我該怎麼辦呢？既然是他自己送上門，打到他無還手之力應該無所謂吧？

應該說，不制服他就什麼都別想談了。不過，該怎麼制服他？他全身穿著金屬盔甲，看起來品質非常不錯，這把柴刀劍應該也毫無用武之地。

巴爾特在思考時，第二擊來臨。咆哮的壁劍遮蔽了他的視線，魄力驚人。巴爾特再次後退閃避。這次壁劍也在半空中停下，立刻被收了回去。

——好，等他發動下一擊，我不往後退，改躲向旁邊。接著舉劍斬他的右手。他的手裡握著那把沉重的劍，應該無法避開這道衝擊。

對方往前踏出一步，向巴爾特揮下壁劍。巴爾特側身一避，試圖衝到對方面前。壁劍以劍身擊中巴爾特剛才所站的地方後，繼續以驚人的速度往右揮。巨型劍刃逼近巴爾特的右側腹。他急忙往後跳，驚險地避過了這一擊。但如果他再稍微往前一點，應該已經受到致命傷了。

巴爾特重整態勢，同時冷汗直流。這麼重的一把劍，他竟然能以如此迅速的速度毫無遲延地揮向正旁，真是超乎想像的臂力。

——真是意外棘手的對手啊。找不到攻擊的切入點，乾脆從正面衝過去，攻擊他握劍的手指吧？不行，這樣沒辦法躲開揮下來的壁劍，就算瞄準腳應該也一樣。若被如此重物疾速一揮，我可承受不起。話說回來，看不見對方的臉還真難以應付。

「一味逃跑可是贏不了的！等一下你就會累到躲不過攻擊了。要是不想被我揍扁，就快點放下武器投降！」

——死在哪裡都無所謂，但我唯獨不想被這把愚蠢的劍壓潰而亡！

乾脆投降把話說清楚，或許能解開誤會。但是說要投降，心裡也很不情願。

巴爾特看著手裡的柴刀劍。他一直認為神祕的力量已經耗盡，但是先前在與魔獸的打鬥中，它又展現出壓倒性的鋒芒。巴爾特心想，如果這把劍現在仍擁有魔劍的力量，那它不該留在自己手上。能夠殲滅魔獸的武器，應該由德魯西亞家持有才對。

至今為止，柴刀劍曾展現不可思議的力量兩次。但是，在與斑狸的戰鬥中卻不見它發揮力量，與山賊的打鬥中也是如此。假設這把劍還有力量，那麼到底何時會發揮力量，何時不會呢？巴爾特想到——是不是只有在與強敵對峙，有生命危險時，這把劍才會顯現出真正的力量？既然如此，現在正是確認的好機會。好！巴爾特下定決心，對古代劍呼喊。

——劍啊，魔劍啊。集古代叡智鍛造而成的真正魔劍，此刻我將挑戰強敵，請您現出真身，助我破敵！

接著他衝到對手面前，傾盡全身的力量，橫向砍上了壁劍。但是柴刀劍依舊是把柴刀劍，沒有發揮任何不可思議的作用。鋼與鋼相互碰撞，發出極大的聲響。對方就這樣揮下一劍，而巴爾特往後方跳。由於他這次魯莽的攻擊，右手肘和右肩都麻痺，毫無感覺，手腕也十分疼痛。大概無法再揮劍了。

但是巴爾特擺脫了敗北的命運。沒入大地的劈劍啪地一聲攔腰折斷，剛好是巴爾特砍上的地方。上頭應該原本就有裂痕了。

「喔喔喔喔喔喔喔！劍……劍斷了……我的愛劍啊啊啊啊啊！」

巴爾特冷眼看著哥頓．察爾克斯鬼吼鬼叫，心想剛剛什麼事都沒有發生，魔劍之力果然已經消失殆盡了。

3

「哎呀，真的非常非常抱歉。我竟然偏偏對巴爾特．羅恩閣下做出如此無禮之舉，這真是我哥頓這輩子犯下的最大錯誤。真是太丟臉了，請您罵我吧！」

「真是受不了你，兄長大人。我不是老是叮嚀您，要先聽別人說話嗎？」

「尤莉嘉，羅恩大人都表示諒解了，這件事就算了吧！大舅子也是，您一個勁地道歉，會讓羅恩大人覺得尷尬的。喔～黑蝦烤好了。羅恩大人，我來為您倒酒吧。這道蝦子料理是我們家的招牌菜喔！」

尤莉嘉的丈夫凱涅試圖打著圓場。由於本事了得，就讓他入贅至察爾克斯家。聽說他對領地內的產業振興及財務管理方面很有一套。

當察爾克斯因為壁劍斷裂而感到茫然時，巴爾特拿出一封信給他看。那是臨茲伯爵寫的介紹函──臨茲伯爵是哥頓的伯父──信中寫著因為他知道哥頓從以前就十分敬愛「人民的騎士」，所以拜託巴爾特，要往北邊去的話，務必到訪梅濟亞領地。信中還囑咐哥頓，羅恩大人是他的救命恩人，希望他盛情款待。

看過介紹函，得知眼前這位老人的確是巴爾特．羅恩後，哥頓不斷道歉，並招待巴爾特到自己的城裡作客。前來迎接兩人的尤莉嘉聽完整件事後，狠狠地罵了兄長一頓，並向巴爾特致歉。而且對巴爾特表示，兄長從以前就非常仰慕他，一直衷心期盼有機會與他見上一面。請巴爾特務必在此停留一段時間，所以巴爾特爽快地答應了。

凱涅已經為他打點好入浴的準備。當他在浴室放鬆歇息時，有侍女走了進來，幫他剪短留長的頭髮及鬍子。泡完澡後，侍女幫他抹上香油，準備了乾淨的替換衣物。

他好久沒有覺得那麼清爽舒適了。巴爾特對凱涅的細心安排讚嘆不已。

所謂的黑蝦是大蝦子，據說是在領地內的鹽湖捕到的。這種蝦子若是超過一定大小，紅色甲殼會帶點黑色。外殼泛黑的蝦子味道濃醇深奧，水煮、火烤、煮湯皆宜，是無敵的蝦子。

巴爾特看著眼前的盤子後嚇了一跳，他從沒見過這麼大隻的蝦子。甲殼十分壯觀，宛如偉大騎士的盔甲一樣。這隻美麗的蝦子被切成兩半，直接帶殼烤製而成。

乍看之下，烤的時候看似沒有添加任何東西，但應該不是如此。首先，在蝦殼與蝦肉之間有金黃色的油直冒泡。用叉子一扠，很輕鬆就能剝下蝦肉。看起來只是簡單的烤全蝦，其中藏著廚師的巧思。巴爾特扠起一塊送進口中。

——嗯嗯，多麼棒的香氣啊。是多虧了香草和這種油嗎？

蝦子一放上舌頭，就感受到強烈的鮮甜滋味。就這樣試著咀嚼後，口感緊實得不像蝦子，但是不會太硬。他咬了一次、兩次、三次，每一次嚐到的滋味都不同。巴爾特再多咬了幾次後吞下去。這蝦肉真是緊實彈牙。大蝦子特有的濃醇口感真是太奢侈了。火烤的時間也掌握得絕佳，外側有恰到好處的焦痕，裡面卻是一片純白，如寶石般美麗。

令人吃驚的是鹹味的濃淡。一開始放上舌頭時，嚐到了明顯的鹹味。但在吃下整塊蝦肉後，滲透至蝦肉最深處的鹹味非常淡，引出了蝦子獨特的美味。恰到好處的鹹味真是太不可思議了。

「哎呀，巴爾特大人很懂料理呢！呵呵！我們家在製作燒烤料理時會灑兩次鹽，叫做鮮味鹽與提味鹽，或許也可以稱為有感之鹽與無感之鹽。以這道黑蝦盔甲燒來說，把新鮮的蝦子切成兩半後，會先灑上一層薄鹽。接著，從上方淋下少許果汁，讓鹹味滲入蝦肉中。靜置一會兒，再重複同樣的動作，並用香草將半隻蝦子整個裹住，讓鹽充分入味。等時間差不多了，再把蝦子放到火上烤。隨著蝦子逐漸烤熟，鹽會引出蝦子的精華湯汁，這時再塗上巴利姆油。從蝦子中溢出的湯汁與鹽、油融合後，會變成最棒的醬汁，之後醬汁會再次滲進蝦肉，為蝦子帶來深奧的滋味。最後，在蝦子即將烤好的一瞬間，把蝦子移到火勢猛烈之處，灑下提味鹽。就像這樣。」

尤莉嘉將右手高舉過自己的頭，摩擦手指做出灑鹽的動作。

「提味鹽一定得從高處灑下才行。這個動作能讓鹽粒結合成較大的顆粒，少許的鹽就能為食物帶來足夠的鹹味。就如同我剛才所說，讓蝦肉吸收並引出鮮甜滋味的鹽，和烤好後灑上調味的鹽是完全不同的東西。不會因為在食材準備階段用了鹽調味，就不需要提味鹽。當然，整隻蝦需要用上多少鹽，必須事先做好精密的計算，再調整鮮味鹽的量。像這麼大隻的蝦子，就必須使用很多鹽來帶出它的鮮甜，而要讓烤出鮮甜滋味及烤熟蝦肉的時間相同，需要熟練的技巧。從烤架上取下時，要以純熟俐落的手法，在蝦殼與蝦肉之間畫上一刀。這是為了讓蝦肉比較好剝，以及讓多餘的油流到外側，讓味道不至於太過濃烈。我們可是經過幾番反複實驗，才創造出這個味道。」

巴爾特不斷點頭，聽著這道菜的調理步驟，並不停把蝦肉切塊，送入口中。將蝦肉浸在殘留在殼內的醬汁的話，又能享受到更濃郁的味道。在吃每一口之間，喝點葡萄酒。巴爾特不是很喜歡白葡萄酒，但這支據說是當地自釀的白葡萄酒卻別有風味。葡萄酒本身味道清爽不帶苦味，但更棒的是事先將酒冰鎮後的沁涼口感。聽說是放在水井裡冰鎮過了。大啖著熱騰騰蝦子的同時，冰涼的白酒滑過喉嚨，真是幸福得不得了。

尤莉嘉的料理解說也完全不會令人感到不快，反而為品嘗蝦子增添了樂趣。可說是具備了堂堂的女主人風範。

——這位妹妹真是不簡單。

見到巴爾特完全放鬆下來，哥頓也十分愉悅，一群人聊得很起勁。

4

「我輸了！」

哥頓以震耳欲聾的聲音宣布自己輸了。相對的巴爾特也滿頭大汗。這也難免，因為這已經是今天的第八次較量了。

這是巴爾特停留在察爾克斯家的第五天。第二天時，哥頓就客氣地提出想跟巴爾特討教的要求，但是巴爾特因為肩膀的狀況不佳而拒絕了。起初哥頓也不勉強他，帶著巴爾特去遊覽領地。梅濟亞領地以座落於山間溪谷的八個村莊構成，雖然沒有值得特別提起的資源或產業，但是一片祥和且美麗，從人們互助的生活方式就可見一斑。而哥頓這個領主深受領民們愛戴。只要看見哥頓的身影，每個人都會興高采烈地來跟他交談。

入夜後，巴爾特會和哥頓、尤莉嘉和凱涅一同用餐。他們端上桌的都是用當地食材烹煮而成的精美菜餚，分量也都十分剛好。他們會一邊確認巴爾特的食量，一邊送上他剛好吃得完的分量。要端出滿坑滿谷的料理才叫盛情款待的想法，巴爾特不喜歡，所以察爾克斯家的款待方式讓他極為中意。

「我們家的第一代留下一段話：『有人貪多，就有人吃少。你們想像一下，領民中最為貧窮之人今晚吃了什麼。』察爾克斯家最驕傲的就是，近兩百年來沒有任何一位領民因飢餓而死。不過，我們有充分的儲糧足以招待貴客。巴爾特大人，請您盡情享受我們家的料理。」

原來如此。察爾克斯家的確家財萬貫，想必是經年累月積攢而來的，不然沒辦法打造出壁劍此等無用的武器。光是那把鐵塊就是一項財產。鐵製的全身盔甲也是極為昂貴，城裡的日常用品也都是上等貨色。

察爾克斯是名門大家。畢竟察爾克斯的始祖是遠古時期，首批移民到奧巴河東岸的「創始之眾」之一，也是在魔獸大量出現時的「大崩壞」中存活下來的一家。雖然相當於神話時代的久遠過去已不可考，但是人們是如此相信著。

「巴爾特大人，您覺得『創始之眾』是從哪裡來的呢？」

「應該是從奧巴河西邊來的吧。」

「大家都是這麼說的。可是，巴爾特大人，我們家的傳說恰恰相反，說是『創始之眾』的子孫建立了奧巴河西岸各國。若是這樣，『創始之眾』是從哪裡來的呢？您說，這個傳說很不可思議吧？」

巴爾特心想，古老家族中似乎都會留下各種不可思議的傳說呢。尤莉嘉及丈夫凱涅都是常識豐富，細心周到的人。特別是聽說凱涅在年輕時曾出外旅遊增廣見聞，他的博學多聞著實令人驚訝。

「旅行真是不錯呢，旅行。想讓一個人成長，就放他去旅行吧，這個說法是真的呢～哈哈哈！我也真想去旅行呢！」

哥頓說完後大笑出聲。脫下盔甲的哥頓體型矮胖，看起來沒什麼肌肉。長得一副好好先生的樣貌，說起話來也可以用天真浪漫來形容。像他如此沒有心機的人也十分罕見。他確實是位擁有純樸善良之心的武士，巴爾特非常喜歡他。

第三天，哥頓的堂弟也一同享用晚餐。察爾克斯家共有四位騎士，分別是哥頓、凱涅、哥頓的叔叔及其兒子。凱涅和尤莉嘉的兒子現在正在其他家進行騎士修行，女兒則是在帕魯薩姆王國學習禮儀。

凱涅是所謂的文人騎士，在姑且完成騎士的基本修行後就任騎士，卻不擅武藝。但是他如果不具騎士位階，緊要關頭時就無法指揮家臣，與其他家交涉時也會產生不便。所以才讓他取得騎士的位階。

哥頓的叔叔與堂弟在距離城堡稍遠之處有間宅邸。聽說叔叔因為有要務，動身前往遠方了。騎士堂弟似乎很沉默寡言，只是靜靜地聽著周遭的熱絡交談。

情勢在第四天晚餐的交談中起了變化。那一天，巴爾特去參觀了城堡裡的武器庫。其中有許多優質武器，還有一些連巴爾特也不知道該如何駕馭的武具。當晚自然就在武器和防具的話題上聊開了。這時，哥頓問：

「對了，巴爾特閣下擁有河熊的毛皮吧！河熊魔獸的毛皮可是製作皮鎧的最佳材料，聽說這東西很罕見，您是在哪裡買到的呢？」

雖然巴爾特不喜歡自吹自擂，但也不能撒謊，所以老實地交代了東西的來歷。沒想到哥頓大為興奮，死纏爛打地央求他詳細說明與魔獸的那場打鬥。

「喔喔！沒想到，真沒想到！嗯嗯，那個村莊的居民真是多災多難啊，居然會遭到三隻河熊和河熊魔獸的襲擊。但是，那天晚上巴爾特閣下居然湊巧留宿，這是何等幸運啊！要是沒有巴爾特閣下，搞不好村落已經全滅了。不過最後無人死亡。哎呀～不過，四處漂泊，拯救身陷危難的民眾後揚長而去，嗯嗯！嗯嗯！這才是騎士！這才是一位騎士應有的風範。果然該去旅行，旅行是件好事。不過，巴爾特閣下，您居然單槍匹馬打倒了三隻河熊和河熊魔獸，這是何等勇猛啊。這件事若不是出自於您的口中，我真是難以置信。說什麼上了年紀、身體衰弱，您真是謙遜。嗯！肯定是如此。畢竟您可是將我那把壁劍斬成兩半了啊。我從沒聽說過以劍斷劍這種事呢。既然如此，明天無論如何都要請您教我兩招才行！」

哥頓強烈地表示想與他較量。巴爾特心想肩膀的狀況已經好轉，就當作是付住宿費，陪他打個一兩回也無妨。

起初兩個人都拿著劍。但是，哥頓揮劍的姿勢讓巴爾特覺得非常不協調，就開口問他擅長什麼武器。結果他回答比較擅長槌子和斧頭。但是，騎士不怎麼用這類型的武器，所以才會開始用劍。因為一般的劍實在太輕，手感不佳，所以他才會請人打造出那把超乎常理的劍。

巴爾特讓哥頓拿戰槌，自己拿著棒子。拿起戰槌的哥頓，魄力是天壤之別。戰槌是用來打落馬背上穿著全身盔甲的騎士，或是攻擊頭部，一擊就讓敵人無法再戰的武器。但是，這種武器難以掌控，容易露出破綻。所以通常會搭配持劍的護衛騎士一同上戰場。不過，哥頓·察爾克斯是能以一擋多位騎士的好漢。超重量級的戰槌發出低吼聲飛來。戰槌被縱橫揮動並發出嗡嗚聲，招招都是必殺一擊。

巴爾頓冒著冷汗避開了哥頓的攻擊。他心想，就算是全盛時期的自己拿著最堅固的盾，恐怕也無法正面接下他的攻擊。現在憑藉多年經驗還能勉強應付，但是哥頓的技術如果再成熟一些，恐怕連閃避都會很困難。但是，薑還是老的辣。他不選劍而選了棒子，是因為攻擊距離比戰槌來得遠。巴爾特保持著對自己有利的距離，時而擊中哥頓的手腕，時而刺上他的額頭或肩膀，或是掃倒他的腿部取勝。

巴爾特連勝了幾個回合，但是驚嘆不已。首先是哥頓深不見底的體力及揮動武器的速度。與生俱來的蠻力雖然也有影響，但這個男人也有勤加修行。其次是他非常耐打，彷彿像身體本身就是具盔甲。巴爾特認為他只要勤加鍛練，會成為更可怕的戰士，並給出建議。而哥頓也非常老實地照巴爾特的建議去做。從中途開始就演變成半指導半較量的狀況。

5

巴爾特逗留了兩個星期，再次踏上旅程。由於察爾克斯家轉讓了一匹馬給他，所以這次他不是步行，而是騎馬。本來察爾克斯家說要把馬送給他，但是怎麼樣也無法白白收下這麼貴重的財產，所以巴爾特硬付了一點錢。這匹馬體型高大，長著栗色的毛髮。巴爾特本身十分壯碩，還有行李，所以得是大馬才能承載。

尤莉嘉、凱涅及主要的家臣們前來送行，而家主哥頓沒有現身。以家的排場來說，一家之主沒到屋外為客人送行並不奇怪。但是以哥頓到昨天為止的態度來看，他沒現身道別有些奇妙。不過，既然尤莉嘉和海涅都不提及這件事，由巴爾特主動提起也有些顧忌。當他說請代我向哥頓閣下問好的時候，尤莉嘉露出了微妙的笑容。

離開城堡，越過幾座村莊的交界，在巴爾特即將進入山裡時，他看見一身旅行裝備的哥頓．察爾克斯。

「喔喔，老師閣下，您走得還真慢呢。好了，那我們走吧！」

「你是這裡的領主吧？」

「喔，您說那件事啊。我出門前寫了一封信，要將領主之位讓給凱涅。不用擔心！」

「怎麼可能不擔心啊！領主交接不是那麼簡單就能完成的事，還有許多事項和物品需要交接。」

「不不不，本來所有的工作就是全權交由妹妹夫婦處理。家主印章之類的，一直都是交給凱涅保管喔！」

就算巴爾特說破了嘴，他也不肯聽。總之先放任他跟一陣子好了，於是巴爾特策馬向前。前進了一段時間，就在巴爾特想喝水時，哥頓說：「這下面有條溪，我去取點冰涼的水上來。」就拿著水壺走下了斜坡。當哥頓的身影消失在林木之間時，有位青年從樹叢中探出頭來。

「巴爾特・羅恩大人，尤莉嘉小姐有話要帶給您。兄長一心想與巴爾特大人結伴旅行。他這個人話一說出口，就聽不進別人的意見，想必會給您帶來不少困擾。不過，可否麻煩您暫時照顧他，直到他盡興為止呢？這些金幣是眼下的旅費。這些錢交給兄長帶在身上太危險了，所以麻煩您協助保管。以上是小姐想跟您說的話。」

請您暫時幫忙看著他，直到他盡興為止——這句話說得太高明了。一想起這兩個星期受到的盛情招待，巴爾特就沒辦法拒絕尤莉嘉的請求。

這位妹妹果然不簡單。巴爾特嘆了一口氣，同時撫上劍鞘。花紋和劍鞘的滑順觸感很舒服，巴爾特感覺到史塔玻羅斯正在撫慰他的心靈。

第五章——報仇

——三色葡萄乾——

1

在巴爾特與哥頓．察爾克斯的兩人之旅啟程後，過了二十天左右，他們抵達了特厄里姆領地。巴爾特很久沒有長時間騎馬，腰部卻沒有感到劇烈疼痛。

——一定是史塔玻羅斯在我體內起了作用。

他沒來由的這麼想。

特厄里姆裡各個村莊的田地荒蕪，農民眼中了無生氣。家畜不僅瘦弱，數量也很稀少。即使進入領主之城所在的城鎮，還是感覺不到活力。明明道路寬廣，也有很多商家，卻毫無歡迎旅人到來的氣氛。眾人對他們投以陰暗懷疑的目光。

「伯父，這座城鎮的感覺真差呢。」

哥頓起初都叫他老師或師父，但是巴爾特不喜歡，所以最後決定稱呼為伯父。

他們想盡快離開這座城鎮，不過總得先填飽肚子。他們找到剛茲，坐下來點餐，端上來的卻是又貴又難吃的料理。

巴爾特想起之前懲戒過的那群山賊所說的話。那三人說自己曾在特厄里姆領地當樵夫。特厄里姆領地稅賦重，徵收的人也很嚴苛。有位具俠義心腸，名為恩巴的男人從蠻橫的收稅人手上保護了村民，但是有一天，領主聘請了兩位武藝高超的護衛。後來恩巴被這兩位護衛所殺，手下們也相繼遭到殺害。而這裡正是他們口中的特厄里姆領地。

他們早早離開了剛茲，兩人騎著馬並肩前行。這時，前方也有三人騎馬往這個方向而來。

——嗯？

巴爾特發現一件怪事。屋頂上有個人靜靜地趴著，正在觀察前方。他似乎是在看騎著馬迎面而來的那三個人。當這三人經過時，眾人都退到路旁行跪拜禮，彼此之間竊竊私語說著：「是領主大人。」那這位就是特厄里姆的領主嘍？他背後的那兩人應該是護衛。其中一位護衛來到領主面前。

屋頂上的男人拿出了什麼——是弓！他想要襲擊領主。巴爾特心想必須警告他們，但看來沒有這個必要，護衛擺明已經察覺到了。襲擊者放出一箭。襲擊者不只一人，在巴爾特看不見的地方還有另一位弓箭手，兩人同時從屋頂上朝領主放箭。但是，這兩支箭被兩位護衛從空中砍斷，沒有傷到領主。

在行跪拜禮的人群中，有三個人突然站起來，往領主衝了過去。每個人手裡都拿著劍。兩位護衛展現閃電般的劍術，三位襲擊者都被割喉噴血而死。

屋頂上的兩人準備射出下一箭。而其中一位護衛射出短刀，命中一位弓箭手。弓箭手呻吟著摔落下來。另一位護衛則是馭著馬，讓馬的後腳踢向另一位弓箭手所在的屋子。屋牆與屋頂劇烈晃動，弓箭手失足跌落屋頂。護衛則對掉落的弓箭手劃出一劍，摔到地面的弓箭手遭到割喉。第一位弓箭手還活著，胸前仍插著短刀。令人驚訝的是他站了起來，拔出短刀往領主跑過去。

「至少……至少一刀！」

他一邊大喊，一邊對領主發動攻擊，但他的願望並未成真。護衛用劍柄打上他的頭，敲昏了他。護衛收回短劍，用襲擊者的衣服拭去劍上的血汙後收進內袋。而領主靜靜地看著這一切發生，臉上露出殘虐的微笑。接著，對附近一位看似官員的男人下令，將存活下來的襲擊者扛到城裡去，之後直接離開了。在經過巴爾特和哥頓面前時，他瞥了兩人一眼。面對這兩位見到領主也不下馬之人，他既沒有出言責備，也沒有出言問候，直接忽視。兩名護衛則慎重地觀察了兩人的動靜。三人離開後，傳來城內民眾的交談聲。

「喂、喂，那是……」

「嗯，那是之前被沒收所有財產，自殺身亡的木材商家的小鬼吧？」

「就是聽說小時候曾經去當過貴族養子的那個？」

「就是他。他應該是想為生父報仇吧。」

「這下那個貴族也會被搞死了。」

「又要多幾具屍體了嗎？真是的，這座城鎮真是缺德。」

兩人出了城。只要翻越一個山頭就是苟薩領地了。這時出城就要露宿山林，但是兩人認為這樣還勝過待在城裡。

另一方面也是因為當時哥頓十分憤慨地說：「這領主真是太過分了！」，所以巴爾特想早點把他帶離城內。領主想如何處置企圖暗殺領主的人，不是外人可以干預的事。

不過，那兩位護衛真是身手不凡。他們用來對付人的劍技可以說是爐火純青。

「那劍技真是厲害呢！伯父，您贏得了那兩個人嗎？」

「嗯，如果要同時應付那兩人，勝算應該不大。」

這個回答有些虛張聲勢了。如果同時應付兩個人的勝算不大，意思就等同於一對一他是不會輸的。事實上，即使一對一，對方的劍術造詣還是在巴爾特之上。但是巴爾特認為實戰中有很多變通的方法。不可思議地，他不覺得自己贏不了那兩人。

「話雖如此，他們淨是耍割喉那招呢。有那種劍術流派嗎？」

「看到別人痛苦而感到快樂的殘忍之輩會使用那種砍法。」

被割喉的人會失去反擊之力，但不會立刻死亡。他們的喉間會發出漏氣的聲音，痛苦地掙扎，噴濺出血並慢慢死去。這大概是那位領主的嗜好。那兩位多年來聽從他的命令，殺人的護衛想必內心也是扭曲不堪。

2

「有、有盜賊啊〜救、救救我啊〜〜！」

此處位於山林之中，太陽已經快要下山了。兩人正要走下溪畔，準備晚餐及今晚留宿之處。而遭到攻擊的旅人似乎是位旅行商人，他應該是在溪邊喝水，有一位盜賊高舉起類似山刀的武器攻擊他。

「這樣可不行，我們去救他吧！」

當哥頓・察爾克斯說完，兩人正要衝下斜坡時，聽見了某種物品甩出去的聲音。

——拋石繩嗎？

巴爾特少年時也很擅長用拋石繩，立刻判別出這個聲音。似乎有東西打中了盜賊的腹部，盜賊捂著肚子停下腳步。這時，有三個人影跑了過去。三人手上好像都拿著某種武器，但是距離太遠，光線又不充足，無法清楚辨別。但三人出手攻擊盜賊後，盜賊馬上就倒地不動了。想必旅人是看見了這三人才高聲求救的吧。然而，旅人不僅沒有感謝這三人，還撿石頭丟他們，重新拎起行李就往城鎮的方向逃走。

「噯，他這是做什麼啊！這人怎麼可以對救命恩人如此無禮。不過，那三個人的動作真有默契呢！」

哥頓出口評論那個人過分的行為，巴爾特也有同樣的想法。巴爾特與哥頓走近那三人。走近一看，兩人都嚇了一跳。這三位都非常年邁，是兩位男性與一位女性。三人的個頭都很嬌小，骨瘦如柴，臉龐及身體布滿皺紋，骨頭都凸出來了。身上穿著像野人穿的破布，雪白的頭髮糾結凌亂，走到哪裡就掉到哪裡。營養應該也不足。皮膚的顏色又黑又黏，整個人髒兮兮的。

「你們剛剛救了那位旅人吧？幹得漂亮，聯手合作很精彩。不過，剛才那男人真過分。你們救了他，他不僅沒有道謝，還對你們丟完石頭就跑了。你們跟剛才那位男人有什麼過節嗎？」

「沒有，我們住在山裡，沒見過那個男人。我們這副德性，村裡的人看到我們都很害怕，就會喊著山妖、女妖出現啦！然後對我們扔石頭。」

「這真令人頭疼呢。」

「不會不會，沒什麼好頭疼的。我們平常都住在深山裡，他們會怕比較好。村落裡的人最好不要靠近我們，他們逃走我們還比較高興。」

「哈哈哈！原來如此，原來如此。話說回來，那個盜賊死了嗎？」

「對，肯定已經死了。我們想拿走他身上能用的東西，再把他埋了，可以嗎？」

「喔～那真是行為可嘉。我們也來幫忙吧。」

巴爾特和哥頓幫忙埋了盜賊。三位老人雖然拿走盜賊的武器和些許物品，卻沒有脫下他的衣服。埋了盜賊後，三人跪了下來，雙手合十祈禱。

——不論這些人是什麼來歷，但他們知道要祭拜死者的靈魂。

巴爾特這麼想著，同時自己也祈禱著死者能夠安息。在那之後，巴爾特邀請三位老人共進晚餐。三人雖然十分驚訝，但在一番商量之下，接受了邀請。

3

「這、這就是叫做酒的玩意兒嗎？有一種不可思議的味道，我說不上來。哎呀，總覺得心情變好咧。大哥、小哥，酒這玩意兒真好喝咧！」

「我也是第一次喝酒咧，真的有股說不上來的奇妙滋味。喝過這東西，我也能死得瞑目了。」

「這是叫做燻鹿肉來著？好好吃，好好吃咧！啊啊，太感謝啦！」

五個人圍著燒得劈哩啪啦的篝火，享用了一頓晚餐。在鍋裡的湯煮好前，巴爾特從行李中不斷地拿出食物請老人們吃。他們從察爾克斯家帶了大量的高級乾糧出門，以旅行來說，有這些食物十分奢華。巴爾特請他們喝酒時，由於三人都是有生以來第一次喝酒，神情非常享受。這三人似乎是兄妹，身為妹妹的老婆婆個子極為嬌小，眼睛滴溜溜地看著新奇的食物，那副開心興奮的模樣像個孩子般天真無邪。她那嘶啞的聲音，聽慣了也覺得很可愛。

老婆婆吃葡萄乾吃得特別開心。那是察爾克斯家讓他們帶著上路的三色葡萄乾。

一種是淺綠色，咀嚼起來口感清爽，果肉爽口甘甜。直衝鼻腔的微微香氣帶來宛如現摘的葡萄風味。就算咀嚼兩三次，味道也不會太過濃烈，滑順入喉的感覺也很舒服。這明明是充分去除了水分的葡萄乾，但是吃完一顆後，心裡留下的印象卻像是吃了水分飽滿的葡萄。

有一種顏色是黑中帶紅。牙齒咬下後，會有股苦澀的味道在口中擴散開來。這股澀味會讓人懷疑這葡萄是否沒剝皮就拿去風乾。不過，這種事當然不可能。證據就是將咬開的葡萄在舌頭上滾動，不管舌頭碰觸到哪個部分都一樣會嚐到一股澀味。澀味消失在喉嚨深處後，苦味會殘留在舌頭上。但是吃完後過不了多久，就會想再嚐嚐那股苦澀滋味。這滋味跟新鮮葡萄非常相近，與淺綠色葡萄乾有異曲同工之妙。這股魔性的味道毫不留情地刺激著舌頭上平常不使用的味蕾。

另一種顏色是紅中帶紫。這種葡萄乾的香氣也很濃烈，只要輕含在舌上，鮮甜滋味就會滲出。輕輕咬下一口，濃郁的果肉會與舌頭親密接觸。而接觸到的那一瞬間，會感受到令人震憾的鮮明濃烈滋味。好甜，難以言喻的甜。

依序吃下這三種葡萄乾的話，會難以停下手。吃過淺綠色後嚐嚐黑中帶紅，嚐過黑中帶紅後吃下紅中帶紫，然後吃過紫中帶紅再吃淺綠色，這些滋味組合起來又是絕妙的風味。

在邊境地帶中，砂糖是十分罕見的高級物品。說到點心類，都是以烤硬的麵粉為主。在邊境地帶，帶甜味的東西很稀少且珍貴。甜味的代表物即是水果，但是東部邊境沒有香甜的水果。在這種情況下，這些葡萄乾可說是巴爾特有生以來嚐過最棒的甜食。更何況這三兄妹居於深山，對他們來說，想必從沒想過天底下居然會有如此美味吧。

老婆婆將一粒放入口中後大聲歡呼，再將一粒放入口中後向哥哥們道了謝。

「你們都這把年紀了，是第一次喝酒？真不敢相信。即使是農民，在祭典時也會喝酒吧。你們腰間繫著的水袋裡是裝著酒吧？我看你們寶貝得要命。」

「喔，武士大人，不是這樣的。這裡面……嗯……是裝了工作用的汁液。」

「話說回來，你們剛剛攻擊盜賊的動作真精彩。你們曾經學過武術嗎？」

「沒有沒有，怎麼可能。我們一直在山裡到處追著野獸跑而已，嘿！」

他們一邊在面前揮著手，一邊回答哥頓的問題。他們髒兮兮的手上布滿了傷痕，但是以年齡來說手形偏大，也沒什麼皺紋。

三人早早就睡了，依偎在一起熟睡的模樣十分溫馨，真是感情深厚的手足。想必從年輕時就一直是如此吧。不過，他們就算在睡覺也保持著警戒。只要巴爾特和哥頓有什麼動靜，他們會立刻有所反應。

隔天早上，三人在太陽升起前離開了。雖然巴爾特當時醒著，但是裝作在熟睡。三人對巴爾特和哥頓跪拜了好幾次，之後往特厄里姆領地的方向走去。

4

哥頓醒來後，兩人出發了。中午前抵達了苟薩，在剛茲吃午餐。

「不過，伯父您太大方了，不斷拿出那麼多美食。雖然那群老人的打扮也很驚人，但真是臭得不得了！臭得我都快受不了了。在那股臭味旁吃東西，難得的美食都報銷了。」

巴爾特試著問問自己的內心，為什麼要請那群老人吃東西？他看見得救的旅人對他們做出無情的舉動，心裡覺得「啊，好可憐。」──至少想告訴他們，他們做得很好。走近並看到他們的外表後，真是一群寒酸的老人。他們自己的情況根本不是擔心別人的時候。而他們讓自己曝露在危險中，拯救了旅人的危機。如果是想要值錢的東西，大可以等旅人被殺之後，再殺害盜賊。但是他們沒有這麼做，就代表三位老人是基於俠義心腸而採取行動的。然而，這個行動沒有得到回報。既然如此，至少由我來讓他們飽餐一頓，這就是我正好在場的意義。

巴爾特像這樣理出了自己的內心變化，但是沒有特地告訴哥頓。

「喂喂，大、大事不妙啦！」

有位男子突然衝進剛茲大聲嚷嚷，正在用餐的客人們將注意力集中在他身上。男子和剛茲的老闆似乎是舊識，他走近老闆後大聲地說：

「隔壁特厄里姆領地的混蛋領主，終於被人幹掉啦！」

客人之間一片譁然，其中哥頓．察爾克斯的反應最大。他大聲喊了：「什麼！」後，硬是把衝進來的男人拉到自己的座位坐下，開口質問：

「怎麼回事？給我說清楚！」

男人手忙腳亂地喝光剛茲老闆遞給他的水，喘一口氣後開始述說。

「就是啊，老爺，是報仇啦，報仇！」

「你說報仇？是木材商人的兒子幹的？」

「木、木材商人？不，不是啦，是恩巴的孩子們。」

「恩巴？那是誰？」

「六年前被殺的老大哥。這位大哥宅心仁厚，武藝高超，而且儀表堂堂。他被領主大人的護衛殺掉後，妻子聽說也落了個非常悽慘的下場。他們有三個孩子，老大當時十二歲，聽說孩子們逃到山裡去了。而他們今天出現在巡視城鎮的領主大人面前，扯著嗓子說他們是正義之士恩巴的兒女，要繼承父親遺志，前來討伐大逆不道的領主。雖然我不在場啦，不過聽說他們三人的打扮髒兮兮，又瘦又癟。看到他們的人都說，還以為鐵定是幾位老爺爺和老婆婆呢！」

「你說是看起來像老人的三人組？那、那三個人打贏了那兩名護衛嗎？」

「沒有，不是這樣的。有兩個老頭子——不對，是孩子。兩個孩子分別撲到護衛身上，纏著兩人一會兒，牽制了兩人的行動，雖然後來他們被砍殺了。在那期間，另一個人就砍向領主，聽說那個人也被殺了，但是劃傷了領主的手。然後詭異的是，領主大人居然就死了！」

「那兩位護衛有活下來嗎？」

「沒有，不過事情不是你能料到的。護衛拉開糾纏不休的兩個孩子後，乾脆俐落地殺了他們，聽說還噴了一大堆血呢！不過這件事也很詭異，兩名護衛武士被噴出來的血濺到後一臉痛苦，就立刻死了！」

巴爾特聽到這裡，腦海裡閃過一件事。昨天從三人身上傳來了一股強烈的氣味，其中包含了一些氣味，他不知道那是什麼，但是有印象。對了，那是腐蛇（沃魯梅吉耶）毒液的氣味。這種劇毒只要滴一滴到眼裡，眼睛就會腐爛；嘴裡只要嚐到一滴就會立刻喪命。這種毒甚至可以讓魔獸動作遲緩，是三大劇毒之一。巴爾特記得就是那個氣味，原來那個水袋裡裝的是腐蛇毒液。

那三人的脖子上還綁著什麼。巴爾特還以為那是禦寒用的，但看來不是。那是在仔細鞣製的皮革上，塗上油脂或柿漆製成的吧。他們很清楚對方一定會在喉頭割出一道淺淺的傷痕，所以只要能夠守住這一瞬間，就能衝到他們面前。再事先把裝有腐蛇毒液的袋子綁在脖子上，這樣攻擊他們的護衛將會被毒液波及。劃傷領主的那把武器上應該也塗了毒液。

——原來如此！

昨天晚上，三人將殺害的盜賊埋了。是因為如果不將他埋入土中，就會從屍體得知那個人是遭毒殺身亡，而他們還必須守住這個祕密一天，所以才把他埋了。

話說回來，雖然只有短短一段時間，但他們能和那兩位可怕的護衛扭打成一團，牽制他們的行動，真是了不起。到底鍛鍊了多久才能辦到這種事呢？一個在成長過程中，恐怕連武術是什麼都不知道的十二歲孩子，就這麼帶著弟弟妹妹，窩在山裡過了多少歲月呢？把野獸當作對手，累積了多少痛苦的修行？他們完全不懂一般人的生活樂趣，也沒有人教導如何戰鬥，身上沒有任何武器，三人幾經鑽研後，擬定了這個葬送宿敵的方法。他們啃著樹根活下來，付出的辛勞甚至讓外表看起來像個百年人瑞。

而且，這開場白說得真好。三人不說心中的恨意，也不提父母之仇，而是繼承了父親的遺志，前來討伐大逆不道的領主。這用字遣詞多麼精彩。

巴爾特大為感動，全身發麻，並感到一股難以言喻的悲傷，好一陣子在原地動也不動。

哥頓似乎也一樣。不久後，哥頓鬱悶地說：

「十八歲……不就跟我外甥同年嗎？那位妹妹的年紀也跟我的姪女相仿。吃著那麼不堪一提的小東西，不停說著好吃好吃，還誇張地說什麼吃了這個，死了也能瞑目……」

過了一會兒，他嘟囔著補了一句：

「真希望當時……能讓他們嚐到更多更多美味的食物。」

第六章——雙月饗宴

——生吃活月魚——

1

「客人，如果您想吃月魚（月伊丹），我建議搭配這支酒。布蘭酒很清澈，十分透明美麗吧？」

「喔，這樣啊。那就給我布蘭酒吧。不過，月魚是什麼魚？是煮來吃還是烤來吃？吃起來是什麼味道？」

「哎呀，客人，您不知道嗎？該說是這種味道，還是那種味道呢？該用味道來形容嗎？該怎麼說才好……是一種難以言喻的味道，也有人覺得牠很噁心就是了。哎呀，吃過一次就戒不掉啦，我明天應該也會去吃吧。」

自從哥頓成為巴爾特的旅伴，大約過了兩個月。現在兩人在艾古賽拉大領主領地南方郊區中的一個小村莊。

哥頓似乎以為這趟旅行是拯救民眾之旅。到了深為野獸所苦的村莊時，他花了一個星期去狩獵野獸。也曾經為了搜捕五人組的盜賊，在山路上徘徊了八天。這就罷了，不管走到哪兒，他逢人就說這位是「人民的騎士」巴爾特・羅恩閣下，真希望他別再這麼做了。

當他們抵達這個村莊，向人詢問這裡的知名料理時，有人告訴他們這當屬月魚。只要往山上去，可以看到一條山澗，那旁邊有一家店，聽說只有到那間店去才吃得到月魚。村裡的人想吃月魚時，也會到那間店去。雖然白天也吃得到月魚，但是晚上吃更適合，也可以在店裡住上一晚。一邊賞月一邊吃月魚，再配上幾口酒，這等風情可是在其他地方享受不到的。

兩人興沖沖地策馬上山，馬上找到了山澗旁的小店，微胖的老闆娘精神奕奕地上前迎接。她看見兩位魁梧的武人來到店裡，起初似乎還以為出了什麼事。兩人表示是來吃月魚的後，老闆娘說那最好等到晚上。

他們喝著老闆娘送上的茶，一邊聽老闆娘說她的故事。老闆娘是在十一年前與丈夫一同來到這座山。她的丈夫非常喜歡這條山澗，魚和山菜十分美味，景色也相當優美，而且還長著一大叢托卡。托卡是一種香辣爽口的辛香料，只長在氣候涼爽，有豐沛且乾淨水源的地方。

老闆娘和丈夫考慮在此定居。村長對於發現托卡這件事十分開心，就幫他們跟領主交涉，完成了他們兩人的心願。只有老闆娘和丈夫可以享低廉稅率，但代價是必須遵守規定，不可以將托卡賣給山腰村莊以外的地方。後來有四個家庭也來到了這裡。而三年前，老闆娘的丈夫留下一生已無遺憾這句話，就離開了人世。

他們剛住下來就注意到了月魚的存在，但是在第二年才發現它真正的價值。以某種方式享用在某種條件下捕獲的月魚，是人世間難得一遇的美味。但是，只要稍微隔了一段時間，奇蹟般的味道就會消失。所以才會說這種魚只有這裡吃得到。

茶喝完以後，老闆娘送上了酒。嘴裡吃著涼拌山菜下酒時，他們發現了一個重大問題。那就是酒所剩不多了。老闆娘問了四個家庭的人，都沒有合兩人胃口的上等酒。只要騎馬下山，到山腰村莊不需要耗費太多時間，所以兩人為了月魚，決定到山腰村莊去買酒回來。

2

正當兩人買完一大堆酒，準備回到山澗小店時，他們發現有軍隊走進小路來。走在最前面的是兩位持盾的士兵，背後跟著十位弓箭手，接著是五位扛行李的人。裝滿箭筒的箭中有幾枝箭柄特別粗，還帶著看似油桶的東西。是火箭！隊伍的最後方有一位穿著全身盔甲的騎士坐在馬上，背後跟著兩位看似鎮民的人。而士兵們的表情說著：他們正在執行一個非比尋常的任務。

在部隊經過後，兩人聽見其他人的閒談內容。原來山澗村落爆發了死灰病，據聞是村裡的藥師確定山澗小店的老闆娘已經發病。多年來，那位藥師救治人們無數，領主即立刻派遣騎士前往。

死灰病。

據巴爾特所知，德魯西亞家的領土及其周遭地區從未發生過死灰病。但是一旦發生，巴爾特就必須將該村莊或城鎮燒個精光才行，而且必須剿滅所有居民。死灰病就是這麼可怕的疾病。

發病的人身上會出現斑點，就像將灰隨意塗在身上的模樣。斑點會逐漸擴大，最後覆蓋全身。一旦演變至此，病人會開始脫水，最後只能痛苦得打滾至死。只要稍微與病人有接觸的人也都會被傳染。只要村裡出現一個病人，就必須滅村；鎮裡出了一個病人，就必須滅掉整個鎮。如果病人逃到鄰鎮去，鄰鎮也要消滅。

難怪士兵們個個都繃著臉。這種疾病本身雖然可怕，但是不只如此，他們還得殺光應該要守護的領地子民。士兵們從此以後將再也無法安眠。即使在巡城中，也會覺得自己所殺之人的家人、朋友、戀人都在看著自己。儘管如此，他們還是得動手。而騎士必須領著一群心懷恐懼的士兵，毅然決然地讓他們完成任務，想必內心的苦楚也非比尋常。

——不對，等一下。山澗村落？老闆娘發病？就在不久前，她不是還精神奕奕地跟我們聊天嗎？這其中一定出了什麼差錯！

巴爾特這麼想著，策馬追上部隊，向騎士指揮官攀談。但是騎士只斜眼瞥了他一眼，不打算停下腳步。他應該是接到了命令，不管任何人說什麼都不准理會。士兵們也試圖忽略巴爾特。只有將心門緊緊關上，才能完成這個任務。他們拚命地堵起耳朵。

巴爾特心想這樣下去會沒完沒了，就帶著哥頓繞到部隊前方，奔上山路。由於除了騎士以外的人都是步行，行軍速度並不快。在快要抵達山澗前，有一個地點很適合他獨自攔阻部隊前進。兩人在此待命。

——這下該如何是好呢？

要擋下部隊，讓老闆娘和村落中的人們逃跑嗎？不過，事關死灰病，逃跑的人會被徹底搜捕並殺害。說到底，那個老闆娘應該不會輕易拋下有和丈夫回憶的家。

那要把部隊趕回去嗎？哥頓和巴爾特兩人或許辦得到。話雖如此，對方有盾有箭，還有一位身穿重裝備的騎士。相較之下，我方只穿著適合旅行的輕盔甲，將會演變成一場毫無留手餘地的戰鬥。說到底，就算趕走了他們，也不會為山澗村落帶來和平。到底該怎麼做才好？

如果自己是這個部隊的指揮官，到了山澗後會採取什麼行動？他絕對不會進入村落，會讓士兵包圍村莊，從遠方將火箭射進村落，將其焚毀。如果有人衝出來就放箭殺害，不會靠近到可以看清長相，或可以交談的距離。

——對了！

「哥頓！去把老闆娘帶到這裡來，動作快！」

「好！」哥頓吼了一聲就往山路急奔直上。接下來只要爭取一點時間就行了，不能讓部隊再往前進。

來了，部隊過來了。當距離近到聽得到聲音時，巴爾特高聲說道：

「我乃帕庫拉（可爾德葛西・帕庫拉）的騎士，名為巴爾特・羅恩。關於山澗村落一事，有狀況想稟報周知！可否請教指揮官閣下尊姓大名！」

「我是德拉諾（可爾德葛西・德拉諾）的騎士瑪爾卡傑利・艾可拉。騎士旅人閣下，請您不要插手此事。讓路吧！」

巴爾特本來想告訴他，僅在兩刻前自己才見過平安無事的老闆娘，但打消了念頭。因為這句話等於自己表明，他與死灰病的病人接觸過。這句話要是說了出口，想必他們會不由分說就殺了巴爾特。持盾士兵與巴爾特的距離只剩十步左右。巴爾特拔劍出鞘。他拔劍不是想斬向對方，是為了牽制他們的行動。

「盾，就位！突擊！」

指揮官尖聲命令道。持盾的兩位士兵架起盾，往巴爾特猛衝過來。這對部隊是奉領主之命進行緊急軍事行動，而巴爾特持劍相對，所以就算被箭射死也不能有所怨言。即使如此，指揮官卻不用弓箭或劍，想以盾排除阻撓，由此可見這位指揮官不是位無情之人。對於巴爾特這位身經百戰的騎士而言，閃開兩位持盾士兵再衝入弓兵隊伍，讓部隊陷入混亂狀態並不難。但是，這麼做的話會爆發爭鬥。

——該怎麼辦才好？史塔玻羅斯，教教我吧！

他用左手撫摸劍鞘——史塔玻羅斯的遺物。但是他連猶豫的時間都沒有，持盾士兵已經衝過來了。巴爾特不禁以古代劍的劍尖刺向盾。

——糟了！

巴爾特對自己的行為感到慌張。古代劍的前端不是尖的，而是像被一刀打橫切斷的形狀。即使出劍刺擊，也無法傷到盾分毫，傷到的反倒是巴爾特的肩膀。對方是個頭高大的士兵，利用整副身軀的力量猛衝過來。若拿著一把平頭劍刺過去，所有衝擊都會落在巴爾特的肩膀上。

就在盾與古代劍碰撞的那一刻，巴爾特看到了藍綠色的燐光。肩膀沒有感到疼痛，也沒有碎裂。雖然有刺到東西的感覺，但卻十分輕巧。

持盾士兵受到的打擊可不輕。最前面的持盾士兵往後撞去，接著跑在他背後的持盾士兵別說是支撐前面的人了，也一起被撞飛至後方。兩人撞進距離八步左右的弓兵隊列中，撞倒一群士兵。弓兵們像骨牌一般倒下，最後除了指揮官以外的所有士兵都摔倒在地。指揮官騎士不禁瞠目結舌，停下馬匹。

「怎、怎麼會如此勇猛。等等，巴爾特……巴爾特・羅恩？」

這時，策馬奔來的聲音從上方接近。哥頓回來了，背後載著老闆娘。

「等一下———！等一下等一下等一下———！我是『人民的騎士』巴爾特・羅恩大人的同伴，梅吉亞的騎士哥頓・察爾克斯。如您所見，我把山澗小店的老闆娘帶來了。這位老闆娘哪裡像得了死灰病———！你們用自己的眼睛看個明白！」

哥頓一邊喊著，一邊策馬衝過巴爾特身邊，勒停馬匹跳下馬後，將老闆娘放了下來。老闆娘都被帶到眼前來了，豈有不看之理。而且近距離一看，她沒有染上死灰病一事已是清清楚楚。

「這是？藥師閣下，這到底是怎麼回事！」

指揮官質問的語調極為嚴竣。男藥師一屁股癱坐在地，而藥師身邊的男子拔腿就逃。兩名士兵追上他，把他押了回來。老闆娘看見那個男人後說：

「奇怪？這位不是最近老是纏著我，要我把店賣給他的男人嗎？他感覺不是這一帶的人啊。」

在指揮官拔劍相向之下，他立刻把真相招了出來。

男子過去是盜賊團的成員，在大領主領地的北方為非作歹。由於鬧得太過火，領主派遣騎士團剿滅了這群人。只有這個男人獨自甩掉了追兵，逃到這座山裡來。他把從藏身地點帶出來的鉅款，埋在山裡某棵做了記號的樹下，一身輕便地逃到遠方去了。而這已是十五年前的事。直到今年，他確定風頭已過才回到此處。他來到埋藏鉅款的地方時，心裡一驚。樹已經遭人砍去，蓋了一間店。他逼老闆娘將店賣給他，但是老闆娘毫不理睬。該怎麼辦呢？他左思右想時，恰巧遇見了這位男藥師。原來這位藥師以前也是盜賊團的一員，身分一曝光可是會被砍頭的。所以藥師受到男人威脅，去向領主告發山澗小店的老闆娘罹患死灰病，已經發病了。

3

「那個藥師不知道會被怎麼處置。」

多年來，藥師為村莊盡心盡力。據說即使是半夜也爽快地為村民診療，也不會硬要貧窮人家支付藥費。村民們也都十分敬重這位善良的藥師。以前的罪過或許能以往事已矣的說法逃過死罪。話雖如此，身為一位藥師，謊稱死灰病發病恐怕是罪大惡極，理應遭到火刑處置。

聽說自家店鋪的地底下埋了一筆鉅款，老闆娘驚訝不已。太陽即將下山，為了保護眾人，今晚有兩位士兵在此留宿，詳細的調查等明日再說。而指揮官騎士居然是山澗小店的常客。

他向巴爾特及哥頓低頭道謝，說是託他們的福，不用殺了老闆娘就圓滿解決事情了。

雖然他說要請兩人務必到訪領主宅邸，不過巴爾特堅決不接受。先不提巴爾特之名，梅吉亞領主哥頓．察爾克斯之名在這一帶應該是無人不知，無人不曉。其他領地的領主若是插手處理紛爭，對雙方來說都不是件好事。所以當作沒事發生才是上上之策。哥頓．察爾克斯沒有來過這裡，最好也別到領主宅邸去叨擾。巴爾特以這個理由說服了指揮官。事實上，是因為他身體非常疲累，也感到陣陣頭疼，不想面對麻煩的事而已。

「過去的殘忍盜賊，如今居然能以善良藥師的身分，過著受到人民敬仰的生活。人類還真是難以理解啊。」

沒錯，人類這種生物很難以理解。說到難以理解，這把古代劍也讓巴爾特難以理解。與哥頓對決時，它沒有發揮力量。在那之後到了今天，他曾用這把劍斬過無數隻野獸，也從來沒有見過那股不可思議的力量。巴爾特本來認為，或許是要跟魔獸戰鬥，它才會發揮真正的力量，但是剛剛的對手不是魔獸。不過，今天這把劍的確發揮了不可思議的力量。這到底是怎麼回事？

「不過，我們錯過吃月魚的機會了呢。」

巴爾特不禁拉動韁繩，讓馬停下來。

——錯過吃月魚的機會？

巴爾特調轉馬頭，開始往回走。

「嗯？伯、伯父？您要回去嗎？您不是說怕麻煩，所以今天要露宿野外嗎？不走過村子，沒辦法入山喔。人家那麼大陣仗地送我們離開，事到如今您還要回頭嗎？伯父？」

到了明天，應該會拆掉部分房舍，以尋找埋在地底下的大筆金錢。若是今晚還來得及。老闆娘說過，在月圓之夜享用的月魚最美味。今天正好是兩顆月亮圓滿閃耀之時。姊之月已爬到天空正中央，妹之月則剛從山邊探出頭來，他們也買了很多布蘭酒。

「伯、伯父～您、您不、不用、那麼急吧～」

巴爾特心想，哥頓你還不明白。世間事物皆有輕重之分，緩急之別。面對重要的事，就不該拘泥於小節。緊要關頭就該果斷行動。

關於這兩個月亮，有這麼一個傳說。星神采炎曾向一對公主姊妹提出結婚的請求。姊姊公主不顧一切地飛奔到他身邊，成為了星神之妻。妹妹公主則為了盛裝打扮而耗費時間，錯失了機會。

因此，姊姊公主被稱為「星神之妃」，妹妹公主被稱為「遲來之人」。由於沙里耶未能嫁出去，所以繼承了祖先的所有財產，故也被稱為「坐擁萬物之人」。妹之月比姊之月小，但是明亮迅速。她今晚也搭上擦得晶亮的白銀馬車，追著姊姊公主。蘇拉則掛著溫柔的微笑，等待妹妹追來。

動作快一點的話，可以一邊仰望雙月，一邊喝杯賞月酒。不對，今晚該不會是「合」之日吧？兩顆滿月重疊時，沙里耶會在姊姊的照耀下，戴上光芒寶冠。看著「合」之雙月喝下的酒，別有一番滋味。稱為月魚的玩意兒肯定也是美味至極。必須在沙里耶追上蘇拉前抵達山澗小店才行。

——跑！來吧，快跑！

美麗的沙里耶奔上虛空，映得地面明亮萬分。緊接著有兩道輪廓分明的人影與馬影，如兩把刀劃開草原般奔馳而去。巴爾特嗅著茂盛草叢發出的初夏香氣，鞭策栗毛馬向前疾馳。

第七章——捷悶的勇者

——諾爾魚燉布丁——

1

在艾古賽拉大領主領地東邊郊區的村莊裡，巴爾特聽到一個傳聞，說往北翻過山頭，可以在那邊的村落吃到極為美味的諾爾魚料理。

諾爾魚是每處湖沼都有的小魚，身體光滑細長，喜歡躲在泥土中。這種魚並不美味，骨頭多不便食用且還帶著土味。吃下這種魚不久後，嘴裡會留下一股難以言喻的苦澀餘味。不過，由於小孩子也能輕易捕獲，各地的貧窮人家都常以此為食，多吃幾隻就能填飽肚子。

巴爾特小時候也常吃。自從當上騎士，冬天長期駐紮在大障壁附近的堡壘時也會吃。在近幾結凍的泥土中沉眠的諾爾魚是十分珍貴的食材。話雖如此，巴爾特不曾覺得諾爾魚好吃過。

這樣的諾爾魚居然能調製成美味料理，這可引起了巴爾特的興趣。哥頓，察爾克斯興致缺缺地說：「不管多會煮，諾爾魚不就是諾爾魚嗎？」但巴爾特不予理會，策馬向北。翻過山頭後，他們看見一座深谷，上面架了一座吊橋。因為不可能把馬丟在這裡，他們就帶著馬一起過橋。為了不讓馬匹發狂，他們蒙住馬的眼睛，牽著馬過橋。

「回來還得再過一次這座橋啊……」

哥頓唉聲嘆氣。路只有一條，所以他們沒有迷路就抵達了村落。兩位騎乘馬匹的武士來訪似乎很罕見，吸引了眾人的目光。兩人表明想吃諾爾魚，就被帶到一間小屋。村民們很清楚這是可以賺取珍貴現金收入的機會，所以應對十分周到。據說將由一位名為畢內的老人為他們準備料理。

「虧你們特地跑到這種地方來呢。我現在讓人去捕諾爾魚了，不過我這裡可沒有符合武士大人胃口的酒啊。」

老人這麼說著，端上來的酒水白色混濁，帶著柔和的甜味。這是用穀物釀成的酒。想必是用這一帶常見的布蘭果實釀造而成。巴爾特一說好喝，原本一臉狐疑地看著他的哥頓也喝了一口。

「喔，這酒不錯呢！」

哥頓也覺得這酒不差。當兩人喝了兩三口時，老人畢內一邊研磨著某種植物的根，一邊說：

「諾爾魚啊，生吃非常美味，毫無半點腥味，可是呢～吃下肚後一定會生病。」

諾爾魚要煮熟才能吃，巴爾特從沒想過拿來生吃。這位老人敢斷言說吃了以後必定會生病，他該不會親自嘗試過吧？老人畢內加了好幾種植物的葉子，再混著容器內的東西一起搗碎。

「諾爾魚啊，只要遭到攻擊或是吃到苦頭，腹中就會變苦。而這些苦汁之後會化為腥味。」

當巴爾特喝乾碗裡的酒時，據說是老人畢內之孫的少年又幫他倒了一杯酒。稍後哥頓也又添了一杯。一晃眼的時間，諾爾魚被接連送來。村落的居民總動員前往捕魚，所以沒多久就裝了滿滿一桶的諾爾魚。老人畢內連換了好幾次水，將諾爾魚清洗乾淨後，把那碗以不知名的根、葉搗製而成的東西倒入桶子裡。這個動作讓巴爾特大感興趣，於是走近並看向桶子內。諾爾魚正在吐出大量的黃色液體。

「只要讓諾爾魚吐出這種黃色液體，吃起來就不會苦了。」

老人畢內這麼說。他表示自己耗費多年才找到這種樹根及葉子。過了一會兒，諾爾魚就不再吐出任何東西。老人畢內再次將諾爾魚清洗乾淨後，用碗撈了兩碗魚放進鍋內。接著，從裝有穀物酒的桶子裡撈取上頭清澈的部分，倒入鍋中。哥頓似乎也好奇了起來，目不轉睛地盯著看。鍋子下方點起了火，而火勢不強。

「諾爾魚得從冷水開始煮，要是突然丟進熱水裡，魚肉會散開。」

老人畢內自言自語似的低語著，然後對他的孫子，也就是那位少年說：「應該已經完成了吧？」少年衝出小屋到隔壁，手裡馬上拿著一個碗回來。老人畢內默默將碗內的東西放入鍋裡。

「這是用杜威賈鳥蛋和山藥做成的布丁。還好家裡正好有蛋。」

後來老人漸漸加強火勢。老人放入柴火的動作極為俐落，巧妙地調節著火勢。酒加熱後的香氣充滿了整間屋子，接著發生了一件驚奇的事。諾爾魚本來悠哉地在溫熱的酒裡四處游動，現在居然潛到布丁裡去了。

「人類在陽光炙熱時，也會躲到陰涼處或家中。」

原來是這個道理，不過布丁裡頭應該也很熱啊。

「山藥可以幫助散熱。所以比起煮滾的酒，布丁裡頭還比較涼一些。」

有幾隻諾爾魚從布丁裡探出頭來，但立刻躲了回去。諾爾魚在布丁裡不停游動，使得布丁不斷晃動著。過了一會兒，布丁不再晃動。老人畢內減弱火勢，將布丁又燉了一會兒。他聚精會神地看著鍋子，沉靜穩重的側臉看起來就像一位賢者。巴爾特這麼想時，老人低聲說了一句「完成了。」就把鍋子從火上拿下來。他熟練地將布丁分成兩塊放進碗中，並端上桌。

「請用。」

巴爾特和哥頓坐上椅子，拿起木匙舀了一匙冒著熱騰騰蒸氣的布丁。巴爾特將布丁吹涼一點，送了一塊入口。

他不曾嚐過這種布丁。剛才煮了相當長一段時間，還以為布丁的口感會很硬，沒想到完全不會。口感嫩滑柔軟，卻有紮實的存在感。以舌尖仔細品嘗過後，在口中將其咬碎。說不上甜還是辣的柔和滋味在口中擴散，巴爾特不禁將木匙裡剩下的布丁全部送入口中。

——喔喔喔！

這口感真是難以形容。口腔及舌頭的每一吋都在享受這種初次體驗到的口感，喉嚨感覺在要求著「快點也讓我嚐嚐」，於是巴爾特吞下口中的布丁。口感濃郁，餘味芳醇。這是從諾爾魚滲入布丁中的鮮味嗎？

巴爾特大膽地將木匙插入布丁中，撈起一口有滿滿諾爾魚的部分，吹涼之後送入口中。

——好甜！怎麼會這麼甜！

諾爾魚特有的滑溜口感已經完全消失，魚肉煮得很柔軟，帶著頂級魚肉特有的粗糙口感，在口中化了開來。不討人喜歡的細小魚刺也像在跳舞般，在舌頭上融化，為滋味增添幾分風味，簡直是集所有美味於大成。巴爾特仔細咀嚼後吞下，意外地覺得很有飽足感。而且不管過了多久，那股令人不快的餘味都沒有出現。巴爾特舀起一匙湯汁喝下，湯汁毫無酒味，在吸收諾爾魚的美味後，成了一道頂級湯品。再喝下一口布蘭酒的濁酒，美味再次升級。這道料理與這種酒真是相輔相成。

巴爾特突然看向老人。從老人的行為舉止看來，實在不像是在鄉下生長的人，而是位知曉放眼世界的睿智老人，是對於都會中的高級料理及做法也十分了解的人物。巴爾特會這麼認為也很合理。

這裡應該是「流放者」的村落。罪犯的家人及不祥之人都會被趕出村莊生活，這些「流放者」則會聚集起來建立村莊，遠離一般群眾就不會遭到歧視。

老人畢內的一生是怎麼走過來的呢？

2

有兩件事發生了。一是吊橋斷落，所幸無人受傷。據說村民才將裝載物品的推車推上吊橋，橋就斷了。

另一件事是老人畢內的孫子被毒蛇咬傷了。蛇毒對成人來說不至於致死，但對小孩來說可就攸關性命。

只要到村莊去就可以拿到解藥，但是通往村莊的吊橋無法使用。雖然走下山谷也能前往村莊，但是非常耗時。所幸巴爾特和哥頓是騎馬前來，即使需要繞遠路也無所謂，兩人詢問有沒有其他路線可以通往村莊。村民回答只有一條從東側繞道前往的路，不過那裡是捷閔的地盤。

在亞人中，捷閔的個頭嬌小，外形像猴子多過於像人。成人的身高頂多也只和十二三歲的人類差不多。由於他們經常食用樹皮及蟲子，也有人輕蔑地喊他們為「食蟲者」。因為他們的倫理道德觀及生活習慣與人類相去甚遠，若是有所接觸，通常都會發生爭執。沒想到距離人類村莊和村落這麼近的地方，居然會有捷閔的地盤，真令人驚訝。

捷閔一族全是神射手。只要發現有人類踏進勢力範圍，應該就會發動攻擊。人類沒有辦法躲開四面八方飛來的箭，但是想救這孩子的話，這是唯一的方法。巴爾特接下前往村莊拿解藥的任務，離開了村落。少人數應該比較不容易引起捷閔的注意，所以由巴爾特獨自前往。

道路越來越深入蒼鬱的森林中，栗毛馬卻絲毫不顯疲累，以極快的速度在森林中穿梭前進。巴爾特發現前方的樹上有些動靜，所以他拔出古代劍。飛箭迎面而來，巴爾特舉劍將飛箭揮開。

樹上滿滿的都是捷閔人。本來希望能在被他們發現並包圍前，快速通過此地，看來是行不通了。飛箭從前後左右飛來，最難應付是從背後飛來的飛箭，但隨風飄盪的披風幫他擋去了部分飛箭。

颯！箭刺進了左肩。在肩甲的保護下，箭沒有刺得太深。

颯！箭刺進了背部。這一箭剛好射中沒有盔甲保護的部位，但不至於阻礙行動。不過在下一秒，巴爾特突然覺得渾身發燙，視線開始模糊扭曲起來。

——是毒嗎！

巴爾特拚命地捉緊韁繩，但意識墜入了黑暗之中。

3

巴爾特因為嘴裡的苦味而醒來。想必是有人搗碎藥草，塞進了巴爾特的口中。他仰面躺著，身體被綁住而無法動彈。好幾位捷閔圍在巴爾特身邊，你一言我一語地交談討論著，尖銳的聲音聽起來十分吵雜。

這時，捷閔們安靜下來，有位高大的捷閔站在巴爾特面前。

「你，通過了，不可通行的，道路。」

「對於闖入貴族土地一事，我感到非常抱歉。我這是為了救一個孩子的命，逼於無奈才會通過此處。」

「古老的精靈，制裁你。」

他命令巴爾特站起來。在四面八方都有長槍指著的情況下，巴爾特被硬拉著站起來。他們來到以木頭柵欄圍起的廣場，周圍全是蒼鬱的樹木。樹枝上坐著數量驚人的捷閔人，他們正俯視著巴爾特。他們把從巴爾特身上拿走的古代劍還給他後，場邊的捷閔們揚起歡呼。仔細一看，廣場的另一邊有某種生物被拉了過來。巴爾特不禁懷疑起自己的眼睛——是藍豹魔獸（耶魯加）。六位捷閔以棍棒類的東西刺著，引誘藍豹過來。

——怎麼會！藍豹魔獸為何不咬死捷閔？難道捷閔有什麼操縱魔獸的方法嗎？

棒子前端似乎綁了某種藍色物品。負責誘導魔獸的六位捷閔，依舊將棒子對著魔獸，漸漸退到廣場邊緣。溫馴的魔獸發出低吼。捷閔的意圖已經十分明朗，他們要讓巴爾特和魔獸戰鬥。

巴爾特的腦袋依然朦朧一片，整副身軀疲倦不堪。但是，巴爾特還是逼自己進入戰鬥狀態。他吞下口中殘留的苦澀藥草，脫下披風包住左手。並用力地深深吸入一口氣，點燃內心之火。腦袋立刻清醒許多，肩頸腰部的疼痛也不再惱人。他的五感敏銳了起來，體溫略為上升。

魔獸仍在低吼，低吼聲中漸漸帶著危險的氣息。沒想到要在手上沒有盾，身上沒穿著盔甲的情況下，單槍匹馬與藍豹魔獸戰鬥。至今他歷經過無數場戰鬥，但這也是第一次面對如此毫無勝算的戰役。

若是古代劍願意發揮不可思議的力量，那還有一點點勝算。話雖如此，想以劍攻擊藍豹是很困難的事，想避過藍豹的攻擊更是難上加難。藍豹與河熊相同，都擁有三隻眼睛。擁有三隻眼睛的野獸，總之就是強韌耐打。巴爾特的一擊無法殺死藍豹，但藍豹的一擊足以要他的命。如果古代劍的力量沒有甦醒，就只能等死了。

——快回想起來，快回想起來啊！至今古代劍曾發揮魔力三次。其中兩次的對手是魔獸，一次是人類士兵。當時我做了些什麼？

藍豹壓低身體，彈跳並向巴爾特襲來。牠的速度極快，一瞬間就縮短大約十四五步的距離，跳躍而來。巴爾特想對準藍豹的眼睛揮出古代劍。但對方的速度太快，而劍太短。在揮下劍前，藍豹已經撲上了他的胸口。巴爾特馬上旋身，避開藍豹對臉部的攻擊，不過藍豹的右前腳橫劃過了巴爾特的右胸。

或許是加速過猛，藍豹在離巴爾特非常遠的地方著地。牠順勢跑遠，轉身調頭後再次加速衝來。巴爾特的胸甲僅被魔獸爪子輕輕劃過，就裂了一道大口子。巴爾特一邊觀察魔獸的動作，一邊繼續思考。

——一開始我是怎麼辦到的？當時我右手拿著劍，左手放在劍鞘上，然後說了什麼？

魔獸再次朝他衝來，張著血盆大口想咬碎巴爾特的喉頭。巴爾特揮出古代劍，劍也確實擊中了魔獸的鼻尖，但是連嚇阻魔獸的作用都沒有。魔獸的兩隻前腳搭上巴爾特的肩，而巴爾特往後倒去。幸虧他做了這個動作，魔獸無法完全停下來，在咬碎巴爾特的皮帽後，從他身上飛馳而過。巴爾特仰躺倒地，一頭白髮被魔獸捲起的風勢吹得凌亂。他想立刻站起來，但或許是撞到了後腦勺，身體在剎那間無法動彈。

「史塔玻羅斯！」

巴爾特下意識地喊出了這個名字時，右手的魔劍綻放出藍綠色的光芒。巴爾特將劍斬向疾馳而來的魔獸鼻尖。

嗚嗚！

魔獸發出慘叫，向後一躍。巴爾特撐起身體，雙膝跪地，往魔獸的頭頂揮下古代劍。這一劍足足沒入至魔獸的一半頭蓋骨。魔獸緩緩倒下，然後再也沒有起來。

巴爾特維持雙膝跪地的姿勢，抬頭看向捷閔們。有位捷閔大聲喧嘩，從聲音聽來，是那位說人類語言的捷閔。語氣感覺像在煽動眾人。而捷閔們也中了他的煽動，眾人手中都搭起弓，打算射殺巴爾特。

這時，響起一陣更大的聲響。聲音的主人不是說人類語言，因此巴爾特不清楚他說了什麼。不過，聲音的主人飛奔至巴爾特身旁，像在袒護巴爾特似的站在他面前，又激昂地說了什麼。這位捷閔個頭高大，身高比其他捷閔高出一個頭左右。四周人山人海的捷閔在聽完高大捷閔說的話後，都放下了手上的弓。最後高大的捷閔舉弓對著曾說人類語言的捷閔，以強硬的語調說了什麼。聽完他的話，說人類語言的捷閔低下頭來。

「人類啊，沒想到你能打敗靈獸，而且還是藍豹靈獸。你是極為勇敢的勇者。我是，特查拉族的勇者伊耶米特。告訴我你的名字。」

「我是帕庫拉的騎士，巴爾特．羅恩。」

「人類勇者巴爾特．羅恩啊，我剛回到此處，還不清楚事情始末。你怎麼會與我族的靈獸打鬥？」

巴爾特簡潔地將敘述了經過。

「你為了救住在西山的老人畢內的孫子，才會經過此處對吧？這是怎麼回事？你跟奧勒．畢內是什麼關係？」

「他請我吃了頓美味的諾爾魚料理。」

「我們欠奧勒・畢內一個人情。如果提早知道你的目的，我們會准許你通行。你沒告知村長來意，威脅到我們的的居住地，所以村長請出古老精靈制裁你，是正確的。但是，在精靈認同你後，他卻試圖殺害你，是村長的不對。我允許你經過此處前往人類村莊，回程也可通過這裡。你帶著這個走吧！」

巴爾特接過一支箭。這支箭比普通捷閔用的箭還大上一兩倍，箭翎也十分氣派。這支箭應該是用來代替通行證的吧。他們也把栗毛馬還給巴爾特。而巴爾特向捷閔勇者道謝後，忍著頭痛與疲倦趕路去了。

4

巴爾特在村莊說明了來龍去脈後，取得了解藥，村民也告訴他會派出人手修繕吊橋。巴爾特急忙回到山頭北邊的村落。最後解藥及時趕上，少年保住了一條命。巴爾特和哥頓付給老人畢內一筆鉅額餐費後，離開了村莊。老人畢內原先不肯收下，但兩人硬是將這筆錢塞給他。因為從一開始村民們的熱情款待，就可以看出這個村落的人們有多麼希望得到現金收入。

巴爾特以歸還手上的箭為名目，與哥頓一同前往拜訪勇者伊耶米特，因為巴爾特有許多想請教伊耶米特的問題。雖然伊耶米特沒有回答所有問題，倒是說了幾件事。

住在這裡的捷閔是特查拉氏族。特查拉氏族分別住在七個村莊中，而每個村莊都有一位村長，每位村長手上都擁有六顆「藍石（耶魯各古）」。藍石擁有鎮壓人類口中所謂的魔獸，讓牠們聽令行事的力量。藍石是氏族中最珍貴的寶物，絕對不可販賣或是出借給人類。

根據捷閔的信仰，被古老精靈附身的野獸會變成魔獸。每個捷閔村莊都會捕獲一隻魔獸，稱為「靈獸」並崇敬。靈獸死後，體內的精靈會重獲自由，再次附身在新的野獸身上。

對於他們為什麼稱呼老人畢內為賢者（奧勒）這個問題，他只告訴兩人：「因為對我們來說，畢內就是賢者。」

伊耶米特被稱為勇者，但勇者這二字似乎不是一個綽號，而是正統的稱號，也是身分象徵。七個村莊中最強大且具有勇氣之人將成為勇者。勇者代表全體氏族，所以不僅是人類語言，也必須學會所有亞人的語言。

在短暫停留後，巴爾特及哥頓離開了捷閔的村莊。

巴爾特感到不可思議的舒暢。他過去聽聞亞人這種存在，是與人類火水不容的異形，也是未開化與殘虐的代表。但是，葛爾喀斯特的安格達魯與捷閔的伊耶米特，這兩位巴爾特認識的亞人都是具高尚節操及自尊心的武士。比起一些下等人類，他們兩人還比較值得信任。

世事果然得親眼看過才知道。

聽說在這塊特查拉氏族的居住地零星分散的區域，再往東一段距離有其他亞人的居住地。比起巴爾特多年居住的地方，這一帶——大障壁與奧巴河之間遼闊許多，有魔獸出沒也不是什麼新鮮事。

巴爾特認為旅行可以讓人知道自己有多無知，這是件好事。

話說回來，他的盔甲已經破爛不堪，難以挽救，勢必得在下個城鎮買件盔甲才行了。

第八章

皮革防具工匠波爾普

炊布蘭拌蛋汁

1

看來巴爾特似乎在無意間，為古代劍取了史塔玻羅斯這個名字。每當他呼喚此名，古代劍就會有所反應，綻放藍綠色光芒，展現出驚人的凌厲之力。也就是說，史塔玻羅斯這個名字成了引發古代劍威力的咒語。而且，這個咒語只有巴爾特自己拿劍時才會起作用。他曾讓哥頓・察爾克斯拿著劍，進行過許多次實驗，但古代劍在哥頓手上只是把普通的鈍刀。

這是無所謂，但有件事讓巴爾特十分在意。每當古代劍發揮強大的力量後，他感覺自己都會覺得非常疲乏。剛開始時，他累得連站都站不起來。第二次、第三次時也是一樣。這次也是，還引發頭痛和暈眩。莫非這把劍會吸取劍手的生命力，以發揮力量？

當下他就決定不再考慮將劍交給德魯西亞家一事。此外，他也不急著將捷閔擁有「藍石」的事上報給德魯西亞家。畢竟目前他們沒有途徑可以得到「藍石」，而且也得等他再多加了解後，才有上報的意義。

2

兩人抵達了庫拉斯庫的城鎮。這座大城鎮近於艾古賽拉大領主領地的北方邊緣。

在城鎮入口處被收取了二十克爾的通行費，之後得到一塊綁著繩子的許可證。沒有這塊許可證，不僅無法在鎮裡買賣物品，也不能留宿。等到要離開城鎮時，再拿許可證換回繳交的二十克爾。聽說居民擁有免費的許可證，經常出入城鎮的人則可以領到長期許可證。這個管理方法簡直就像大陸中央的各國。

兩人進入城鎮後更是驚訝。鎮內熱鬧得不輸臨茲城鎮，城鎮中央有一條寬廣的大道，道路旁整排都是店家。人山人海的景象及充沛的活力令人嘆為觀止，難怪會訂下旅人不可在城內騎馬的規定。

他們先找地方住下，請人將食物端到房裡。送來的食物有放了肉及蔬菜的湯品、烤查魯加及炊布蘭。或許是因為艾古賽拉大領主領地的土地不適合種植小麥，這裡的人不太吃麵包，反倒常以布蘭為食。他們不將布蘭果實磨成粉，直接用水炊熟布蘭果實。巴爾特不是很喜歡炊布蘭這種料理。味道清淡，口感黏膩，而且馬上就變硬，嚼起來下顎會很累。不過，用布蘭釀成的酒很出色。

旅館的人送來剛烤好，還在滋滋作響的查魯加魚，魚皮上帶著焦痕。這種魚背部呈藍色，體型細長。這個時期捕獲的查魯加魚油脂最豐厚。灑上少許鹽巴，再配上穀物發酵後製成的甜辣醬，真是太對味了。

然後巴爾特發現一件事。鹽焗查魯加魚和剛炊好的布蘭真是一大絕配。此外，庫拉斯庫的炊布蘭料理和他至今吃過的完全不同。蓬鬆水潤，甘甜美味，而且炊好的布蘭也不是茶色的，是閃耀光澤的白色。

巴爾特切下一塊查魯加魚，將魚肉放在碗裡的布蘭上，一起送入口中。從查魯加魚滲出的鮮美滋味與醬汁融為一體，讓布蘭美味極了。而且很適合搭配布蘭酒。

這個組合可說是擁有某種魔力，手會自動一口又一口地將料理送進嘴裡。回過神時，他發現自己已續了三碗理應討厭的炊布蘭。

「哎呀，這還用說。因為領主大人下令要將布蘭當做名產，讓附近的村莊都種植布蘭，聽說指導了很多事呢。」

庫拉斯庫的首任領主原本是撒爾班國的伯爵。二十年前，撒爾班遭到帕魯薩姆王國滅國時，伯爵不願向帕魯隆姆國王投降，逃到了奧巴河東邊。眾多愛戴伯爵的領民也與他一同來到這裡。而艾古賽拉大領主允許他們在領地北方定居，進行開墾。自此以來，庫拉斯庫持續發展，如今已經是來自艾古賽拉各地的人都會聚集在此的大城鎮。現任領主是由伯爵的孫子擔任，但聽說首任領主目前依然健在。

3

他們來到買賣皮甲的店家，叫來店員。兩人拿出魔獸毛皮給店員看，提出想用此張毛皮訂做皮甲的要求。店員看了毛皮一會兒後，把一位中年店員叫過來。中年店員以複雜的神情看著毛皮，開口說他來處理後，拿著毛皮走進內堂去了。過沒多久，一位據說是老闆的人物走了出來。

「我是這家店的老闆，名叫馬利卡連。您這是河熊的毛皮吧？」

「嗯。」

「真是一張極品。遺憾的是小店沒有工匠能夠處理這張毛皮，但是有一位與小店素有來往的工匠手藝了得，我想那位工匠應該能幫上您的忙。如果由小店承接您的訂製委託，必須跟您收取手續費。雖然有些勞煩您，不過我想，您直接帶著毛皮去找那位工匠比較妥當。」

身為一個商人能說出這麼通情達理的話，著實令人佩服。於是巴爾特回答：「那我自己拿過去吧。」之後老闆特地叫店員帶路，帶兩人到名為波爾普的知名工匠家中。這是無所謂，但帶路的店員眼神凶惡，是令人感受到暴力氣息的男人。

工匠家位於繁華大街的極深處。負責帶路的男人在工匠的家門前回去了。巴爾特敲了敲門後，有位年輕小姑娘出來應門，巴爾特就告知來意。

「哎呀，要訂做皮甲嗎？非常謝謝您！哥哥，有客人！」

「你們這兩個混蛋是怎麼回事！別擅闖別人家！」

在工作台轉過頭來的男人與妹妹有相當大的年齡差距。這個男人就是波爾普吧。

「哥哥，人家是客人喔。他們帶了張毛皮來，說要訂做一套皮甲。」

「帶了毛皮來？反正又是……這個、該不會是……」

波爾普一把搶過毛皮，聚精會神地盯著看。

「太強了，這是河熊魔獸的毛皮吧？只有腹部處有一道垂直傷口，多麼美麗的毛皮啊！而且毫無傷痕，太厲害了！」

「這塊毛皮尚未脫毛，也還沒進行鞣製。雖然洗去了血跡，但是整塊毛皮都硬梆梆的，真是不好意思。」

「蠢貨！這種東西怎麼能讓外行人碰！要是脫毛沒有做好，這塊寶石般的毛皮就報銷啦！原封不動才好啊，這樣才好！」

在那之後，波爾普花了一段時間把毛皮的裡裡外外、各個角落都摸了一遍確認。偶爾會對著毛皮說：「乖喔乖喔！」或是「虧你可以保持得這麼完整，真了不起！」之類的話。之後，他對巴爾特使出問題攻勢。諸如用了哪種武器？有用盾嗎？要和哪種敵人戰鬥？還讓巴爾特實際揮劍給他看。

「好！就一個月。老爺爺，一個月後你再來一趟。毛皮脫毛、前處理、鞣製上油，這些工序需要一個月。得實際動手才知道工序完成後皮革會縮水多少，一個月後你來量身，我們再決定要怎麼縫製它。」

巴爾特和哥頓將訂金交給他妹妹後，回到旅館去了。一個月——代表他們要在此停留四十二天，這段期間可以好好品嘗庫拉斯庫鎮的美食。這麼一來，他們需要一點經費。訂製皮甲必須支付等值的金錢，而且在答謝察爾克斯家贈馬一事上也花了不少錢。思考了一下未來，目前手上持有的錢讓人有些忐忑。

巴爾特思考這些事情時，朱露察卡正巧出現了。虧他能找到巴爾特的所在位置。據說他受到臨茲伯爵所託，帶了幾段話來給巴爾特。

第一，侯爵及伯爵前來迎接後，居爾南已經前往帕魯薩姆王國。第二，帕魯薩姆國王傳召了卡爾多斯．寇安德勒，表面上的理由是慶祝大領主就任及褒揚他的功績。第三，喬格．

沃德離開了寇安德勒家，目前行蹤不明。第四，要是手頭緊，請跟朱露察卡說一聲。

巴爾特寫了一封信，寫著希望伯爵交給朱露察卡的金額，蓋上指印後交給朱露察卡。朱露察卡丟下一句三十天後回來就前往了臨茲。

4

朱露察卡剛好在第三十天回來了，代表他飛奔至臨茲花了十五天。他的腳力依然令人難以置信。接著，朱露察卡把臨茲伯爵給他的錢交給巴爾特。

「話說回來，你們住的地方看起來挺貴的呢～」

「嗯，好像有點太奢侈了。不過，畢竟我們得找能讓馬同住的旅館。」

朱露察卡催促兩人換到後巷裡一間便宜又舒適的旅館。不知道他是怎麼進行交涉的，馬匹被牽到官員用驛站保管。也不知道他是從哪兒查到的美食情報，餐餐都帶兩人到不同的餐廳用餐，每間餐廳都是物美價廉。巴爾特十分佩服朱露察卡的籌劃手段，拿了一筆公費交給他後，命令他負責算帳。朱露察卡也是第一次來到庫拉斯，卻連觀光導覽都包了，不管去哪裡都不曾迷路。朱露察卡真是位精明能幹的男人。

而今天是約定好的日子，巴爾特一行人來到波爾普的家。

「老爺爺，你身體還真壯咧！」

波爾普一邊量尺寸一邊說道。他似乎不是對巴爾特高大的身材感到驚訝，而是佩服他身上結實的肌肉及骨架。他有時會撐著下顎，思考著什麼，一會兒又將手掌貼在巴爾特的身上各處，確認觸感。

工作台上攤著一張鞣製得十分完美的河熊魔獸毛皮。完成的皮革實在太完美，起初還無法相信這是魔獸的毛皮，顏色也帶著些微藍色。應該是染過色了，但是到底該怎麼做才能幫魔獸毛皮上色呢？但是，巴爾特立刻看到了更難以置信的景象。

波爾普量完尺寸，用木炭在皮革上做了記號。不過他拿起切割刀，就直接將刀刃抵在魔獸皮革上。巴爾特瞠目結舌。巴爾特非常清楚魔獸的皮有多強韌，深深明白要斬裂魔獸的皮有多困難。然而，波爾普卻像在切割馬皮或是牛皮一樣，緩慢但毫無動搖，確實地裁切著魔獸皮革。隨著描繪出一道和緩的曲線，皮革被切割開來，最後終於完美成型。

這時波爾普吁出一口氣，放鬆下來。巴爾特也不禁吁出一口氣。哥頓和朱露察卡也同樣地吁出了一口氣。大家都專注地看著波爾普的動作，連呼吸都忘了。波爾普喘口氣後，再次開始動工，在皮革中央裁出一個洞。工序進行至此，波爾普讓巴爾特的頭穿過中央的洞口，將皮革套到巴爾特身上。皮革已經剪裁成覆蓋背部到腹部的形狀，剛好符合巴爾特的身形。

「一般皮甲會分成好幾個部位製作，如此才能完成一副強韌的盔甲。這種做法不僅不容易綻開太大的裂縫，也方便活動。要是某個部位受到重大損傷，只要更換損傷的部分就好。但是用這種魔獸的毛皮製作皮甲的話，最好不要裁切成細部。它本來就比金屬盔甲強韌，就算破了個洞也不會成為皮甲的弱點。雖然這種做法比較不方便活動，但是以爺爺你的戰鬥方式來說，應該不成問題。皮甲比金屬盔甲柔軟得多，穿越久應該會越方便活動。大多數的劍類武器都無法傷到這玩意兒。在胸口部位，我會把三張大小略微不同的皮革黏在一起，提升強度。這三張皮革會分別從不同部位取下來。然後這三張皮革的縫隙處，我也會用腹部的皮革進行補強。這麼一來，不管是什麼樣的打擊，都不會傷及老爺爺分毫。不過，縫製工作難如登天就是了。」

「你說要用縫的！」

巴爾特不禁大聲叫道。光要在魔獸皮革上割出切口就需要耗費極大的勞力，要拿針縫皮革根本是不可能的任務。不過，波爾普完全誤會了巴爾特驚訝的點。

「是啊，要是縫得不好，難得一張好皮革可就浪費掉了。所以我要拿這個來縫。」

房間一角放著一個壺。波爾普掀起壺蓋，裡面裝著黑色黏稠的液體，有股一股像是野獸的氣味。

「這是恰多拉蜘蛛的絲，我已經用四十八條絲搓成了線。這玩意兒可強了，只有這種線可以縫合魔獸毛皮。我可是熬煮了從魔獸毛皮中得到的精華，再把線泡在裡面。像這樣浸泡過毛皮精華液的線，很容易和毛皮融為一體。線不會造成皮革的損傷，皮革也傷不了線。這線再泡一個晚上，要拿去風乾後塗上蠟，好讓線更加滑順好用。」

恰多拉蜘蛛的絲非常美麗輕巧，是最頂級的服飾材料。據波爾普所說，用恰多拉蛛絲搓成的線，即使用鐵器也不容易割斷，耐拉扯的強度沒有其他東西可以比擬。浸泡在魔獸毛皮精華液中的恰多拉蜘蛛絲，似乎已經變得與魔獸皮革一樣強韌了。波爾普花了許多時間裁好衣型，告知巴爾特三天後能完成皮甲，到時再來領後，就把巴爾特一行人趕出門。

「那個是聖硬銀(瑪娜帝多)吧？」

從波爾普家返家的途中，朱露察卡說道。聖硬銀這種金屬正是製作魔劍的主要原料，是世上最堅硬的物質，堪稱是人類智慧的結晶。

「你說的那個指的是哪個？」

「真是的～就是全部啊，包括裁切刀、切割刀、固定針都是。照那情況看來，八成縫衣針也是聖硬銀吧？太厲害了，所有工具加起來也抵得上一副身家了。啊，好像只有鞣製刀是普通的鋼啦。」

聖硬銀不是想買就買得到的東西。這種材料極為稀有，價格當然高得嚇人。不過據說知道製作方法的冶金技師，全都被大陸中央的王侯收歸旗下了。如果他用的是聖硬銀，就說得通為何他能輕易切開魔獸皮革了。話雖如此，能一下刀就切開皮革，刀工還如此工整，果然都顯示出波爾普驚人的工匠技巧。簡直是神乎其技，讓人不禁看得入迷。單單是看著他切割皮革的動作，就讓巴爾特有種像喝了頂級酒水的微醺飄然之感。

「啊，這裡，這裡。巴爾特老爺、哥頓老爺，今天在這裡吃晚餐。在這裡可以吃到柯爾柯露杜魯喔。大叔！這邊三個新客人！我要肉、皮、內臟，還要什麼都有的主廚特選套餐！有什麼就端什麼來！我還要一桶布蘭白酒！」

老闆在冉冉的煙霧中不停地烤著肉。客人坐在天幕之下，自行拉來椅子並擺好代替桌子的木箱，坐下來把酒言歡。朱露察卡找到一個自在的地點，熟練地擺好三個人的座位。店員馬上就端來一個大盤子放在木箱的正中央，再把酒桶和三人份的碗放在旁邊。朱露察卡的動作十分自然，彷彿是位多年常客，他用長柄勺舀酒到碗裡遞給兩人，自己也拿了一杯。

「老爺，乾杯！」

巴爾特舉起碗，同時說了「嗯，乾杯！」後，另外兩人也跟著附和。巴爾特一口喝下白酒。真好喝，為什麼第一杯會這麼好喝呢？布蘭酒分為留下白色布蘭顆粒的白酒，以及撈取清澈部分的清酒。這種白酒的顆粒非常細，就像乳汁一樣，喝下去的口感也十分柔滑。店員端了肉來，放在盤子上，看起來十分美味。巴爾特將一塊肉送入口中。柴火灰及帶皮雞肉的脂肪混成一塊兒，散發出難以形容的香氣。真好吃，肉質軟嫩，肉汁飽滿，分量也很夠。

「奧巴河對岸的各國似乎都會吃這種柯爾柯露杜魯喔～邊境地帶以後應該也會漸漸增加吧～」

「這東西滿有嚼勁的，是什麼來著？」

「啊，哥頓老爺，你喜歡這玩意兒？那是砂囊。」

「喔喔！這個味道也挺濃郁的。」

「那是心臟。喔，酥烤脆皮來了。這個先給你們，自己斟酌著加喔～」

朱露察卡剝開從水果商人手裡買來的艾勃果實，交給兩人。柑橘系水果特有的清爽香氣，對鼻腔十分舒爽。把艾勃汁直接擠在食物上，又變得更加美味，太好吃了。在那之後，店員接連送來了腿肉、肝臟、脾臟、腸子等部位，隨興撒下少許鹽巴，配上艾勃果實，這個組合堪稱天下無敵，不管吃多少也不覺得膩。

巴爾特吃了許多雞肉。上了年紀後食量開始變小，但是最近能像年輕時一樣大量進食，而且隔天不會覺得不舒服。

——是史塔玻羅斯進入我的體內，讓我的身體不斷湧出活力啊！

三人吃了非常大量的雞肉。最後，店長為了答謝他們吃了這麼多東西，免費招待了雞湯和加了蛋的炊布蘭。白色的湯汁甘甜，滲入五臟六腑。哥頓本來想把蛋加進湯裡，卻被朱露察卡罵了一頓。

「哥頓老爺，你在搞什麼啊！不是這樣的啦，這蛋是要淋在炊布蘭上的。你要先好好攪拌喔～」

巴爾特和哥頓把朱露察卡當範本，將蛋充分拌勻，然後淋上還冒著蒸氣的白色炊布蘭上，再將兩樣食物拌在一起。

「聽好嘍，你們不能把拌了生雞蛋的炊布蘭當作食物，要把它當成一種飲品。」

「喔喔喔喔喔！吞下去的口感太滑順了吧！真好吃！美味又爽快！」

兩人仿效朱露察卡，狼吞虎嚥地吞下滑蛋布蘭，哥頓同時高聲喊道。巴爾特也是同樣的心情。在不遠處，店長手裡忙著烤雞肉，自傲地哼了一聲。

這時，其他客人的對話傳進了三人耳裡。

皮甲工匠波普爾被以殺人罪名逮捕了。

5

波爾普的家遭到查封，他妹妹在家前哭得不成人形。雖然沒有官員在，但有看熱鬧的人群。朱露察卡表情僵硬地看著妹妹悲嘆的模樣，附耳對哥頓說：

「我想去查點事。哥頓老爺，不好意思，可以麻煩你暫時吸引大家的注意力嗎？」

哥頓回答他：「好。」此時，有位孩子似乎撞到了男路人，男人正在怒罵孩子。哥頓認為機不可失，走近男人大罵：

「喂！你這麼大一個人還欺負小孩子，成何體統！」

哥頓的嗓門原本就大，丹田用力再怒聲一吼，簡直是如雷貫耳。趁大家都在注意他們時，朱露察卡俐落地爬到屋頂上，打開屋頂的望板後跳進屋內。哥頓對男人說著大道理。不過因為朱露察卡立刻就出來了，所以哥頓對男人說：「下次要小心點啊！」就放了男人。在那之後，一行人向波爾普的妹妹搭話，聽她說了一遍事情的始末，鼓勵她不要放棄希望後離開了。

事情原委似乎是這樣的。妹妹住在不遠的水果店裡工作，但早上會幫波爾普送早餐來。她打開門鎖走進家裡後，看到了一個死人，當時波爾普跟平常一樣睡在工作台旁。她嚇得放聲尖叫，因此吵醒了哥哥，鄰居們也來了，最後連官員也來了。死去的是一位名為托瑪的馬具工匠，常跟波爾普酒後吵架。托瑪的胸前插著波爾普常用的鞣製刀，流出來的血將工作台染得鮮紅。

官員說，應該是托瑪在其他地方喝了酒後到波爾普家，兩人起了爭執，最後波爾普氣急攻心就刺殺了托瑪。妹妹不斷地訴說著波爾普不可能讓血玷汙工作刀及工作台，但這個說法似乎沒被官員採納。朱露察卡則說有事要去查後，人就不知道跑去哪裡了，一直到深夜時分才回來。

「有個重點是當時門是鎖著的。而那間屋子是馬利卡連的財產——就是那個介紹波爾普給我們的大型防具店老闆，他可能會有備用鑰匙。然後，死掉的那個名叫托瑪的人，我知道當天晚上他在哪間店喝酒了。聽說那天跟他一起喝酒的人是馬利卡連家的僕人，怎麼看都是一副罪犯的樣子。」

「朱露察卡，你跑進波爾普家做了什麼？」

「啊，哥頓老爺，剛剛謝謝你啦！幫了一個大忙。我進去看過，聖硬銀的工具還在，但是魔獸毛皮不見了。這樣就大概可以推測出是怎麼回事了。」

「不不不，我可是完全搞不懂啊。這是怎麼回事？」

「啊，我漏說兩個重點。馬利卡連有兩個兒子，他打算讓大兒子繼承那間店，但二兒子是皮甲工匠。還有啊，根據這座城鎮的法律，殺人會淪為罪犯（迪朗），而罪犯是不被允許擁有財產的，所以全部財產都會遭到變賣，賣得的錢會全部進領主大人的口袋。根據賣出的金額，刑期會縮短相對的年限。我敢跟你賭，馬利卡連會買下波爾普和波爾普的財產。這麼一來，不僅可以得到工具，還可以大肆竊取他的知識和技術。」

巴爾特也逐漸明白了這個計畫。馬利卡連為了兒子，所以想得到那套聖硬銀的工具吧。波爾普的知識與技術肯定也是魅力十足。但是，有件事他搞不懂——那張魔獸毛皮跑去哪兒了？

「啥？巴爾特老爺，你在說什麼啊？那可是魔獸毛皮喔！而且還是由巧手工匠完成前置處理，一張毫髮無傷的珍貴河熊魔獸毛皮。這肯定是馬利卡連那老頭趁亂叫人偷走的。他就是認為可以拿到那張毛皮，才會不惜殺人啊！」

「魔獸毛皮的確是難得一見的東西，但是加工困難，也不是容易使用的東西。應該不是那麼有價值的東西吧？」

「你、你、你、你怎麼這麼不識貨啊！哥頓老爺，你也說說他啊！」

「不，確實沒有必要為了這個殺人。」

「哇～你也不識貨，這下不行了，你們不食人間煙火也要有個限度。我說啊，那麼貴重的東西，就是算個拋售價，也不低於五十萬喔！不對，這不是價錢的問題。每一位王侯都想得到這東西，而且只要成為買賣這東西的店家，名聲就會水漲船高。不過，以這次的狀況來說，雖然沒辦法拿到檯面上來，但私底下也有一大堆人搶著要。這可是拿來賄賂的上等材料啊！這東西真的很厲害。不過話說，帕庫拉應該能得到不少魔獸毛皮吧？你們都怎麼處置？」

德魯西亞家每年打倒的魔獸少則十隻，多則二十隻以上。由於必定會演變成激戰，所以多半的皮革都是傷痕累累，不過能取得一定數量的毛皮。這些東西會囤在倉庫裡，任何騎士都能自由使用。因為加工十分困難，所以通常會拿來綁在普通的皮甲上，或是貼在皮甲內側使用。魔獸毛皮的確很堅韌，但是無法製作成包覆全身的盔甲，因此金屬盔甲比較受人重視。

「我覺得……我覺得你們真是錯得離譜。我說啊，老爺，我覺得大概只要兩三張零碎的毛皮，就夠買全身用的金屬盔甲了喔，還是非常頂級的！嗚嗚嗚！不敢相信！無知到這種程度也算是一種罪過了吧？嗯，這位老爺果然不能沒有我陪在身邊。對了，相關人士的審問好像訂在明天下午舉行。老爺，你有什麼打算？」

巴爾特閉上眼睛思考，然後他想到，這個城鎮中或許有惡人存在，但是整體給人一種清朗、循規蹈矩之感，如此風氣應該是反映了領主的品性。巴爾特依此做出結論，或許可以試著相信這裡的官員。

「正面迎敵，到役所走一趟吧！」

6

「這樣啊。然後，你店裡的三位僕人和死者到波爾普的家裡喝酒，最後三人先回家了，對吧？」

「是、是的。波爾普雖然是個技藝超群的工匠，但是個性急躁。沒想到會發生這種事，應該是一時鬼迷心竅了。請您一定要從寬處理。」

馬利卡連正在回答審問官員的問題。他表面上是在袒護波爾普，實際上卻是在陷害他。

「一旦判定有罪，他的財產會遭到變賣，不過工匠應該沒什麼財產吧？」

「這也是沒辦法的事。據我估計，那些長年使用的舊工具值不了多少錢，但是我願意再多加幾成費用，買下他所有的東西。」

「真是令人敬佩呢！」

審問官依照事前與巴爾特討論的結果，故意拖延審訊的時間。朱露察卡也差不多要回來了。開門聲傳來，官員向審問官提出報告。

「這樣啊。嗯，我知道了。防具店老闆馬利卡連，有一個人你一定得見見他，我讓他在外頭等了。巴爾特・羅恩大人，請進。這位巴爾特・羅恩大人將魔獸毛皮交給了波爾普保管。我們接受他的請求，前往波爾普的家中進行搜索，卻找不到魔獸毛皮。老闆，你對於這件事有沒有什麼頭緒？」

「這位先生確實擁有魔獸毛皮，就是我向他介紹波爾普能將魔獸毛皮製成皮甲的。那張毛皮竟然不在波爾普手裡，這也太奇怪了。」

「你的意思是你毫不知情嘍？」

「是的，我毫不知情。」

「你的店裡也有販賣皮甲半成品吧？不會以類似的東西魚目混珠吧？」

「這、這太荒唐了。那可是魔獸毛皮，而且還是河熊魔獸的完整毛皮啊！我雖然經商多年，但也是第一次看到這麼完整的毛皮，不可能會有類似的東西。」

「是嗎？不可能會有？那麼，這是怎麼回事呢？」

門打開來，官員拿著魔獸毛皮走進來並說：

「我搜過你的店，在你店裡找到了魔獸皮革。這東西就藏在老闆房間深處的祕密倉庫裡，我還找到了波爾普家的備用鑰匙。羅恩大人派來的僕人朱露察卡真是個找東西的能手。」

馬利卡連的臉已經是一片蒼白。這時，另一位官員走了進來。

「我依照指示，逮捕店員進行審問後，他已經坦承自己殺人的事實了。他大鬧了一番，要不是有察爾克斯大人相助，差點就讓他逃之夭夭了。」

「老闆，我想重新問你一些事。你要是再有所隱瞞，對你會很不利喔。」

馬利卡連頹然地垂下了頭。

7

殺害托瑪的店員遭判二十下鞭刑，以及需以罪犯身分做十年苦工。這是非常嚴苛的刑罰。若被鞭刑二十下，一個搞不好可是會死。就算沒死，那份痛楚想必也會跟著他好幾年。馬利卡連則被課了高額罰金。除此之外，官員還發現他在至今付給波爾普的工資上動手腳，跟他徵收了不足的部分，並交給波爾普。

事件到此還沒有結束。馬利卡連的長男帶著手下襲擊了巴爾特一行人。大約十五位的暴徒向他們發動襲擊，被哥頓嚴懲了一頓。這個行為被視為藐視政府裁決，所以被問以重罪，馬利卡連接到了需支付巨額罰金的通知。最後，馬利卡連無力繳交兩項罰金，不僅所有家產遭到沒收，全家人都被放逐到了城外。

波爾普兄妹似乎從官員那裡聽說，這次的事件是靠巴爾特一行人才得以解決，不停向一行人道謝。本來製作皮甲只需耗時三天，波爾普卻花了七天做出一件完美的盔甲。波爾普堅持不收訂製費，所以巴爾特把等價的金錢硬塞給妹妹。

他們本來打算拿到盔甲的隔天就動身啟程，卻有位意外的人物來拜訪巴爾特等人。那就是前前任庫拉斯庫領主——哈道爾．索路厄魯斯伯爵。他花了一輩子建立如此熱鬧的城鎮，是位了不起的英傑，不過本人毫無架子。據說他今年已八十五歲，身材纖瘦嬌小，臉色紅潤，肌膚滿是皺紋卻極具光澤。頭頂沒有毛髮，側面卻長著豐厚的白髮。嘴巴周圍及下顎也被白如雪的鬍鬚包覆。

「沒想到壁劍的騎士閣下和人民的騎士閣下會停留於此。我聽說你們今早就要啟程，但我無論如何都想與你們見上一面，就帶著一堆人趕了過來，請兩位見諒。」

伯爵和顏悅色地對兩人說著，語調溫和，感覺十分容易親近。他應該從政多年，身上卻無一絲俗氣，令人如沐春風。這就是他人格的風骨。只有隨著年紀逐漸老邁，身上的傲慢及獨善其身的氣息逐漸減弱的人，身上才能具有這般氣質。兩位隨行騎士看得出來都是武藝高超，但他們沒有散發出殺氣及壓迫感，只是靜靜地隨侍在伯爵背後。

「一點小心意送給各位當作餞別之禮，請笑納。祝你們一路順風。」

這麼說著，就送了巴爾特三人一人一件披風。

朱露察卡不在現場，所以他的披風由巴爾特代為收下。朱露察卡說這下子有事可以跟臨茲伯爵報告了，所以在波爾普無罪定讞的那一天就啟程前往臨茲。

披風並不奢華，但是耐用且品質良好。巴爾特感到十分奇怪。

——為什麼他願意付出這麼多？

這個疑問再加上另一個疑問，自然有個推測呼之欲出。巴爾特心中的另一個疑問是，為何至今馬利卡連的惡行會被饒恕？以及為何這次的事件發生時，馬上就把波爾普當成犯人逮捕了？

這位前任領主大概是聽到這件事情的始末時，心中覺得可疑而派人調查了。原來有位小官員收了馬利卡連的賄賂。查出這件事，決定如何懲治官員耗了一點時間。他說想見巴爾特及哥頓應該不假，但其實是想表達歉意及謝意。關於這點，索路厄魯斯伯爵親自前來就夠有誠意了，卻又利用贈送披風一事表達自己的心意。

——原來如此，真是個大人物。

總結來說，伯爵想表達的是：「多虧幾位，最後我們才沒有將無辜的工匠入罪，而且也得以嚴懲惡質商人，甚至成功懲罰了行為不當的官員，感謝各位。這座城鎮雖然有不足之處，但請各位不要討厭這座城鎮。」但是，他無法明說現任領主的統治有瑕疵，所以才贈送這件披風。巴爾特明白了他的用意，但是該如何回應才好呢？巴爾特轉過頭後，他身旁的哥頓滿臉笑容地說：

「哎呀～其實我很討厭這一區常吃的炊布蘭。不過，在這座城鎮裡吃到的炊布蘭真好吃。特別是搭配油脂豐富的查魯加魚一起吃，真是好吃得不得了。」

「喔！您這麼滿意嗎？」

「滿意極了。再加上用烤柯爾柯露杜魯填飽肚子後，喝碗炊布蘭拌蛋汁，一口吞下去的滑順口感真是棒透了！」

「喔喔～」

「伯爵您知道嗎？拌了蛋汁的炊布蘭不能算是食物，而是飲品。」

「哎呀！這我就不清楚了，不過你形容得真貼切。哈哈哈！這座城鎮在布蘭和柯爾柯露杜魯這兩樣食物上下了不少工夫。能讓各位如此滿意，我也十分開心！愉快，愉快！」

眾人哄堂大笑。隨行騎士們也大笑出聲。

巴爾特在來到艾古賽拉大領主領地前，從沒聽過布蘭這種穀物，當然也不知道吃起來是什麼味道。

在艾古賽拉大領主領地中，炊布蘭比麵粉製成的麵包還普及，所到之處的主食全是炊布蘭，不過其色澤是茶色，有股奇妙的味道，口感和味道都不太符合巴爾特的喜好。

不過，在庫拉斯庫吃到的炊布蘭極為美味，搭配魚和肉都很好吃。炊布蘭與魚、肉料理的組合，給了巴爾特一種全新的享受。

——來到這裡真是太好了。

在前方的旅途中，想必還有許多未知的美食在等著他們。民以食為天，食即是生活。縱使這是一場尋找葬身之地的旅行，品嘗美食這件事也難以割捨。

巴爾特心想，既然人生終將一死，他希望能四處尋找美食，走到人生的盡頭。

第九章——恩賽亞大人之城

煙燻燒酒

1

在他們離開庫拉斯庫的第八天，進入了瑪朱艾斯茲領地。聽說瑪朱艾斯茲領主統治有方，領地平穩祥和。不過實際踏進這個地方後，卻感覺這裡的氣氛欠缺一股清朗。儘管如此，因為已經和朱露察卡約好在瑪朱艾斯茲城鎮中的旅館碰面，所以還是得走這一遭。朱露察卡說有事可以向臨茲伯爵報告了，就從庫拉斯庫出發前往臨茲。

他們在第一個踏進的村莊中，碰上了徵稅官員向領民收取稅金的場面。由於領民付不出稅金，官員就沒收了斧頭抵債。從樵夫擁有金屬斧頭這點，可以窺見領地整體十分富饒。另一方面，沒收維生工具的粗暴做法令人感覺到治安的低落。這之間有明顯的反差。

兩人找到鎮上的剛茲並住下，一邊用餐一邊聽著鎮上的傳聞。

「唉～領主大人大概從兩年前開始就幾乎足不出戶了。」

「官員們也是從那時候開始作威作福了起來。」

「領主大人的弟弟也身患重病，重臣們也相繼死亡。」

「大家都說這是白羅王在作祟。」

「你是說那個叫做白羅的妖魔吧？」

「咦？喔，是這樣沒錯，但也不能這麼說。白羅王是一匹馬，是野生的馬，還是一匹率領眾多野馬的首領。牠真是白皙、高大、疾速、強大又老奸巨猾，大家都說那匹馬肯定被妖魔附身了。」

一年多前，恩賽亞大人為了讓妻子騎馬，抓來一匹美麗的野生母馬。那匹馬是白羅王的妻子。從此之後，白羅王就率領眾多馬匹，在恩賽亞大人的城鎮附近出沒鬧事。此外，瑪朱艾斯茲領地是從北方進口鹽及金屬製品，不過前往北方的商隊卻開始頻繁地遭到白羅王襲擊。再加上從那時開始，一直以來支持著恩賽亞大人的良臣們接二連三地因為原因不明的疾病或意外死亡。雖然說是意外，不過都是遭幻覺侵擾而意外死亡，根本可以說是一種詛咒。恩賽亞大人的弟弟也生病，開始變得足不出戶。

2

「來來來，各位請再多喝兩杯。」

侍女遵從夫人的話，往巴爾特的杯子裡添滿了酒。

——事情往奇怪的方向發展了呢。

他們在剛茲住下的隔天，恩賽亞大人派了使者前來，邀請兩位到城中作客，所以現在才會在此接受恩賽亞大人及夫人的款待。夫人是位清秀的美人，但是當夫人為巴爾特和哥頓斟第一杯酒時，巴爾特嗅到她吐出的氣息，心想這位女性的氣味怎麼會如此甜膩靡爛。或許這位貴婦人並不像她表現出來的一樣賢良淑德。

而她的丈夫恩賽亞大人也很異常。難得招待旅人前來，明明應該詢問各地情報才是，他卻沒有這麼做，而是擺出一副意味深長的模樣，淨是詢問巴爾特與哥頓的出生地及此行的目的。他們送上的料理及酒水都屬頂級之列，兩人卻無法打從心底放鬆地享受佳餚美酒。

——還有，為什麼恩賽亞大人會如此厭惡我呢？

巴爾特對這一點十分在意，就接受了恩賽亞大人的提議，多留幾天再離開。

他一住下來就立刻察覺到家臣中分有派系，大約有兩個。家臣們應該分為兩個派系，並互相仇視。其中一派是領主派，另一派不曉得擁戴何人。接下來知道的是恩賽爾大人極為厭惡巴爾特和哥頓。他看著兩人的眼神怎麼都不是看著客人的眼神，而是看著敵人的眼神。第二天用晚餐時，恩賽亞大人說：

「羅恩大人，您找到我的弱點了嗎？」

當他說出這句話時，巴爾特不免嚇了一跳。但巴爾特不慍不火地回答：

「這座城打造得十分完美呢。地形十分理想，也充分確保了水源。只要儲備食糧，強攻也難以攻破。」

恩賽亞大人發瘋似的大笑起來，巴爾特不明白有什麼事如此可笑。

第三天，有一隊載貨馬隊在出城後，在北方山地遭到白羅王襲擊。白羅王帶領數十匹馬對他們發動攻擊，貨物全被扔進山谷，還死了一大批士兵及勞工。巴爾特親眼見到載貨馬隊出城，所以知道隊中共有兩名騎士及二十名士兵以護衛身分同行。聽說兩名騎士都已經身亡，其中一位還是被白羅王踢死的。發動襲擊的地點是徒峭斷崖邊的羊腸小徑，白羅王似乎是從令人意外的急坡向下衝刺，發動襲擊。這匹馬擁有智慧，就像個惡魔。

第四天，巴爾特帶著哥頓來到北邊山地。聽說白羅王有固定的出沒地點，所以他們倆想前去一窺其貌。據說領軍前去會見不到白羅王的身影，但只有一兩人前往的話就會現身。

巴爾特和哥頓看到了白羅王，牠正在草原上疾馳。兩人站在高處往下望著牠。從未見過如此高大的野馬，從頭頂長出來的角又粗又長，看來牠不是魔獸。白色鬃毛摻點灰色，奔馳的速度極快，奔跑起來既流暢又自由。如此優秀的馬匹十分罕見。在陰暗的天空下，劃過草叢疾馳的身體看起來澄澈透明。

——多麼美麗的生物啊，就像隻月魚。

而巴爾特覺得在那份美麗中，同時滿載著某種悲傷及怒意。

在他們回城時，路途中發生了奇怪的事。他們策馬沿著崖邊奔跑，但是背部竄過寒意，感覺道路扭曲蜿蜒了起來。巴爾特不禁讓馬停下腳步，不過那股奇怪的感覺馬上消失了，因此他再度策馬前行。可是，栗毛馬卻不肯聽從巴爾特的韁繩指揮。當巴爾特想強迫牠前行時，心裡忽然想起那位奇特的藥師婆婆說過的話。

「當你不得不面對使用妖術或魔術的敵人時，只要看清原理，堅定心志。這麼一來，就沒什麼大不了了。」

巴爾特依然坐在馬背上，閉上眼睛，用力地深呼吸。哥頓從背後對他說著什麼，但是他不予理會。過了一會兒，巴爾特的內心完全平靜下來。從左下方吹來的風令人心曠神怡。他的左側有山崖，而山谷的風是由下往上吹來的。

那麼，迎面吹來的這陣風是從哪兒吹來的？前方應該有路延續下去，但是迎面而來的風卻是從前面的下方往上吹來。巴爾特睜開眼睛，眼前確實有一條向前的路，是羊腸小徑。

巴爾特將手放上腰間的劍鞘，一股微弱的暖意傳了過來，彷彿史塔玻羅斯正在鼓勵他。

他拔出古代劍後，劍散發出微弱的藍綠色燐光。巴爾特舉劍往前方揮劍，由右上揮到左下，再由左上揮至右下。

結果，眼前所見的道路如幻影般消失無蹤，在右邊則看到另一條新的道路。若是他們策馬筆直前行，將會連人帶馬一起摔下斷崖，當然小命也會不保。

「哎呀！這是怎麼回事！伯、伯父！剛剛發生了什麼事？剛剛我的眼睛看見了一條通往前方的筆直道路啊。」

巴爾特沒有回答哥頓的問題，瞪視著前方的天空。

——有東西，有什麼東西在那裡。

巴爾特加重右手握住古代劍的力道。結果，他看見虛空中浮現某種生物的朦朧身影，潔白且澄澈通透的模糊輪廓晃動著。

——史塔玻羅斯！

巴爾特在內心呼喚亡故愛馬的名字，以古代劍砍上那道模糊的身影。他的確有砍中某種東西的手感。還以為那妖異之物在空中不斷顫抖，它就消失在恩賽亞大人城堡所在方位的遙遠彼方。

——那肯定是妖魔。

巴爾特是個絕對的現實主義者，但是他相信妖魔這種神祕生物的存在。因為艾倫瑟拉．德魯西亞曾說過，他本人曾經見過妖魔。艾倫瑟拉是三任前的帕庫拉領主，是巴爾特的第二位師父，也是他一生的恩人。艾倫瑟拉不是個會信口開河的人。他曾經這麼說過：

「人看不見妖魔。妖魔的身體幾乎都不存在於這個世間，而是存在於其他地方。但是，當妖魔對人類感到強烈的憤怒，或相反地與人類感情融洽時，身體就會被牽引至這個世界，讓我們看到牠們的身影。」

剛剛所見的妖魔是屬於哪種情況呢？剛才巴爾特有看見模糊的身影，但說不定是借助了古代劍的力量。事實上，哥頓．察爾克斯似乎直到最後都沒有見到妖魔。這代表了那個妖魔對他們沒有敵意嗎？就算如此，牠還是想殺了巴爾特？

聽說一年多來，恩賽亞家的重臣相繼橫死，人們認為這也是妖魔幹的好事。但是重臣這種身分是由人類的價值觀而定，妖魔也能分辨一個人是否為重臣嗎？感覺有點摸不著頭緒。在這裡發生的所有事情都很不合常理。

當巴爾特在房裡思考這些事時，接到同伴已經到來的通知。看來是朱露察卡到了。來得正好，巴爾特叫他到房間來，向他說明了事情經過。

「嗯～我大概明白了。依我的直覺，首先要調查這座城。如果仔細調查這座城，感覺可以查到很多事。」

3

朱露察卡抵達的那一天，也就是巴爾特與哥頓遭妖魔襲擊的那天夜裡，恩賽亞大人派人來傳話。內容是明天他要去討伐白羅王，請他們同行參觀。巴爾特讓哥頓裝病留在城裡，朱露察卡也為了照料病人而留在城內。大部分的騎士及士兵都一同前往討伐白羅王了，所以朱露察卡可以悠閒地探索城內。

「這裡將成為那匹可恨馬妖怪的墳場。羅恩大人，這次載貨馬隊的襲擊事件已經讓我忍無可忍。家臣一個個橫死，肯定也是那傢伙的詛咒。我今天一定要在此葬送牠的性命！」

巴爾特低頭望向恩賽亞大人身旁的懸崖，明白了他的想法。這個地方的兩側都是徒峭懸崖，前面則是盡頭。只要把白羅王引誘至這裡後封閉入口，牠就無處可逃。一看就明白恩賽亞大人是認真的。崖上堆了許多岩石，一大群人正在等待指示。山谷底則堆了大量的柴火，還放了二十個左右的油桶。油在邊境地帶是極為貴重的物品。另外也準備了大量的箭與火箭。

不過，這裡離城太近了。不管這裡有多麼適合圍殺，離城太近一事也很令人在意。白羅王以聰慧聞名，巴爾特實在不覺得牠會輕易被引誘過來。當巴爾特說出這個想法時，恩賽亞大人的臉上出現扭曲的笑容。

「不，那傢伙一定會來，你看那裡。」

一匹年輕的馬被牽了出來，以極不人道的方式綑綁在谷底的木樁上。他們將馬的兩隻前腳綁在一根木樁上，再把兩隻後腳綁在另一根木樁上，還仔細地綁得死緊。完成綑綁工作的士兵只留下一位，其他士兵全爬著繩梯上懸崖。單獨留下的士兵則拿出了處刑用的鞭子。莫非他們！——巴爾特如此心想，但他的預感是對的。

「賈克斯，給我打！」

恩賽亞大人口吻強硬地命令道。名為賈克斯的士兵拿著鞭子，狠狠地下鞭抽在馬身上。毛色灰中帶白的年輕馬匹發出悲傷的慘叫聲。

「牠是白羅王的孩子。我原本為了讓我的妻子騎馬，抓住牠之後，再用牠為誘餌捕獲白羅王的妻子。但是，白羅王的妻子是匹極為頑劣的馬，把我妻子甩下馬背，害她受了傷。當然，我立刻將牠賜死了。就是從那之後，白羅王開始作惡胡鬧。那傢伙像惡魔一樣耳朵靈敏，肯定聽得見自己女兒的慘叫聲。賈克斯，給我繼續打，給我打！再打！再打！」

恩賽亞大人下令時的表情才是個惡魔。騎士們都深愛著野馬，只要見到好馬，就會捕獲以供自己騎乘。人類豢養的馬匹生命力柔弱，偶爾必須混入一些野馬的血統。有精神奕奕的野馬到處奔馳的領地，對騎士來說可說是種嚮往。如此對待野馬的人，已經不配稱為騎士了。

就在此時，一陣強勁粗壯的馬蹄聲傳來。白羅王以千軍萬馬之勢飛奔而來，背後沒有其他馬匹，只有牠單獨前來。

「丟下來！」

恩賽亞大人下令。事先準備好的岩石被推下來，逐漸堵住了山谷的入口。白羅王看也不看落石一眼，直奔向被綁著的年輕馬匹。

「賈克斯，給我斬！」

獨自留在谷底的士兵接到恩賽亞大人的命令後，高高舉起一把彎刀。彎刀毫不留情地往下一斬，年輕馬匹的頭顱被砍了下來。白羅王發出有如慟哭的嘶鳴，聲音中充滿了悲傷與憤怒。馬很聰明，現在眼前發生了什麼事，白羅王的理解程度與人類不相上下。白羅王的悲嘆之聲強烈動搖了巴爾特的心。

因此，當他發現時有些遲了。恩賽爾大人的兩位士兵用盡渾身力氣，以長槍刺上巴爾特乘坐的馬匹。栗毛馬發出慘叫後衝出去，往懸崖下摔了下去。

栗毛馬載著巴爾特往下掉，同時身子一扭，用前腳不停撓刮著懸崖的斜坡，不斷發出喀喀喀的聲響。巴爾特馬上感覺到摔落的衝擊，從馬背上彈飛了出去，背部用力撞上地面。一般情況下，巴爾特早就身亡了。但是他身上的裝備是以頑強的河熊魔獸皮毛製成，背部皮革內側貼著用毛及腹部皮革製成的緩衝材。巴爾特站起身，飛奔到栗毛馬身邊。

栗毛馬的頸骨斷裂，已然死去。牠因為拚命地用蹄撓刮懸崖，想多少減緩落下的速度，所以前腳的雙蹄已經裂開，滿是鮮血。兩隻後腳則彎折成難以置信的角度。栗毛馬在落地時，應該是為了盡可能減少對巴爾特的衝擊，大大伸直了後腳。然而在著地後，脖子因為反作用力而撞上岩石致死。巴爾特抱緊著馬匹慘不忍睹的屍骸，高聲大哭。

「巴爾特・羅恩！你這可恨的奸細！是哪一家派你來的？朗特爾波亞家？還是瑪里克路家？你已經摸清我的身分了嗎？不過，你無法向任何人報告，因為你現在將在這裡送命。哥頓・察爾克斯現在也已經死了。燒了他！」

受到恩賽亞大人命令，士兵們射出火箭。他們的目標是堆積如山的大量柴火，以及排列在稍遠處的油桶。再這樣下去，只有被當成箭靶燒死一途。仔細一看，名為賈克斯的士兵正要爬上繩梯，頭部卻被白龍王踏個頭破血流。白龍王站在他面前，以點燃仇恨之火的雙眼瞪視著崖上的恩賽亞大人。

白羅王看向巴爾特，巴爾特也看向白羅王。雖然很不可思議，但巴爾特覺得此時他明白白羅王正在想什麼。白羅王朝著巴爾特筆直地衝了過來，巴爾特則毫不閃避。白羅王壓低姿勢，而巴爾特緊抓住牠的脖子，利用白羅王轉換方向的反作用力翻身上馬。

奔跑！奔跑！白羅王以驚人的速度向前跑，穿過火箭落如雨下的山谷。前方有方才滾落下來的岩石擋住去路，而白羅王跑到岩石前方時掉頭。

——沒錯，這麼做是對的。那裡看似能爬上去，但是其實沒辦法爬上去。若從那裡向上跑，將會被滾落的岩石壓死。就算沒有被壓死，那個位置也會遭到箭矢攻擊。若有活路，應該只剩下那一條了。

白羅王似乎感應到他的想法，跑向山谷的缺口。快，還要再快。眼角餘光可以看見兩旁的灌木叢燃起了火舌。白羅王不斷加速往路的盡頭奔去。背後的油桶開始相繼爆炸，冒出陣陣火焰及黑煙。白羅王抵達缺口盡頭，接著開始跑上太過陡峭的斜坡。

——沒錯，就是這裡！

峭立的斷崖，這個坡道與斷崖頂端幾乎接近直角，但白羅王像魔法一樣往上衝。士兵們瞬間啞口無言，接著射出一波激烈的箭雨。但是，從谷底吹上來的風讓箭矢失去準頭，開始四處飛竄。偶爾射中他們且軟弱無力的箭，無法讓白羅王和巴爾特感到一絲畏懼。

之後白羅王終於爬到斷崖頂端，跳上了高聳的崖頂。牠騰空一躍，落在恩賽亞大人的正前方。恩賽亞大人拔劍，想斬向白羅王。而巴爾特的古代劍狠狠擊中他的右手腕，使他失手滑落手裡的劍。白羅王張開大口，咬住恩賽亞大人的頭部，馬脖子一扭，把他往山谷甩去。巴爾特聽見頸骨斷裂的聲音。恩賽亞大人的身體浮在空中，飛過巴爾特眼前。他似乎聞到甜膩的腐臭味。恩賽亞大人的身體順勢被拋出斷崖，掉落到正在熊熊燃燒的谷底。他掉到柴火上並揚起一陣火粉，就這麼不動了。緊接著幾個油桶爆開，竄上來的火舌及黑煙蓋過了恩賽亞大人的屍體。

巴爾特回頭迎擊應該對他發動攻擊的士兵。不過，士兵們像結凍了似的一動也不動，看著從城堡方向走來的一群人。

巴爾特聽見士兵們嚷嚷著：「是大人，是真正的領主大人！」在最前方有一位蓄著長髮及鬍子的騎士，和恩賽亞大人有些相似。不對，這位似乎才是真正的恩賽亞大人。看來巴爾特和白羅王都撿回了一條命。

4

巴爾特坐在白羅王背上晃啊晃的。不知道為什麼，白羅王不願意離開巴爾特，所以巴爾特就在牠背上安了馬鞍乘坐。白羅王一點也不厭惡，乖乖地被安上馬鞍，聽從巴爾特的轡繩指示。看來白羅王也想踏上流浪之旅了。這麼一來，白羅王這個名字就太不適合了。巴爾特想為牠取個好名字，想起牠宛如水中魚在草叢中疾馳的模樣，因此幫這匹白馬取了月丹這個名字。

留在城裡的朱露察卡立刻發揮了本領，發現地牢的存在。地牢中囚禁著兩個人。一位是真正的恩賽爾大人，假大人是他的弟弟。弟弟將身為領主的哥哥囚禁起來，自己取而代之。雖然原先也有部分家臣支持弟弟，但是反抗的人比較多。弟弟殺了部分忤逆他的家臣，對其他家臣則是將哥哥當作人質，威脅他們服從。地牢十分堅固，鑰匙的所在之處只有假恩賽爾大人知道。忠誠的家臣們壓抑著心中憤怒，並等待時機到來。

對知名盜賊朱露察卡來說，這座地牢的鎖只是「小菜一碟」。他對看守的人下了一點藥，讓他們無法動彈後，輕而易舉地放出了恩賽亞大人。城裡立刻回到了恩賽亞大人的控制之下。雖然曾被假恩賽亞大人派來的刺客襲擊，但哥頓・察爾克斯制服了他們。

恩賽亞大人希望能好好款待三位救命恩人，不過巴爾特拒絕了。

「恩賽亞大人在幽禁期間元氣大傷，必須養好身體。此外，城中及領地內也有許多待您去收拾的殘局吧？我們就這樣啟程旅行了。」

巴爾特留下這段話，早早離開了城堡。不過，他們急著啟程的理由，其實是在於第二位俘虜。這號人物現在正一屁股坐在巴爾特面前。

長耳朵、土黃色肌膚、綠色複眼、嬌小身體、如樹枝般的手臂及手指，是盧具拉・迪安德的孩子。

盧具拉・迪安德在亞人中也是尤其神祕的一族。人數稀少，遠離人群，所以非常難得一見。也聽說盧具拉・迪安德會以妖術迷惑人類，加以殺害，是遭到眾人害怕且避忌的亞人。

朱露察卡在地牢中發現盧具拉．迪安德後，立刻將他帶出城並藏在森林裡。得知這件事的巴爾特則早早離城，讓朱露察卡去接這位亞人。等到離城夠遠後，巴爾特開始跟盧具拉．迪安德的孩子交談。

「我，毛烏拉，這是，小穗。」

「喔喔！是、是妖魔嗎？」

「小穗，不是妖魔，精靈（姆立克）。」

毛烏拉對見到精靈而感到驚訝的哥頓說明。妖魔和精靈似乎並不相同。

毛烏拉說，東北方有個盧具拉．迪安德的村落。當好奇心促使他往南方而來時，被恩賽爾大人的弟弟捕獲。弟弟將毛烏拉囚禁起來，威脅他聽自己的命令。毛烏拉就遵照弟弟的指示，讓恩賽亞家的家臣們看見幻影。毛烏拉似乎一直把這當成一種遊戲，事實上卻是遭到弟弟利用。因為弟弟將兄長囚禁起來並取代而之後，企圖要殺掉礙事的家臣。

毛烏拉表示想回到夥伴身邊，所以一行人決定送他回去。這場旅行十分悠閒。巴爾特讓毛烏拉坐在月丹背上，用拉著轡繩的手抱著他，同時天南地北地聊著。聊著聊著，巴爾特不禁懷疑起自己的心。縱使毛烏拉是遭到威脅，他與精靈可是謀殺了十位以上的人類，巴爾特和哥頓也差點慘遭殺害。然而，他的心中卻沒有厭惡或恐懼的感覺。如果是以前的巴爾特，恐怕會很憎恨毛烏拉和小穗犯下的罪行。看來出來旅行之後，巴爾特對事物的感受也有所轉變。

「恩賽爾大人和夫人有一個五歲左右的男孩子喔。夫人的娘家是叫做普雷塞雅魯的一家，聽說住在西邊。孩子似乎被送到那裡去了。」

「喔喔，原來如此。夫人娘家應該也很擔心恩賽爾大人吧？畢竟奇怪的謠言滿天飛，主要的家臣也相繼死去了。」

朱露察卡和哥頓正在交談時，巴爾特打岔說了一句：「這可不一定。」發生在恩賽爾大人城中的一切都太不合常理，不能就表面狀況來判斷。真正的主謀是恩賽亞大人的弟弟嗎？若真是如此，他的作法不夠周全，看起來不僅削弱自己領地的力量，還走上了毀滅之路。將自己的繼承人寄養在夫人娘家多年這件事也非常奇怪。以一位女主人來說，那位夫人的行為舉止非常坦蕩自然，不像是被他人以丈夫作為人質，逼迫她就範的態度。

「今天就算普雷塞雅魯家派出軍隊，打著要鎮壓混亂的名義壓制恩賽爾大人的城，押著少年繼承人把這塊領土據為己有，我也不意外。」

「嗯嗯嗯嗯嗯！」

「貴族好可怕！」

朱露察卡縮了縮脖子。然後從背上的背袋中取出一個瓶子，喝下瓶內之物。

「好、好喝～真～好喝～」

「那是什麼？」

「啊，是燒酒喔，哥頓老爺。這是恩賽爾老爺送我的，要喝嗎？」

「喔喔，原來如此。嗯！這可是頂級的燒酒，真好喝！」

——大人怎麼可能送你酒。混帳朱露察卡，我看你是偷來的吧！

巴爾特感到傻眼，但沒有出言點破。反倒是策馬靠近哥頓，拿走了瓶子。瓶子上烙有章紋，代表這是大陸中央的國家釀造的頂級酒品。

他一口喝下。蒸餾酒獨有的強烈刺激感燒灼著喉嚨，舌頭和口腔中也感到一陣燒灼感。同時，也感受到十分香醇濃郁的酒氣。他吁出一口氣，煙燻過的獨特香氣暢快地通過鼻腔。

結果，他終究不知道栗毛馬的名字。這匹馬雖然由察爾克斯家養大，但哥頓也不知道牠的名字。

——我總是受到良駒的庇護呢。

巴爾特在心中默禱，至少希望牠的靈魂能得到安息，同時再次喝下瓶中的酒。這次他仔細地在口中品味了一番，這味道真是複雜。經年累月，澀味及苦味都已沉澱，將透明的酒轉為琥珀色。酒不會排斥雜質的渲染，而是一直靜靜地包容著這些雜質，不久後，一切將融合為一股醇厚的味道。這正是酒的香醇美味之處。

巴爾特仔細地品嘗了口中的酒。

第十章——約定之劍

—悶烤豬肉—

1

眾人準備在溪畔野營時，已經有人搶先一步在這裡釣魚，年紀約莫十四五歲。「那是精靈嗎？」

令人驚訝的是，這位少年似乎看得見毛烏拉身旁的小穗。

「沒錯，你看得到他真是讓我嚇了一跳。精靈的名字叫小穗，是這位盧貝拉．迪安德，毛烏拉的朋友。」

「我第一次見到精靈呢。我也很驚訝精靈真的存在，他叫小穗嗎？請多指教。這也是我第一次遇見盧貝拉．迪安德，我是奧薩．肯道爾。」

第一次見到精靈，態度卻如此平靜才令人驚訝。據毛烏拉所說，和小穗變要好就可以見到他的身影，變得更融洽的話能聽到他的聲音。巴爾特和朱露察卡現在已經能看見小穗模糊的身影，但是哥頓到現在仍只有偶爾才看得見。然而，這位少年似乎一開始就能見到小穗。

這位名為奧薩・肯道爾的少年是榭沙領主的大兒子。問了奧薩的年紀後，大家都很驚訝。他居然才十二歲，但是體格不錯，內心及智慧也十分穩重。最重要的是，他是個講話非常直爽的少年，這點非常討巴爾特喜歡。所以當奧薩邀請他們到城裡住下，希望他們多說一些旅途趣事時，巴爾特爽快地答應了。

2

這裡確實有塊領地。與其說是鎮，更像是村莊；說是城，更像是宅邸。不過在如此偏鄉地帶，宅邸倒是建得十分堅固。士兵似乎兼任開荒農民，上前問候的農夫據說都是士兵。進入宅邸後，奧薩引薦巴爾特給母親認識。身為領主的父親目前臥病在床，所以一切由母親作主。母親聽說這是繼承人少年帶來的客人，就為一行人準備了房間。

當巴爾特一行人卸下旅行裝束，正在休息時，奧薩讓僕人端著酒，出現在房裡。他請巴爾特一行人喝酒，問問旅途中的趣事。這位出生以來就沒離開過榭沙領地的少年，興味盎然地聽著外面世界的故事。

——這少年的知識真豐富呢。

巴爾特佩服不已。奧薩對未知事物的理解力非常強。對於剛聽聞的知識，他會進一步發問，提問的內容也出自於十分實際的想法，非常不像十二歲少年會擁有的智慧。

——只要多增廣見聞，他必定會成為一個大人物。

巴爾特一邊回答奧薩的問題，一邊這麼想著。同時，他也感覺到奧薩的提問中，不單只是想要學習各地文化的知識，還有其他意圖。他似乎很好奇巴爾特等人是怎麼處理在旅途中發生的大小事。他不斷地問著巴爾特等人待人接物的方法，感覺像是想摸清巴爾特等人的人格特質。

3

奧薩的母親讓僕人端著料理，走進房裡。背後跟著一位七八歲左右的少年。

「喔喔喔喔！」

哥頓・察爾克斯看見擺在桌上的料理，發出歡呼。

是豬肉（帕魯克魯）。

在邊境地帶，豬肉可是高檔美食，若不是貴族——也就是騎士之家，很難有機會吃到。在這種鄉下地方，即使是領主家，應該也不常將豬肉端上餐桌。而主人家毫不吝惜地端了大量的豬肉來。

奧薩的母親為領主夫婿因為生病，無法前來問候一事致上歉意。然後把接待客人的工作交給大兒子奧薩，不過也表示希望能讓次男菲利卡同席，說完後就離開了。

奧薩熟練地將豬肉及鋪在下方的蔬菜分給巴爾特、哥頓、朱露察卡和毛烏拉，之後也分到奧薩自己與菲利卡的盤子裡。

「好吃！這真是太好吃啦啊啊啊啊！」

最先發出感動叫聲的果然是哥頓。大聲評論主人家款待客人的料理有些不禮貌，不過巴爾特也能理解，因為真的太好吃了。

豬肉料理中，最適合設宴款待的是烤全豬。他們盤中的肉切得很厚實，不過帶著類似烤全豬的風味。或許是因為烤全豬太過耗時，才會以這種方式烹煮。

那麼，這道豬肉料理究竟是如何調理的呢？

配菜是混合了約五種蔬菜，但是查巴是壓倒性的多。查巴是一種葉片肥厚，水分飽滿的葉菜類蔬菜。柔硬兼可食，但是絕對煮不爛。他們將查巴烤得酥脆，而且讓豬的油脂充分滲入其中，烤得香氣逼人。

應該是因為他們將蔬菜鋪在底下，把切成厚片的豬肉擺在上頭。豬肉抹了鹽巴和某種微辣的辛香料。接著在豬肉上放上豬的油脂，放進灶裡燜烤。油脂融化後，豬肉被烤得滋滋作響。而從查巴冒出來的水氣化為蒸氣，從下方蒸熟豬肉。豬肉中流出的美味精華與融化的油脂合為一體，流到下方被蔬菜吸收。吸收了美味精華的蔬菜散發香氣，這股香氣又被豬肉吸收，中和肉的腥味，讓複雜的鮮甜滋味漸漸滲入豬肉中。這道豬肉料理應該是這樣調理的。

巴爾特大口咬下豬肉，在酥脆口感之後，柔軟的豬肉彈上牙齒。再用下顎使勁一咬，豬肉意外地柔軟，可以輕易咬斷，在口中留下肉片。咀嚼口中的肉片時，會有驚人的大量肉汁湧出來。這些肉汁就像頂級的湯品般甜美深邃，馬上吞下去實屬可惜，所以巴爾特就這樣繼續咀嚼肉片，暫時在嘴裡享受著肉汁滋味。這時，不知道怎麼回事，肉片居然源源不斷地冒出肉汁。表面烤得酥脆的部分所帶來的苦味，與肉汁混合在一起，形成一股恰到好處的刺激。蒸籠料理中具有烤肉的美味，雖然擁有烤肉的美味，但經由蔬菜的香氣封住了野獸的腥味，這味道真是有趣。

菲利卡也仰頭看著奧薩笑，品嘗著豬肉的滋味。巴爾特等人詢問後，得知菲利卡今年十歲。兩人看起來是非常要好的兄弟。

在將端上桌的豬肉大約吃下六成時，巴爾特說已經吃飽了，要人把菜端下去。不用說，剩餘的部分是兩兄弟家人的份。

4

隔日一早，奧薩對巴爾特等人提出了一個意外的要求。

「毛烏拉閣下，我想請小穗閣下幫我製造一個幻影——我死去的幻影。」

看到一行人十分吃驚，奧薩開始說明原因。奧薩和菲利卡都是母親的親生子，但是母親非常溺愛菲利卡，心底一直想方設法讓菲利卡當上下任領主。事實上，菲利卡的本質非常聰明伶俐，也擁有群眾魅力，很適合當領主。但是病榻上的父親認為應該由長男繼位，母親也認為這才是正確的，所以沒有將想讓菲利卡繼承家主的想法說出口。但是她越不說出口，這份渴望就越在心裡發酵。眼下家臣中也開始產生對立，再這樣下去，即使奧薩繼任為領主，也會留下疙瘩。正當他每天都在溪畔釣魚，同時思考該怎麼辦時，巴爾特等人出現了。奧薩認為他們肯定是上天派來幫助他的人。

毛烏拉說，要巴爾特決定該怎麼做。

巴爾特問奧薩，讓大家認為他身亡並離開這裡後，他想和誰走？

「我要獨自遠行，去哪裡還是未知數。我想一邊冒險，一邊尋找自己的人生。」

以常理而言，奧薩的請求是個著實無法認同的請求。說到底，欺騙家人及親近之人不是個好主意。而且還是讓眾人以為他身亡，這麼做更是惡劣。父母、弟弟、家中其他人、家臣，還有領民們必定會傷心不已。說服家人讓奧薩成為領主後，繼續與弟弟和睦相處，攜手統治這塊領地才合乎常理。他也可以將領主之位讓給弟弟，在背後支持弟弟統治這塊領地。

但是，巴爾特認為答應這位少年的請求也無不可。他自己也覺得很不可思議，但是莫名地覺得這樣也好。不需少年多說，巴爾特也感覺到在這座宅邸中，家臣之間互相對立，氣氛並不清明。若是讓這股凝重氣氛更加混沌，未來的發展會十分可怕。即使原本兄友弟恭，曾經產生的對立卻未必能夠消弭。不能讓這個和平的村落變得像恩賽爾大人的領地一樣。人們往往只看眼前，難以放眼未來。但是偶爾會出現有卓越眼光，能夠預見十年後未來的人。艾倫瑟拉．德魯西亞就是這樣的人，而或許這位少年也是如此。

「我決定幫奧薩閣下實現願望。」

大家都點頭同意巴爾特的決定。

5

隔天，巴爾特一行人離開榭沙領地，來到北邊山領。不久之前，與奧薩外出採收樹果的家臣們，應該都目睹到奧薩失足，滑落西邊谷底的景象。此時應該正為了尋找屍首而拚命搜索。但那一切是幻影。真正的奧薩正和巴爾特在一起。

「嗯？有馬過來了呢。好像是朝著這個方向來的喔～還跑得很快呢！」

「是葛路克斯．勒荷拉斯。」

不用多久，青年騎士葛路克斯．勒荷拉斯追上了一行人，翻身下馬。

「果然是在這一側，幸好你們還沒有走太遠。」

「你不是目睹了我摔死的那一幕嗎？」

「我是看見了，但我並不相信。你的身手遠比猴子還矯健，怎麼可能會在那種地方失足摔落。」

「原來如此。那你為什麼一副要出門旅行的打扮？」

「我要跟你一起走。」

「我可養不起你。」

「我不曾想過要你養我，反而是我會養你。」

「哦？你這是想調換主從關係嗎？」

「不是這樣的。主上的工作可不只有照料家臣而已。」

「那麼你希望我做什麼？」

「我希望你進行騎士的修行。然後成為騎士，守護領民們的生活。」

「領民又在何處？我才剛捨棄了自己的領地。」

「你的領民將今後聚集而來。你不想讓繼承問題造成家臣之間的紛爭，為領民帶來痛苦，所以將領地讓給弟弟，這等同於將領地獻給了和平之神伊雅霍。願意犧牲奉獻之人，會得到相應的回報。」

「不了，我沒有擁有領地的打算。」

「即使你沒有這種打算，擁有騎士之印的人將保護人民，並受到人民的愛戴。若不是如此，就代表我看錯人了。」

「我並沒有騎士之印這種東西。」

「自己是看不見的。但是，你的這裡確實有騎士之印。」

葛洛克斯．勒荀拉斯指向奧薩的額頭，然後將自己的劍連同劍鞘卸下來，單膝跪下，將劍捧在手上舉高。

「事不宜遲，請你做出劍之誓約。」

「為什麼我非得在此刻做這種事不可？」

「因為只要你接受劍之誓約，就算是你，也會難以拋下我離去。」

「真是把破劍。」

「請忽略這一點。這把不是我領受的劍，而是父親送給我的，屬於我自己的劍。」

奧薩嘴裡發著牢騷，但還是依儀式做了劍之誓約，把劍交給了葛洛克斯。儀式完成後，葛洛克斯讓奧薩坐上馬。因為他們最好盡快移動到沒有人認得奧薩的遠方。

「巴爾特閣下！後會有期！」

年輕的主人留下這句話，就和唯一一位臣子一同離開了。巴爾特也舉起手，回了句後會有期。雖然應該不可能再見面，但是道別的話最好是滿懷著希望。真是一對令人如沐春風的主僕。年幼的主人總有一天會長大，贈予家臣騎士一把最棒的劍吧。奧薩應該對自己所信奉的神，堅定地如此發誓了。巴爾特一邊擔心這位身具王者風範的少年，同時想起了一件事。

那是在很久很久之前，他對愛朵菈進行劍之誓約時的事。

「巴爾特．羅恩大人，我會永遠守護您，永保您額上閃耀的騎士之印不致蒙塵。您要保護人民，愛惜人民。總有一天，我一定會授予您一把與您最相配的真正寶劍。」

當時愛朵菈確實這麼說了。說：「有一天，一定會授予您真正的寶劍。」

巴爾特拔出古代劍。他還沒有呼喊它的名字，卻已經綻放出柔和的藍綠色燐光。從劍身湧出的暖意溫柔地包裹住巴爾特全身。

——是這個嗎？就是這把劍嗎？這是公主答應我的那把劍嗎？

巴爾特將古代劍高舉至右上方。腳重重踏上地面，發出強而有力的聲響，並用力將劍打斜揮下。然後沉下腰部，踏出另一腳，將身體向前微傾，再由左至右打橫筆直地揮出一劍。右肩和右手肘沒感到疼痛。直到不久之前，他連將手筆直舉起都辦不到。然而，現在卻能用力揮下一劍，直到伸直手肘都不會痛。

——是史塔玻羅斯進入我的體內，治好了我的病痛。我一直將用史塔玻羅斯的皮製成的劍鞘當成遺物，但是我現在發現，史塔坡羅斯是寄宿在這把小姐賜予我的劍上，所以這把劍只親近我。我一直認為小姐和史塔玻羅斯都在眾神庭園等著我，但並非如此，他們會像這樣助我一臂之力。尋找葬身之地的旅途已經結束了。即使明天會死，但是此時此刻的我不是還活著嗎？從今天開始，我要為了活著而旅行。

巴爾特深深吸入一大口氣，用力張開雙眼，帶著足以撼動大地的氣勢踏出一腳。

——史塔玻羅斯啊，與我一同前行吧！

他在內心呼喊著，筆直地揮下古代劍。古代魔劍散發出一般人看不見的光芒，劈開森林、山巔及遠方的天空。在天地被劈為左右兩半的另一端，老騎士看見了自己要走的路。

（邊境的老騎士① 完）

——後記——

有本書叫《為何餐叉都有四個齒?實用品進化論》，這是杜克大學工學院教授亨利・波卓斯基於一九九二年的著作，由忠平美幸小姐譯為日文後，再由平凡社於一九九五年出版。這是一本探討餐叉、迴紋針、拉鏈、鋸子、啤酒罐等東西的誕生，以及形狀演變的研究書籍。

此書中收集了許多以歐洲及美國為主軸的實例，這是本書的可看之處。而且針對每樣物品的誕生及用途進行了確實的考察。

這堪稱是一本文化繪卷。書中考慮到餐叉普及到各國的時間差，針對餐叉由兩齒演變為三齒、五齒等不同變化，最後定調在四齒的過程，有立體且多層次的描寫，讓讀者能夠想像遠古時代的人們過著怎麼樣的生活。我一邊翻閱書本，一邊遙想著前人們的生活環境、觀念及規範，這個過程應該也可說是精神上的冒險。

那麼，在描寫邊境的老騎士的世界觀時，煩惱該如何設定餐刀與餐叉，煩惱一大堆細節的時光十分愉快。

由這個世界的異常發達史來看，開場就讓四齒餐叉登場也不錯，也可以將時間點設定在兩齒演變成三齒的過渡期。讓平民使用木匙，貴族使用餐叉，而來到最高級的上流餐廳時，讓他們用兩手握刀應該也行。事實上在中世紀的歐洲，雙手握刀有很長一段時間都是主流。

思考過後，我決定採用最安全的設定，讓他們在騎士宅邸中使用餐刀和餐叉用餐。不過，我沒有描述餐叉的齒數。我避免太過繁複的設定說明，讓讀者自行想像。留下這種模糊的點，我一邊幻想著此時的巴爾特．羅恩用的是幾齒的餐叉呢？一邊提筆寫著故事。

關於這個模糊不清的點，其實已經有了答案。答案就在第一部的扉頁插畫中。扉頁插畫中的餐刀看起來只有兩齒，所以巴爾特使用的是兩齒的餐叉。

在這一瞬間，我深切地感受到製作一本書是需要團隊合作的。而且，這還不是最終定論。我也可以在下一集中加入一個插曲，描述巴爾特第一次使用三齒餐叉時，是如何訝異於三齒餐叉的便利性。老騎士的故事將如何發展下去？生活在這個世界的人們在故事中將會如何登場？最期待看到這些的或許是我本人也說不定。

在此向繪製百看不厭的插畫的笹井一個大人、賦予本書高尚時髦氣息的名和田耕平設計師事務所、發掘本作並將其出版的 ENTERBRAIN 藤田明子大人，致上我深深的謝意。

此外，此作是將目前刊載於免費小說投稿網站「成為小說家吧！」的同名小說，增添修改內容後的書籍化版本。感謝「成為小說家吧！」的營運人員給我發表的空間，感謝總是溫暖地為我加油打氣的各位讀者，最後感謝寄給我美麗插畫的 Kudari 大人及 Matajirou 大人。

二〇一四年二月　支援ＢＩＳ

國家圖書館出版品預行編目資料

邊境的老騎士 / 支援BIS作；劉子婕譯. -- 初版. --
臺北市：臺灣角川, 2018.05-
冊； 公分
譯自：辺境の老騎士
ISBN 978-957-564-190-0(第1冊：平裝)

861.57 107003780

Kadokawa
Fantastic
Novels

邊境的老騎士 1

（原著名：辺境の老騎士 1）

2018年5月10日 初版第1刷發行

作　者：支援BIS
插　畫：笹井一個
譯　者：劉子婕

發行人：成田聖
總　監：黃珮君
總編輯：蔡佩芬
編　輯：陳凱筠
美術設計：胡芳銘
印　務：李明修（主任）、黎宇凡、潘尚琪
發行所：台灣角川股份有限公司
地　址：105台北市光復北路11巷44號5樓
電　話：（02）2747-2433
傳　真：（02）2747-2558
網　址：http://www.kadokawa.com.tw
劃撥帳戶：台灣角川股份有限公司
劃撥帳號：19487412
法律顧問：寰瀛法律事務所
製　版：巨茂科技印刷有限公司
ISBN：978-957-564-190-0
香港代理：香港角川有限公司
地　址：香港新界葵涌興芳路223號
新都會廣場第2座17樓 1701-02A室
電　話：（852）3653-2888

First published in Japan in 2014 by KADOKAWA CORPORATION ENTERBRAIN
Complex Chinese translation rights arranged with KADOKAWA CORPORATION ENTERBRAIN